XING LU YIN

王一涓 ◎ 著

时代出版传媒股份有限公司
安徽文艺出版社

图书在版编目（CIP）数据

行路吟/王一涓著. —合肥：安徽文艺出版社，2024.5
ISBN 978-7-5396-7779-8

Ⅰ．①行… Ⅱ．①王… Ⅲ．①散文集－中国－当代
Ⅳ．①I267

中国国家版本馆CIP数据核字(2023)第094380号

出 版 人：姚　巍
责任编辑：胡　莉　　　　　　　　　装帧设计：张诚鑫

出版发行：安徽文艺出版社　　www.awpub.com
地　　址：合肥市翡翠路1118号　　邮政编码：230071
营 销 部：(0551)63533889
印　　制：安徽联众印刷有限公司　　(0551)65661327

开本：710×1010　1/16　印张：18.5　字数：260千字
版次：2024年5月第1版
印次：2024年5月第1次印刷
定价：68.00元

(如发现印装质量问题，影响阅读，请与出版社联系调换)
版权所有，侵权必究

目 录

边走边想边说
——写在前面的话 / 001

第一札

野蛮生长 / 003

"五七"中学 / 011

关于死亡的记忆 / 016

少年不识愁滋味 / 021

那年那事儿 / 027

车轮碾压的青春 / 032

儿女正当好年华 / 037

第二札

周师母 祁先生 / 053

九十九道弯 / 062

谦谦君子顽劣时 / 068

文苑人 / 072

茅山,茅山 / 082

办公室的故事 / 091

蜀惠 / 099

斯人斯疾 / 105

理科小白 / 109

一念之间 / 113

去凤凰,拜谒沈从文 / 121

第三札

你好，安安（一）／ 133

你好，安安（二）／ 147

安安的故事 ／ 157

安安形状录 ／ 164

儿子的幼儿园 ／ 170

第一次旅游 ／ 175

带老妈游台儿庄 ／ 181

春天很好，只是想你 ／ 187

听爸爸讲那过去的事情 ／ 193

梦 ／ 225

随风飘逝 ／ 231

几个很老的老头儿 ／ 234

第四札

车中闲话 ／ 241

二胎时代 ／ 244

和园的猫 ／ 249

我的"韭菜"梦 ／ 252

雪 ／ 255

三月"开笔" ／ 259

谜一样的阿房宫 ／ 264

英雄未被雨打风吹去 ／ 269

看电视剧 ／ 275

不看报纸了看什么 ／ 278

随感 ／ 282

边走边想边说

——写在前面的话

王一涓

　　2012年尾,我和外子在台湾旅游,走到南投,暨南大学王学玲教授陪我们去了台中最著名的寺庙——中台禅寺。上到禅寺最高层时,专为我们讲解的女尼告诉我们说,这儿是众僧日常打坐的地方。打坐作为僧人很重要的功课,要求是很严格的,不许说话保持肃静自不待说,心里也要安静,连想想都不行。女师父重点说,就是什么都不想。我便问:"什么都不想时想什么?"师父说:"就是什么都不想啊。"当时围绕这个问题纠缠了很久。我当然是凡夫俗子,所以不相信什么"四大皆空",尤其是脑子里也空。到现在我也不明白,脑子里有什么都不想的时候吗?除非睡着,但睡觉还做梦呢。

　　大脑作为思考的器官,一般不会罢工的,而且是越静的时候越活跃。我个人感受,走路的时候想得最多。

　　明白其中奥妙的肯定不单是我。

　　诗歌史上最著名的逸闻,关于"推敲"的故事,说的就是行走时的思考。苦吟诗人贾岛,骑着一头小毛驴走在路上,因为想得太多,冲撞了高官韩愈的车队,这在当时是"很不礼貌"的行为,是要受处罚的。可是,贾岛遇到了一个好官,韩愈没有官架子,尤其是,他也是诗歌爱好者,这一点很重要,等于是贾岛撞大运了,不光没被惩罚,还有幸和大文豪切磋了一下关于诗歌用字的问题，并且后续发生了他绝对意想不到的情节，就是给后世贡献了"推敲"这个词，而且定义了其含义、用法，捎带让人们记住了当时还不很出名的他。

距离日本京都大学不远的地方有一条小路，多年前是什么样子不知道，想来是很僻静的，因为现在也还安静。路边绿树成行，枝叶交通，还有一条安静的水渠，长长地傍着小路逶迤着。其实是很普通不过的小路，但是有一个很文化的名字，叫"哲学小路"。路的名字起源于一个爱思考的哲学家，哲学家每日都在这条小路上散步，就像卡尔·马克思在大英博物馆内踱步一样，边走边想，很多哲学问题的答案就在这条小路上明晰了。小路成就了伟大的哲学家，哲学家也成就了这条小路，至今，京都哲学小路仍是让游客好奇的地方。

骚客哲人们如此，普通人也如是。

我一个大学同学毕业时分配到城郊一所学校，路远了些，当时是20世纪80年代初，交通也不如现在便捷。我的同学是骑单车上班的。我有一次问她感受，她说路长有路长的好处，慢慢蹬着车子，脑子随便想，是一种享受。

我同学的这种感受我很长时间都体会不出来。我骑自行车的几十年，好像没这么轻松悠闲过。先是车上总坐着个熊孩子，从前面大杠到后面书包架，我送他上幼儿园，上小学，来去匆匆，都在赶时间。就是专门出去玩，有他咿咿呀呀叽叽呱呱，我也不会去想什么。后来他不在我的车上了，耳根是清净了，家却搬得离学校远了，路上车子也越来越多，我每日骑车上班，总是小心翼翼加匆匆忙忙，即使偶尔脑中闪过一念，唰地就被疾驰而过的车辆带跑了，很难"浮想联翩"。我真正体会到走路想东西的乐趣，是搬到和园并且退休了以后。

和园距离北园（我仍习惯称呼教学区为"北园"，像在鼓楼校区那样）不远不近，我是说对于我来说。更确切地说，是对于我步行来说。二十多分钟的路程，就是从小区穿过过街通道到校区，很少车马声喧，安全，景色也好，基本符合哲学小路的要求。如果我具有西田几多郎那样的素质,也算有成为哲学家的外部环境,当然我没有,可是这不妨碍我得到如同我同学那样的迟来的享受。

处于半退休状态的我,需要去学校,但不必赶着点儿,到了我这个年龄也需要锻炼身体,所以我选择步行上班。北园是个适于"思考"(这个词于我就显得过于正经了,换成"想心事"吧)的好地方,林荫大道接着林荫小道,一树绿叶连着一树杂花,没有熟人的频繁打扰,我总是不紧不慢地走着这段不长不短的路,眼睛有意无意地看着,脑子里有一搭无一搭地想点什么。有时是看到的触发了联想,有时就是沉浸往事(活到我这个年纪就是往事越积越多),有觉得有趣的,有需要记住的,也有不知什么味道的情绪想宣泄,然后就想写出来。我这几年的文章几乎就是这样出来的。于是我想把我即将付梓的这个集子命名为"行路吟"。

这样做自然是因为写实,但是意义似乎小了些,尽管我一向格局不大、气象局促,我心里还是希望高大上一些。就像缺什么要补什么一样,我于是努力寻求大意义。果然,我在古人那儿找到了心安理得的依据。古人云:读万卷书,行万里路。作为一个读书人——这个说法现在也太泛,谁还不是个读书人?那就再加一个定语,作为一个爱读书的读书人,我是照着古人要求做的,虽说读不了万卷,却也是天天以书为伴。尤其是,因为我的生命轨迹就是从学校到学校,天天都以读书人为伴,这使我的笔下很多人物都是读书人——是读"万卷书"的人。他们曾以良师益友的身份出现在我的生活中,现在也是我写作的源泉。我的《从前慢》登在《小百合》上时,有学生留言,说都是"读书人的事"。诚然,我的写作好像离不开读书人。我这样解释"读万卷书"有些牵强,但是,好像也没有办法。

"行万里路"也要作别解了。人生也是一条路,是长长的旅途,走过生命,经历人生,与"行万里路"具有同样的意义。在生命的旅途中,每一次经历,不论是成功、失败、欢欣、悲哀,都是成长。同样,每一次成长,都伴随一个故事。我的大部分故事,就是走生命旅途的记录,是属于我的岁月中与我息息相关的人、事和情绪。我走在校园的小路上时,忆起了我生命旅途中的过往,于是我把它写出来,等到我的这些经历沉到岁月的井底我没有能力打捞上来的时候,让这些文字提示我曾经的日子其实挺有趣的,可以再给我一些温暖,鼓舞我继续向前走以后可能不那么精彩热闹的人生。

如此说来,就这么定了,书名就叫"行路吟"吧!

以上,可以算作人云亦云的"序"。

2020.7.1

第一札

老一点的院落里,
大树周围,
傍晚时,
笤帚扫一扫,
就会露出许多圆圆的洞口,
蝉的蛹便争先恐后地往外爬。

野 蛮 生 长

1966年的夏天很热,空气中弥漫着馊糨糊的味道,久久散发不掉。

已经小学六年级的我,懵懵懂懂感到了六年级与其他年级的不同。

因为,六年级毕竟是六年级,是小学里的最高年级。这一年,我被宣布为少先大队队长。少先队"干部"的标志——胳膊上的徽章,我其实是戴习惯了的,从入队开始,由一道杠而两道杠而三道杠,年年都有。但是以前的三道杠是大队委员,现在是大队长了,这有质的变化:委员可以有若干,队长只有一个,我,就成了那个唯一。大队长一般只在最高年级产生,我以前表现再好也无用,此时是"熬"到了,这是六年级的特殊待遇。当然,即便是成了该小学学生"最高领导人",我也没有特殊的感觉,无非是跟在督导老师后面,每天上午上课预备前到各个教室检查一下纪律,虽然所到之处大家正襟危坐,即便是平时要好的同学此时也很严肃,但我知道他们忌惮的不是我,我只是老虎后面的小狐狸而已。所以,当大队长这件事也只是一件事而已,其实没啥。这一年比较要紧的是,傅老师成了我们的班主任。傅老师面色铁青,不苟言笑,用从他儿子那儿听来的一个词形容他好像很合适,就是"满脸横肉"。"满脸横肉"一般形容坏人,不该用在傅老师身上,可我那时因害怕而生出的印象,就是如此。害怕傅老师,不光是他不笑,还缘于他套路太深。他要求大家早到校,这没什么,以前也早到校的,但以前早到校是玩,现在一到校，就被他发现了，就被拘到教室里。教室里本来也可以玩，可是傅老师与别的老师不同，讲台之外，他另搬了张桌子，放到窗台底下，面对面地看着你。当然你还可以在座位上玩，但傅老师让背书，让大家朗读、默读、齐读，几遍之后看谁先会背……一个坑接着一个坑！就像猴子被菩萨哄骗戴上了小花帽，戴上就拿不下来了。这是前五年不曾有过的。我那时还不明白自己是毕业班了，马上要考中学，只觉得遇到一个特严厉特不一样的老师才如此。

我正被动机械地过着和以往年级不一样的六年级，还不知道，我的这个六年级注定与之前之后所有的六年级也不相同——"文化大革命"开始了。不用上课，只写大字报，热热闹闹地写了好几天，所有小学生都写。学校院子的墙就不够用了，进而贴到教室里，教室也只有四面墙啊！又在教室里扯上铅丝，横三竖四地挂上大字报。我疑心这招数是老师想出来甚至是老师制作的，小学生只怕没这能耐。果真如此的话，那真是作茧自缚了，因为学生的批判对象就是自己的老师啊。六月里的天，到处都是馊糨糊味，教室干脆进不去了。这种孩子们的欣欣然和老师们的惶惶然情形其实没几天，学校就宣布放假了。暑假年年有，今年的我们是不是该有些不一样？毕竟我们是毕业班啊。可是，没有毕业典礼，没有升学考试，所有的庄严到我们这儿全省略了，没有任何仪式，我们就回家了。

回家并不意味着暑期开始，像我以为的那样。这是我无业游民生活的开始，以后的四年时间里，我所做的所有事，都属于"自选动作"。我还不满12岁，还不可能对自己负责任，这自由来得早了点。

院子里的中学生凤，被选作红卫兵代表，到北京接受伟大领袖毛主席检阅去了。凤我熟悉，高我三个年级，我之前的大队长的位子曾经是她的，她少年老成，人也泼辣，不像我，没开窍的木头似的。人家现在是中学生，这事没法比。

凤回来以后，兴起了红卫兵，中学生胳膊上都很神气地套着红袖章。凭空旗子也多了起来,好像几个人就可以排成一队,打一面旗子,清一色的红。接着,社会上大人们也戴起了红袖章,也成立了各种战斗队,名字不同,但一律革命,一律红色。只是热闹是人家的,没我们事。凭什么?以前出去宣传演出,中学生参加,我们也去的,一点都不比他们差呢。可是现在,中学生就是红卫兵,小学生就什么都不是(后来小学里有了红小兵,我们已经是"过去式"了)。有一天我和我姐百无聊赖地在街上闲逛,看热闹。遇上同班同学傅岩,就是班主任傅老师的儿子,他此时也正"待业",三人议论起社会上发生的事,不知是谁提议,我们也组织个战斗队吧!都很无聊,都要求进步,一拍即合,于是就地召开了第一次会议,商量的结果,战斗队的名字叫"永红",自然是永不变色之意。提到老师的队伍叫"战犹酣",羡慕还是老师有文化,自己挖空心思,也想不起来一个差不多的,又不能抄袭,只能用"永红"凑合,普通是普通了点,好歹是自己的版权。然后要写一篇宣言。所有战斗队成立时都要发宣言的,你不发宣言,谁知道你的队伍呢?我们"永红战斗队"的宣言是谁起草的,已记不清了,可能是傅岩?他到底是语文老师的儿子啊。"宣言"写成后,需要油印,像所有小字报一样。这牵涉到刻钢板,使用油印机。但好像都没问题。《青春之歌》《红岩》的故事都很熟悉,地下党哪有不撒传单的?林道静站在隆隆向前的列车上,一手抓着车门,一手撒传单,嘴里还喊口号,那才是青春之歌呢!传单是刻印出来的,这也懂。成然就是刻钢板的嘛,一手仿宋字,印刷体一样,"敌人"都找不出是谁的笔迹。当时刻钢板印宣言这件向革命先辈学习的事是谁做的,也记不得了。但确实做了。最后还有一样是必须有而我们不可能有的东西,就是那面红旗。名不正言不顺,言不顺事不成!没有旗帜的战斗队是什么战斗队啊?古时候两军对垒,营地上都是高悬帅旗的,比如岳飞的"岳",比如穆桂英的"穆",如果没有旗帜,就比较麻烦,你提着长矛大刀已经冲到阵前了,人家不跟你接手,先要说"来将通名",这很煞风景,摆明你是无名之辈嘛,仗还没打,气势上先被人压一头。虽说岳飞、穆桂英都可能属于"四旧",但古今一理,所以旗子一定是要有的。可是去哪儿找？钢板油印机学校里有，可以蹭着用用，几尺红布还真没头绪。为难的结果，是找了"组织"。小学里的老师也都革命了，以前就熟悉，现在都是"一个战壕里的战友"了，批几尺红布，似乎也没那么难，何况是以革命的名义。成立战斗队的事情忙了好几天，忙完之后，就不知做什么了。宣言印出来了，送给谁看？战斗队到处都是，三个小屁孩的，也没有人理睬，好像认真玩了一次过家家。就像一个婴儿，刚出生便夭折了，没有惊动任何人。"永红战斗队"也是。但是，这是三个孩子在"革命时代"的"革命行动"啊！

又过了几个月，就到冬天了。中学生又有了新的革命举措——"革命大串联"。所谓大串联，就是去哪儿都行，去哪儿都是革命行动。尤其让人意想不到的是，什么都免费，免费乘车，免费住宿，连吃饭都免费，人家还对你客客气气的。当时，革命圣地延安、祖国心脏北京，这些红色地方是红卫兵小将特别向往的地方，去的人特别多。但也有"狡猾"的人。我上大学之后，一次上课时，郑云波老师讲到"文革"中串联，他当时已是大学的学生或者已是青年教师，自是有见识又有主意的，趁着免费旅游机会，饱览了祖国大好河山，越是该破"四旧"的地方越去，着实看了不少古迹。但是这样的好事，只有中学生有资格，所以中学里写介绍信盖章的地方就很热闹。我们也想去串联啊，都是革命事业接班人，哪个不想革命啊？可是中学里盖章的人就是不理会我们，而且公然嘲笑：你们也不用专门介绍信，我们口袋里装着就把你们带出去了。有点像阿Q遇上假洋鬼子，他觉得你不配参加革命。其实，我们先前也是"革过一革"的，只是他们不知道罢了。革命的心还是蠢蠢欲动啊。恰在此时，我们小学的老师也准备出去串联了。他们的行动更"革命"，骑单车串联，有点像现在的自驾游。去的老师也不多，不足十人吧。我们便央求他们带上我们。到底是自己学校的老师，一说便答应了。我们一共三个孩子，坐在老师的书包架上，便出发了。第一站，到了徐州，到达徐州时，天已黑透了。坐单车的我们几乎冻僵了不说，骑单车的人也累得狗熊一样。但次日仍旧进行我们的革命行动,就是到已经改名为"淮海大学"的徐州师院看大字报。在后来成为我的教室的文科楼里,大字报和破窗户一起在瑟瑟寒风中凌乱着,招魂似的。好像没见到学生,大约也出去革命了。住的地方在市委第二招待所吗？我后来熟悉了徐州时,不知为什么会这样认为。同去的教导主任到徐州就感冒发烧了,革命行动便受到了影响。主任病中虚弱地说,他的女儿和我同年,也这么大了。显见是想家了。这是削弱斗志的。于是,大家决定返回。这也是因为骑行过于劳累,而且看过之后觉得革命经验也就那么回事。但是返回时老师和我们分开走了,记不得是我们自己要求的,还是老师们决定的。都能说得通。俗话说,千里不捎书,就是说太远的距离即便很轻的东西也会成为负担,何况我们三个半大孩子呢。但是,也太过分了吧,把三个十二三岁的小姑娘扔在离家一两百里路之外的地方！可是那时大家都不觉得害怕。尤其是,也可能就是我们自己要求的。既然是革命串联,坐在人家车子上算什么革命？长征就是用两条腿走出来的。所以,对于我们来说,回程才是长征的开始。有背包,还有旗子呢。我们一开始是排着队打着旗子的,后来队伍就排不起来了,再后来最讨厌的就是不知怎么处理旗子了。红旗在寒风中是猎猎的,岑参的《白雪歌》中还有一句现成的描述,"风卷红旗冻不翻",很写实。可是越是"冻不翻",越是"猎猎"的,越费力气。后来,旗子就卷起来了,成了一根竹竿。一天时间肯定是走不到家的,就是红军也不行。不记得晚上在哪儿住了一宿,反正串联的小将到哪儿都有人接待。路上所遇之人,都很佩服我们。当时虽说路上常见徒步串联的队伍,但这么小年纪的还是很少见的。被人夸奖的感觉总是很好的,但好的感觉代替不了体力。次日,我们更狼狈了,幸运的是遇上一辆马车和我们同行。赶车的老大爷心疼我们,让我们坐车,我们当时很为难了一阵。很想坐。但坐了车,似乎革命的行为就打了折扣。不过,到底意志拗不过体力,马车,终究是坐了,而且一直坐到家。

串联回来以后,学校组织了毛泽东思想宣传队,我被召回了学校。其实说学校组织是不准确的,应当算是民间自发组织。学校有一个老师,姓陆,上海人,不知因为什么问题,到了这个苏北小镇。陆老师的做派当地人是看不惯的。比如他穿夹克衫,比如他穿人字拖,比如他穿瘦腿裤……更让人看不惯的是,他的脑袋是歪向一边的。据他自己说,小时候母亲工作,没人看他,因为老向着亮的地方看,养成习惯,改不过来了。当地人于是叫他陆歪头,他本来的名字陆天宙,倒被人忘了。不过我们一直是叫陆老师的。陆老师年纪轻轻的不知犯了什么错,也许是他的母亲影响了他。母亲是日伪时期旧政府小职员,算是有历史问题的,"文革"时到底死于这件事上。陆老师虽是上海人,但上海已无家可归。所幸他生性豁达,喜欢热闹,也是无所事事,便搞起了宣传队。排了一些节目,便经常演出,在本地演,也到外地演。没有任何经费,没有任何补贴,不知哪来那么大热情。记得一次到一个地方演出,遇到连日大雨回不来,吃饭都成问题了,是饿着肚子回来的。宣传队后来解散了,也是因为陆老师。陆老师老大不小的一直没结婚,当地人看不上他,他也看不上当地人。后来有人给他介绍了一个下放在新疆的知青,倒是上海姑娘。于是陆老师窗台上多了一个镜框,镜框里的姑娘很好看,尤其是洋气。后来姑娘来了,却一点也不像照片里的,矮且胖,跟朝鲜电影《鲜花盛开的村庄》里"六百个工分"有得一拼。其实陆老师也不满意,本来两人走到一起也不是因为感情。陆老师结婚没多久,一次街头辩论还是什么的,辩到激烈时,就有人动手了。也不敢打当地人,陆老师于是当了替罪羊。陆老师的头受伤了,医院医生正忙着革命,没有人来替陆老师换药,就找了一个赤脚医生来。赤脚医生是个小青年,结婚时间也不长。我对他印象很深,因为他是新式结婚,属于移风易俗典型,我妈代表妇联给他举办了一个新式婚礼,还把我们小学腰鼓队调去替他迎亲,腰鼓队指挥和领队都是陆老师。这样说来,赤脚医生和陆老师是有前缘的。但是没想到他给陆老师换了几次药,居然把陆老师的老婆带走了。到什么地方去了,谁也不知道,一直到我爸妈工作调动我转学走了,也没见他们回来。这件事以后,宣传队也解散了。

　　又一年夏天来了，我们家已经搬到一个叫小厂也叫拖拉机站的院子里。院子很大，北边是拖拉机站办公室和拖拉机手宿舍，也只占一半房屋，另一半住了两家人，其中一家是凤的家。南边一多半是只有一台机器的面粉厂和工人宿舍，然后是我们的家以及他们的厨房。两排房子似乎只是为了跑马圈地，中间院子空空荡荡的，凤她们两家到得早，开辟了很大的菜园。我们家没人会拾掇菜地，妈妈就随便撒了几颗葫芦、冬瓜和南瓜种子。几场雨过后，几种作物便比赛着占领地盘，肥硕的叶子铺天盖地，攀爬得到处都是。然后是白的花黄的花，竞相开放。再然后，叶子底下，长出一个个枕头似的冬瓜、弯溜溜的南瓜，还有葫芦。葫芦生长的时候真好看，无论是小的还是大的，一律嫩生生的青白色，覆盖着细细的茸毛，非常好玩。冬瓜、葫芦长疯了，天天都有成熟的，怎么吃都吃不完。我那时便多了一项任务，就是给熟悉的人家送冬瓜、葫芦。

　　那一年知了也特别多。东大河河堤上，栽满一行行小柳树，树不高，树干细细的，几乎每一棵上都趴附着几只黑色的知了。那一段时间，我和妹妹几乎天天光顾小树林，徒手出击，便可以抓到很多。我们蹑手蹑脚地接近小树，轻轻抬起胳膊接近知了，然后迅疾出手，手中便有斩获，那感觉很满足。有时知了发觉了，吱的一声飞了，我们拔腿就追，明知追不上，也要疯跑一阵，要的就是那种刺激。蝉蛹，不消说，也是多的。老一点的院落里，大树周围，傍晚时，笤帚扫一扫，就会露出许多圆圆的洞口，蝉的蛹便争先恐后地往外爬。稍晚些，树干上会有蝉蛹已经爬上去了，黑乎乎的疙瘩，参差地附在树上，一摸一个准。听说中学里蝉蛹特别多，特意去看了一下。乖乖，成群结队的人，一手拿着手电筒，一手拎着大口瓶或搪瓷缸，瓶里或缸子里都是蠢蠢蠕动的蝉蛹。黑黢黢的校园里，到处游动着手电筒微弱的光亮，中学的地皮像被翻了一层。我后来看《水浒传》，看到七十二地煞星出世，脑子里就浮现出中学校园里那些蝉蛹来。我上小学时，中学就在对面，却是等闲进去不得的。现在，学生没了，老师没了，工人没了，院子里的草没人管，疯了一样，长得有半人高，狗尾巴草肥硕得像谷穗，沉甸甸地低着头。校园内一片荒凉。

  我去年的衣服小了，妈妈给我做了深蓝色短裤，买了一件70厘米的小海军汗衫，不能穿，又到商店换了一件75的，穿上走出去，大家都说，长高了。

2018. 7. 16

"五七"中学

　　学校都停课了，小学、中学都是。有时老师会组织在一起学习。老师学习时的样子不好看，一个个噤若寒蝉，惊鸟似的。那时做教师的，出身大都不好，那便是有了原罪，所以多数人战战兢兢。一些年轻老师没有出身包袱，但是在那样的气氛下，也是紧张得大气不敢出。这些老师，昔日有严肃的，也有和蔼的，于我来说，一概是高高在上的，此刻都低到了尘埃，谦卑得说不出话来。我后来脑子里经常浮现出他们学习的画面，那画面的感觉就是两个字——痛苦。

　　中学有一段时间是搞"革命"的。此时一般不再写普通老师的大字报了，斗争目标比较明确，批判"走资派"。当权派等同于"走资派"，所以各个单位的当权派都被"揪"了出来，戴着高帽子游街，很像斗地主土豪劣绅的情景。中学开了校长批判会。中学校长姓杨，叫杨树人，极温和的一个中年男人，有时因工作关系到我家找我爸，我看他是极好的。但学生开他的批判会。批斗结束的时候，一个男学生从后面踢了他一脚，那是冬天，杨校长穿着半旧蓝大衣，大衣上留下了清晰的脚印。学生大约觉得影响不好，忙着上前拍打。杨校长赶紧用手护着，想是为了保留证据。那时有个口号叫"要文斗不要武斗"，脚踢自然属于武斗。杨校长背后"作战"，不及学生眼明手疾，也不如学生身手利索，那个脚印终究没留下来。其实，留下来又如何？

凤的父亲也被批斗了。我爸调走以后，凤的爸爸马书记做了一把手，此时就成了批斗对象。组织批斗的也是中学生。害怕中学生没轻没重，马伯伯便躲了起来。中学生到家里要人，来了很多，很有气势。此时凤的姐姐秀在家里。秀原来在南京上中学，家里调动时她没有跟过来，直到高中毕业，又到农村搞了一段时间社会主义教育，此时闲在家中。中学生都是凤的同学，比起秀来太嫩了，秀一人舌战群儒，毫无惧色。中学生全败下阵去，气愤愤地走了。秀成功地捍卫了父亲，我觉得她就是个大英雄。比起她，我们都算是没用的。那时我爸虽然早已调走了，我妈还没走，我们姐妹也没走，就有人想起我爸，把我爸揪回来批斗。亏得有人透露消息，我爸自己提前回来了，造反派带去的高帽没有用上。但批斗会开了。我们不敢不参加批斗会，还不敢不喊口号。我真佩服秀。

中学里终于也不开批斗会了，所有教师、学生都作鸟兽散。后来排练了一阵样板戏，但那是少数人的事。

天天都没事做的滋味其实也不好受。我看大人们也是。中学的老师分成了两派，真正天天打派仗的并不多，闲的时间久了，他们也感到无聊了。此时有几个人，主要是原来农业中学的几位老师萌发了复课的念头。他们联合中学的两位老师，就在农中的校址上招生上课了。

此时我家恰好从小厂搬到农中院内。农中这个地方我太熟悉了，是我的幼儿园与最早的小学合起来的。此时幼儿园部分与原小学的北边一排房子住了家属，南边一整排教室正空着，于是招了两个班学生。校名也另起了，不叫中学，也不叫农中，叫了个很时髦的"五七中学"，取毛泽东五七指示之意。

学校就在自家院子里，这个学自然是要上的。虽说不很正规，但也没有选择，不是吗？

志同道合的老师也不多，勉强开了政治、语文、数学、物理几门课，好像没有化学。外语更不用说了。

数学、物理两门课老师是原中学老师,算是正规院校毕业的专业老师,其他则不是。教数学的吕老师,刚从大学毕业不久,特别喜欢运动,每到周末回县城老家时,都是步行。脚上白回力球鞋,头上一顶白遮阳帽,夏季更配上西装短裤白T恤的打扮,精神抖擞,活力四射。我每次见到他,就想起《年青的一代》里的萧继业,觉得再青春再正能量不过的了。听说他家也是地主出身,真是可惜了。上课的热情却是极高,对学生也是,和他在一起,就觉得世界真美好。

物理许老师,白面书生一个,一副琇琅眼镜架着,说话走路都斯斯文文的,用今天的标准看,有点"娘"。许老师当时也未婚,后来娶了秀,成为我们院的女婿,新婚那一段时间,见到我们还很不好意思。

教语文的苗老师其实没有教中学的资质。我是这样想的。我上小学四年级时,中途换了个新老师,介绍给我们认识时,说他吹拉弹唱无所不会,那个老师就是苗老师。后来不知去了哪儿,原来是到农中了。我四年级他教我,上中学了还是他教我,不知是他原来就很高深,还是我一直没进步。五七中学再遇到苗老师时,他一如既往地爱说爱笑,平时和上课时都是。他语文课都上些什么内容,我真记不起来了,反正那时也没有教材,倒是教政治的老师教了我一些语文知识。

政治老师姓金,军人出身,很挺拔。他是本地人,却从来不回家。有家不回的人,我住在小厂时也见过一个。朱叔叔就是。朱叔叔人长得帅,又极聪明,心灵手巧且能干,是家中独子,父母的掌上明珠。朱叔叔年纪轻轻时家里做主娶了一房媳妇,女人比他大,长得也粗糙,却是十分贤惠,公婆都喜欢。可是朱叔叔不喜欢。那年头离婚特别困难。中国的《婚姻法》我有点搞不懂。刚解放那会儿,似乎鼓励离婚,后来再离婚就难了。我同学霞,家中定期会来一个客人,女的,40多岁。我问是什么亲戚,霞说什么亲戚都不是。我后来听外婆说,那女人每年回来是办离婚手续的。早年因为夫妻不和,她跑到南乡去了,在当地已结婚生子,孩子都长成大小伙子,可以爬山干活了,这边的婚就是离不掉。年年一到农闲时,就跑回来离婚,年年回来年年离不掉,年年离不掉年年回来。霞的父亲是公社文书,离婚这事归他管,一来二去成了熟人了,每次都到霞家里坐坐,亲戚似的。可是一直到我家搬走,她也没有离成婚。

金老师也是。其实也不是。我听金老师的爱情故事很感动的。金老师从海军学校毕业,分到舰艇上工作。本人工作积极,要求进步,又有文采,能说能写。给我们上课时,他念了一首旧作,是1962年所谓"蒋匪窜犯大陆"时写的一首《破阵子》词,发表在《海军报》上,我到现在还记得两句,叫作"轻收头颅试刀锋,蝼蚁一毛轻"(肯定有误,不会有两个"轻"字,但想不起来了)。我们听讲时都热血沸腾,当时战士的请战气氛似乎感同身受。金老师就是这样一个热血青年。但是金老师回家探亲时邂逅了自己的表妹,表妹出落得如花似玉,两人一见倾心。金老师是军人,军婚要求很严格,政审没有通过,因为姑妈家是地主成分。我说金老师是多血质的,做起事来不顾一切,此时为了爱情就是这样。结果,金老师的军人生涯结束了,大好前程葬送了。表妹中学毕业,本来在医院工作,为此饭碗也丢了。花前月下的爱情到此结束,取而代之的是琐碎的柴米油盐和繁重的农活。水兵爱大海!天天面朝黄土背朝天是怎么回事!甜蜜的爱情结出了苦涩的果,平凡的生活消磨了美好的情愫,恩爱夫妻成了欢喜冤家。金老师被安排到农中当老师,我不知是什么时候的事。他表妹却一直待在家里做家庭主妇。

金老师的政治课当然也没有教材,基本上讲毛泽东诗词。从《沁园春·长沙》《菩萨蛮·黄鹤楼》这样依着顺序讲下去,反正不论是内容还是时代背景,都离不开政治,就语文、政治一起讲了。我现在这些诗词基本上还都能背诵,与那时的教学也有关系吧!还有鲁迅,也是教学内容。那首《哀范君》,听起来觉得时代有些隔,对范爱农的印象也颇模糊,但诗中两句:"独沉清洌水,能否涤愁肠?"老师一咏三叹的样子,至今不忘。这也是我一直对鲁迅感兴趣的启蒙吧!

数学、物理学的内容都还给老师了,不过,后来重新学习时,入手很快。当是做留级生的一点实惠。

五七中学开办时间不长,大约后来就开始复课了。我的初中又从头开始上。

这一段历史不知还有没有人记得,我是记得的。我知道,作为学历它注定不会被承认,也没有任何功利性质。它就是几个不肯闲着想做点事的人一起做了一件事。但这是一件好事,一件有意义的事。在知识被鄙视被践踏的年代,还有人愿意做这费力不讨好的事,说明知识在人的心底,是被尊重被呼唤的,总有有识见者愿意砥砺前行,愿意在黑暗中播撒光明。

开卷有益。我觉得我是从中受益了。

2018.7.18

关于死亡的记忆

三月里总有一种死亡的气息弥漫着,挥之不去的样子。每到这个季节,我都会想到死亡。不是哲学家那种"我从哪里来,要到哪里去"的高深的命题,大约与欣欣向荣的景象相关联,由极盛反而会想到它的反面。

第一次比较近距离地接触到死亡的概念,其实是不清楚的。我大约不满10岁,上小学三四年级的样子,一天课外活动时排练腰鼓,人不齐,缺了一个男孩,叫姜兆什么,家就住在附近,离学校一里多路。老师说,谁去把他找来。就有几个热心的同学自告奋勇地去了,也有我。找到了姜同学家,看到屋里屋外出来进去很多人,姜同学在屋外一棵树上骑着,百无聊赖的样子,问他怎么了,说奶奶死了。姜同学说的时候,好像这事与他有关但关系也不大,总之,没有引起我们情绪上的波动,回来告诉老师也就算了,就好像同学感冒或肚子疼,不能上学一样。

第二次接近死亡,距上一次大约两三年的样子。其时"文革"已开始,学校停课了,我天天在家闲得发慌。那天是去同学家玩,在距她家几十米远的地方,人声喧嚷,我循着声音望去,只一眼,看得我心惊肉跳。只见白茫茫一片人头攒动,白色之中,一只漆黑棺木,上面仿佛覆着白布。我无端地非常恐惧,飞也似的跑到我同学家,一头冲进去,双手在身后把门紧闭,连转过身去的勇气都没有。在同学家,知道一会儿送葬的队伍要从门前经过,更加坐立不安，此时回家已来不及，生恐迎头碰上，只好硬着头皮等队伍过去。回家时一路战战兢兢，并不敢向原先雪白的地方再看一眼，硬生生地别着头跑回家。此时正当炎夏，晚上大家都在院中乘凉，大人们还在聊天，我躺在小床上，周围的热闹似乎离我很远，我的世界里只有我一人，只要一闭上眼睛，那白花花的场面就出现在眼前，怎么也去不掉。我于是进到屋里，大约觉得屋里安全。可是，一躺下来，那场景又来了，我坚持了一会儿，已经觉得地老天荒般地不能忍受，心里无比煎熬。于是，我又重新回到院中。来回折腾几次，我爸妈终于发觉了，说："这孩子今天怎么啦？"我并不敢说，似乎一出口，那恐惧便长大了一般，让我更加难以承受。那炼狱般的一晚，我到现在都不能释怀。我那时开始思索生与死这样的哲学问题了吗？这猝不及防的遇见，让我很长时间对"死亡"这个词都很恐惧。

可能每个孩子都有一个阶段有一种无端的恐惧。我儿子五六岁的时候，一个黄昏，太阳将落未落，孩子忽然恐惧地抓住我的手，说："妈妈我怕。"我说："怕什么呢？"他迟迟疑疑，不很肯定地说："好像是鬼。"我便知道那个困惑所有孩子的问题他也碰到了，便与他打哈哈："是日本鬼子？""好像不是。""那是美国鬼子？""好像也不是。"儿子觉得我的回答像隔靴搔痒，总是不及要害。但我斩钉截铁地下结论："那就没有了。"我想给他一个清楚的意向让他不再模模糊糊地猜想从而心生恐惧，因为我自己从那个阶段过来，实在挣扎得痛苦。

我是怕死的人吗？好像不是。我清楚地记得小时候的一个梦。我被日本鬼子抓住了，在他们的司令部接受拷问，这司令部就在我同学家院子里，不知为什么他们家人都不见了，满屋都是日本鬼子，还有我。我没有屈服，大义凛然地高举起小板凳，准备砸向敌人。还没有实施"砸"的行动时，我醒了。醒了以后，我仔细回忆梦中我的一举一动，终于很释然：我没有当叛徒。这让我很庆幸，也让我在很长一段时间里对自己很放心。中国人是很讲气节的，所谓"文死谏，武死战"，只要死得其所。后来看西方电影，好人被敌人发现时，就举手投降，虽然只是暂时妥协，为了迷惑敌人，而后还是反戈一击，取得胜利，但我也不能接受，觉得举起手来那一刹那，已是百身莫赎了。所幸，我不是这样的，这在小时候的梦里已经检验过了。

我妈说我小时候胆子很大，男孩一样，没有什么害怕的。这我记不起来了。想想那时也没什么事情需要胆大，不过，有一个褒义词，我想我是担当得起的，那就是——勇敢。勇敢和胆大不一样吧？勇敢含有道德的成分在内，我绝对是被革命英雄主义和革命理想主义熏陶大的，这个毋庸置疑。比如，我学游泳得了关节炎，在每天针灸治疗只能拖着一条腿走路的情况下，我照样瞒着家长下河游泳；比如，我虽然不会爬树，但只要踩着我姐的肩膀够到树杈了，上面的高度似乎就不在话下；比如，我妹妹学游泳掉到河中间，我姐姐吓得不敢救援，我用一条好腿坚持游向我妹妹。当然我当时也没想得多高尚，只是怕少了一个人，回家没法交代。但是，我现在想想，这里面应该也有可以沾上责任啊担当啊这些闪光品质的东西。还有更能证明我勇敢的，就是上面说的那个梦了。梦里是不做作的，我想，我是勇敢的。不过，这些似乎都在 12 岁以前。12 岁，是一个分水岭，我所有的跟勇敢相关的东西，到此戛然而止。

"文革"开始时，我尚不足 12 岁，正好好地上着学，突然就不上课了，老师让写大字报，先是贴在教室外面墙上，后来贴不下了，教室里面也贴。六月天气，校园里月季花香闻不到了，就剩下馊糨糊味。小学对面一路之隔是中学，整天大门紧闭，但能感受到大门里的亢奋和神秘。然后索性就停课了。但是戾气已弥漫到社会上。被作为"四旧"抄家抄出的东西被集中堆起来焚烧，有从没见过的小脚绣花鞋、旗袍、祖先牌位等，确实觉得带有陈旧腐烂的气息。街上穿皮鞋、穿窄脚裤的人都岌岌可危的样子行色匆匆。医院里我同学的妈妈鼓动我们说，你们敢把你倪姨的辫子剪下来吗？倪姨当时还是个大姑娘，梳着两条长长的辫子。我们便操把剪刀，给倪姨一个突然袭击，终是人小力薄，只剪断一小绺，倪姨后来改梳短辫子了，也挺好看的，但当时她哭了。再然后就批斗"走资派"了,戴高帽子游街的很多。不时还会听说某某人自杀了。因为院子里也有"走资派",家里也有"走资派",我便莫名地很惶恐。爸爸当时在农业局工作,因为搞运动,回家是不敢的,便躲到农科所。农科所在农场,距城里有些距离,相对安静些。我妈妈也要参加运动,而且也已经被贴了大字报,自然不能离开单位,就派我到农科所陪爸爸。临走时妈妈悄悄交代我,要是看到有小药瓶之类的东西就扔掉。妈妈没有明说,我其实也不是很明白,可是心里就是害怕、担心,直觉似乎和死亡有关。这种心情不能跟爸爸说,不能和别人交流,只能自己默默承担。我在那之前没有经历过死亡(除了三四年级时姜同学的奶奶那次,但那可以忽略不计),尤其是和自己相关而且又是这么近的。我当然不愿我最亲的人遭遇不测,我更害怕这种非正常选择带来的后果,而我负有阻止并使之避免发生的责任,我12岁的肩膀担不起啊。那时爸爸心情不好,自然寡言,我小小年纪但心事重重,充满恐惧,更是一句话也不说,每天就是死一般的沉寂。这不长的一段时间,对我一生影响巨大。

"文革"初期还经历了一件事,真正是没齿难忘。我其实没有亲见,但听别人的描述,我自己感觉到的气氛,在想象中完整成一幅恐怖的画面,以后的岁月中,这画面经常地、从不改变地出现在我的梦中,是我永远的噩梦。事发的那个地方,其实是个美好的所在:两层楼的礼堂,开会、放电影、演戏,都在那儿,热闹,常常给人带来欢乐。礼堂门前是开阔的街道,街道另一侧连接一条不长的小河,河水平静、清澈,岸边柳树繁茂的枝叶往往投影其中,微风过处,柳树枝叶间隙漏下的光斑会随涟漪移动,吸引小鱼追逐游戏。老树根上常年拴一只小木船,木船极少有动用的时候,仿佛停在那儿就是为了点缀画面。淘气如我,有时会跳上去,小船便晃悠晃悠地让我站立不稳,于是赶紧跳下去逃走。小河彼岸种了一片花,花圃也不算大,但从春天的迎春,到夏季的芍药、牡丹,再到金风送爽中的玉簪、霜菊,一年四季也热热闹闹风光旖旎。种花的朱大爷,个子很矮,钻在花丛中很难被发现,但是只要有人摘花,他就突然冒出来了,土地公似的。他人也和善,可就是不能摘他的花,一点通融余地都没有。但我还是很向往那儿。花圃几乎连接中学的大操场,"文革"前,每天早上学生从学校后门拥出,到操场上做操、体育锻炼。中学对面就是我们小学了。停课一段时间以后,学校成立了宣传队,这也是当时的风气,每个学校都有的。那时我们家搬到了学校的北边,到学校必经礼堂这一"风景区"。但这时已经风景不再了,花圃没了,连操场也响应号召被改造成试验田供学生上劳动课了。我在这儿已经磨蹭很久了,说了半天事发现场的周遭环境,其实就是不想接触核心,接触我即将要说的那件事。但是,已经走到跟前了。那天下着不小的雨,我从学校回家,出校门就看见礼堂门口黑压压的人群,路上人来人往,议论很多,听一会儿就知道是开批斗会,这事那年月常有。但这次格外不同,因为批斗的是一个死人。被批斗的人,我见过,个儿高高的,瘦削,比较刚毅的那种,有些像电影《战火中的青春》里饰演雷振林的庞学勤。据说他当过解放军的连长,但当解放军之前,他也当过国民党的兵。因为前面那段经历,他用一条绳子把自己了结了。那天那雨不紧不慢不停地下着,什么都淋湿透了,虽然是夏天,让人心生冷意,身上起鸡皮疙瘩。我别着脑袋从人群中经过,什么也没看见,但是就是有一幅画面像刻在我脑子里,磨都磨不掉。

  我大约就是那个时候吓破胆了,从此就十分惧怕死亡,不是对死亡本身,而是由死亡传达出来的阴森气息,我自己脑补制造出来的恐怖氛围。

  又到了阳春三月,莺飞草长,桃红柳绿,春和景明,和风惠畅,怎么会想到这样违和的话题呢?三月的气息啊!

2019.3.27

少年不识愁滋味

这些事情都是发生在我下放当知青的时候。

一

那天早上，7点多钟吧，大部分人吃早饭了，爱磨蹭的也开始洗漱了，因为8点是要准时上班的。所谓上班其实就是到果园里干活，要是在生产队，人家就叫上工。我们大约因为按月领工资，八小时工作制，一个月还有四天假，介于工人和农民之间，所以叫"农工"，即农业工人——干农活的工人。

吃饭一般都是从食堂里买了，拿回宿舍里吃。早饭很简单，就是馒头、稀饭。食堂里的几个师傅，没有一个会点精细的活，像包子、油条之类。我这么说也可能冤枉他们了，以我们每月15元钱（第一年就15元钱）的薪资，和怎么也填不满的胃（主要指男生），可能也不配和包子、油条打交道。再说，那是什么年月？所以买了饭就回宿舍了。正吃着呢，外面吵吵嚷嚷起来，一下子就把大家都惊动了。我出去时，已经围了一群端着碗的人在看热闹。我走到跟前，看到的是几个村民用独轮车推着一个白发老妇人。老人坐在一个浅浅的筐子里，用棉被垫着围着，颤颤巍巍地骂人呢。

我们这个地方平时是没有村民来的，虽说附近有几个大队，虽说他们也同属于果园场，其实不打交道。我们这儿是几年前刚建起来的几排房子，名曰"知青点"，专为安插知青，跟周围都隔着起码好几里地呢。因为隔着的都是大小果园，比起平地的视野开阔，越发显得像世外桃源。今天来的这拨人，像是兴师问罪的，更是从来没有过的。

被远远近近知青围着的老人看上去有些孤单，虽说姑娘小伙子没有一个来认真吵架的，纯粹为看热闹，但是搁不住人多嘴杂起哄，老太太说一句话就有十几张嘴接着，她渐渐就露出怯来，失去了章法，没有来时的声势了。晨风中，老人的白发一缕一缕被吹得凌乱，越发显出可怜，大家觉得无趣，便渐渐散去了。

但是从老人的话中，多少听出些端倪，老人是为着儿子来的。老人的儿子夜里偷了果园的苹果，被看园的知青捉住了，并且打了。老人是到场里讨说法来了。

话说那天夜里确实抓了一个小偷，此刻在场里关着呢。抓住小偷的是几个新来的知青，被委派去看园巡夜，上任好几天了，还从没有立过功，早就摩拳擦掌了，这次发现"敌情"，先就兴奋了，且又人多势众，便追了上去。偷苹果的是个中年大叔，体力上本不占优势，又做贼心虚，心理上也不占优势，其实没什么战斗力，不一会儿就被擒拿了。做了"俘虏"的中年人自然要挣扎，伺机想逃。推推搡搡之中，小伙子们就有动手的了，然后发展成集体行动。本来他们手中就有树枝，原为黑夜中巡园壮胆，正好就派了用场。

善后问题我知道得不清楚，听说给中年人处理了伤口，他们也就回家了。

几个月之后，县广播站来人采访，报道知识青年在广阔天地里成长的事迹，我参加了座谈会，亲耳听到管理知青的张副场长表扬大家，说到知青爱场如家时，举了这个例子。我奉命写了一篇报道，也援用了这个事例。那篇报道我还记得，标题拟了"新苗茁壮"四个字，被广播站的记者表扬了。

好多年后，有一天我妹妹跟我说，她与我昔日插友是同事，插友正是当年看守果园者之一,知道巩先生和我们家关系后笑着说,看你姐夫文质彬彬的,当初他也打过人的。说的就是那次事情。我为此专门问了巩先生,何以有此举动?他说当时真的觉得做得很对,怎么能不保护集体利益呢?跟坏人坏事怎么能不做斗争呢?想想也是,我们从少年时代起受的教育就如此,那时的学习榜样,刘文学、张高谦都是少年英雄,都是为了保护集体财产跟坏人坏事做斗争牺牲的,他们的事迹都曾让我们热血沸腾过。

但这件事的处理方式我也听过不赞同的说法。据说老工人或老知青,他们看园时遇到这样的情况,并不认真地一定要人赃俱获,把人吓唬走了也就算了。总是因为太穷,否则谁会为了几个苹果、梨子冒风险丢脸面!

二

下放一年半以后,我调到了场部,做了现金会计。

场部在西场,西场有个酒厂,近水楼台,生产的就是果子酒,一共两种,一种葡萄酒,一种名为"冰雪露",很甜很浓,不像酒,类似果汁,是用苹果做的。我的好几个同学都在酒厂工作,做化验员。我这人很"本分",不论住在什么地方,对周围环境一点都不关心。我和这些化验员朝夕相处,酒厂就在咫尺之间,我从来都没去看过。但我跟酒厂很熟悉,一是因为我的同学,二是酒厂的老厂长。当然,我跟老厂长打交道不多,注意他是因为他一口浓重的乡音很像我外婆说话,还因为我听过在果园流传很广的关于他的故事。说这个掌故时,人们是作为笑话消遣的,我听了却怎么也乐不起来。那故事是,老厂长"文革"时挨批斗,造反派让他背诵《为人民服务》,文中有一句话:"人总是要死的,或轻于鸿毛,或重于泰山。"无论别人怎么教他,老厂长总是把"人总是要死的"背成"人怎么不死的",怎么纠正都不行。他是个工农干部,年纪又大,除了多批斗他几次,造反派也没有别的办法,但"人怎么不死的"这一"金句"就流传开来,成了果园场长盛不衰的笑料。

行路吟
XINGLU YIN

因为跟酒厂实际上和心理上的渊源,我会主动帮助酒厂做些事。那天我已经吃过晚饭,夏天天长,晚饭后天还没黑,我看我同学孙秋宁还在忙着收苹果,就去帮他记账。来卖苹果的是果园场下辖的生产大队。此时卖的苹果不是成熟的苹果,而是烂果。苹果在生长过程中,最容易生的毛病是炭疽病,通常,一棵树上只要有一只果子感染了炭疽病菌,随着落雨就会呈伞状向下向周围蔓延,速度极快。所以一旦发现炭疽病,就要迅速把感染病菌的果子摘除。苹果炭疽病是每年都会发生的,果园里有一项工作就是"戳烂果"。做这件事时,是用长竹竿把树上的病果戳下来,捡到筐子里运回去。我也做过这事,当时觉得很好玩,又轻松,一帮人围着一棵树,嘻嘻哈哈的。其实出现病果的时候正是苹果果实膨大期,每一颗病果都曾经有可能成长为健康成熟的果子,那就是收获。而病果越多,减产越厉害。这一点,我们那时是意识不到的。病果收下来,把坏的部分处理掉可以酿酒,所以酒厂这个时候就有了收烂果的工作。烂果也是分级的,因为坏的程度不同。但这个级别如何定,就由收果子的人说了算。我帮孙秋宁收果子的时候,就是他定等级,我给他开票。天色向晚,卖烂果的队伍还很长,秋宁忙碌地定级、称重、报数字,我飞快地计算应付金额、开票。也有人讨价还价,说定的等级低了,我们也不理会。这时场里的王秘书一边剔牙一边踱着方步过来了,看了一会儿,转身走了,临转身时撂下一句话:"你们也太狠了!"还伴着一声叹息。

这句话让我心里很不舒服。王秘书在我心里算是个很圆滑的人,他身材不高,胖乎乎的,一副圆圆的眼镜后面是精明的小眼睛,夏天常穿一件白色老头衫,摇着一把芭蕉扇。他是场里的秘书,从来看不到他做什么事,但明显感觉到场里的大权有他一份,常见他跟场里头儿嘀嘀咕咕的。我最烦的就是那嘀嘀咕咕,很不光明正大似的。此刻我们都忙着,他就像那"把扇摇"的"公子王孙",站着说话不腰疼!

再说,凭什么指责我们? 我们又不是为自己赚钱,我们不是维护场里利益吗？怎么反被说成欺负果农的周扒皮了？但在为自己辩护时，我也隐隐觉得有些理亏，对不起谁似的。春华秋实，那是用汗水换来的。眼瞅着收获在即，却因为自然灾害而大面积减产，现在卖这些烂果，实在是果农们"剜却心头肉"啊！而我们还要压价，这无异于雪上加霜，是从农民口中夺食了！我们这样做，真的对吗？

三

我做会计最头疼的事是催欠款。

我从我的前任那儿接管工作时，他除了交给我账本之类的业务，也留给我一厚沓纸条，大小宽窄颜色不一，一看就历史悠久的纸条，上面是歪歪扭扭的不同字迹，前任让我保管好不要丢了。我瞅着纸条上面的内容都是关于借钱，5块、10块、20块不等，都有领导郑重其事的签名、盖章。起初，我对这些字条并不在意，放在抽屉一角，几乎把它们遗忘了。有一次该发工资了，我去银行取钱，银行不给，硬说我们还有多少现金，按规定不能再提现金了。我耐心地解释确实没有发工资的钱了，抽屉里干干净净的，像才洗过的脸。但是没用，非说我们有钱。我就是管钱的，有没有我能不知道？无奈回来再仔细搜查，我不相信我的前任能藏了一座金山等我去惊喜。搜索的结果，一如我早就料到的，没有任何意外。当然，除了那一沓欠条。我二次返回银行，诉说情况，岂料人家说，借条就是现金。借条怎么能是现金？我可以把借条当工资发给大家吗？好说歹说加耍赖，人家是不跟一个油盐不进的小姑娘一般见识了，才把发工资的钱给了我，但是说没有下次，一定要把欠条借出去的钱追回来。

我回来的第一件事，就是跟领导汇报，说明追欠款的重要性。领导表示大力支持我的工作，让我马上实施。有了领导的支持，我工作起来很有力量。我找出欠条，跟欠钱人的工资挂钩，从当月工资中扣除，当月工资不够的，延续下月再扣。我觉得我的工作做得很细，账目也清清楚楚，我把欠款追回，就为以后的工作铺平了道路，以后职工的工资就有保障了。我以为我要立功了，没想到是噩梦开始了。

欠钱的都是老工人，一听扣工资了，平日那么老实巴交的人马上变得蛮不讲理，有立即火冒三丈的，有软磨硬泡的，也有装可怜的，总之，就是不让扣钱。道理讲了千千万，没有一个听得进去的。我只好祭起尚方宝剑，让他们找领导去。他们就去了。然后一个个回来了，回来手里又多了新的借条，原先扣除的钱一分不少又出现在新的纸条上了，同样郑重签上领导大名，盖上朱红印章。同时他们嘴里都多了一句话，"阎王好惹，小鬼难缠"！我成了那难缠的小鬼了！我由此甚至觉得人心险恶，对领导那当面一套背后一套心口不一的做法很反感，为自己无端地背锅感到悲哀。

岁月的年轮增加了一圈又一圈，我从少不更事的小姑娘，到如今已经在艰辛的生活中翻滚了多少遭，很多事情，生活教给了我别样的答案。我那时觉得场领导、王秘书、老工人、老知青很"滑"，对集体的事情不上心、不关心。随着年岁渐增，才认识到，那种种貌似的"苟且"，体现的其实是世事洞明、人情练达，恰恰是最高贵的悲悯情怀。

2019. 3. 24

那年那事儿

"文革"后期,"四人帮"事件以后,紧接着有一个"批帮派"运动,大意是批判拉山头搞宗派的行为。我向来不关心大事,但是我那一年的经历,让我记住了曾经有过这个事。

那时我以知识青年的身份下放在一个果园场劳动锻炼,做了所谓的农业工人。1975年6月到达果园场,此时已经两年多过去,恢复高考的风也已经吹来。按照当时的政策,下放满两年可以获得招工、招生资格,参加高考自然也是一个回城的途径,所以人心思动,都想着离开。但在那之前,离开的唯一方式是推荐,按照场领导的说法,工人师傅不推荐,你上哪去!所以一定要表现好,获得认可,才能获得机会。上大学一直是我的理想,现在有了机会,我想在繁忙的工作中挤出时间复习功课。但是,又要搞运动了!下班时间要参加批判会,要发言,要表明态度。把时间都占用完了不说,心情也被搞得很坏。我平时劳动、工作表现都挺好,这个运动我却"表现"不起来,而这是关系我能否顺利上大学的关键。因为我的不积极,被领导"约谈"了。我说的这个运动,就是当时所谓的"批帮派",而我们批斗的对象是我们果园场医院的院长。

果园场其实不大,在接纳几百名知青之前,连领导带工人也不足一百人,不过它同时管辖三个大队,这是它稍具规模的原因。麻雀虽小,五脏俱全，场里该有的机构也都有，具体而微罢了。场里的医院就是这样一个小机构。医院全体成员，就一个院长兼医生、一个医生、一个护士，知青进场以后，补充了一个司药，是我同学，在这之前，司药由护士兼任。医院里还有两个人，编制在，人基本不在，一个搞计划生育，一个搞防疫，这两项工作基本上要深入农民中，跟知青关系不大，所以在场里基本上看不到他们。当然，医院里其他人的工作跟知青关系也不大，十七八岁、二十出头的姑娘小伙子，除了冬天吹风感冒、夏天着凉腹泻，哪有生病的时候？稍微有点什么，正好有了回家的理由，也麻烦不到场医，何况知青聚居的东场还有个医疗点。所以，场医院也是面对周围村民，只不过搞防疫和计划生育的是"行商"，其余人是"坐贾"而已。

医院的院长和护士是一家人，院长姓张，转业军人，高大魁梧，既有军人的刚直爽快，又有医生的温和清洁；护士也姓张，生得极美，性情又好，两个孩子的妈妈了，笑起来还像小姑娘似的羞涩，说话也细声细语。夫妇感情很好，男的像丈夫，女的像妻子，我是说那种刚柔相济的搭配、琴瑟和鸣的韵味。两个孩子都还在童稚之间，虽是男孩，那种粉妆玉琢一般的干净漂亮，便是女孩也比不上。这一家在果园场就是个异数，方圆多少里也仅见。难得的还有情致。那个年月，说起小布尔乔亚是要被唾弃的，人的感情似乎越粗粝越好。所谓花前月下，其实果园场是最有这个自然条件的，大家却都视而不见。但夕阳西下的温暖中，花气袭人的林间小径上，总能见到院长一家人在散步（散步这个事情在果园场没有第二例），散淡、优雅，是别一种风情、别一种氛围。感觉院长一家像在世外桃源，但不知为什么场领导认为他们就是应该批判的"帮派"。

批判的序幕从调查院长以外的那个医生开始。医生姓姚，上海人，50多岁，清瘦、儒雅，据说有历史问题，以致流落到苏北这小地方。不知是天性如此，还是因为所谓的历史问题，姚医生沉默寡言，除了在诊室上班，别的地方几乎看不到他人影，听不到他声息。我原先也没见过他，不知道场里还有这样一个人。有一天,场里给我一个任务,让我跟杨主任一起到村子里查一件事。杨主任是场里唯一一个女领导,所以让女人去调查,是因为这件事男人不方便做。杨主任告诉我,有人说姚医生给女人看病时,有过不规矩。我们便是去向那个女病人取证的,带我去是为了做记录。所谓不规矩云云,我当时是女孩儿家,杨主任不便明说,向女人询问时,用词也很隐晦。农村女人对这类事更是讳莫如深,一听便矢口否认,所以我们走个过场就回来了。姚医生后来究竟受了什么处分,我也没关心,以为不了了之了,并不知道这才是揭批医院这个帮派的开始。

院长与他的妻子是同时被关押起来的,当时叫办学习班,夫妇俩分开来,一人一个学习班。一下办了两个学习班,场部人手不够,便从知青和生产队农民中分别抽来一些骨干,这些人主要负责看押审讯,白天黑夜轮流值班。一时间,在场部到处可以看见一些护卫模样的人,每个人都是"天降大任于斯人"的派头,睥睨周围,都不兴青眼看人的,场里的气氛便有些黑云压城的味道。张院长被关押在场办公室隔壁房间,白天我上班时,并没有听见什么动静。住在关押室另一隔壁的同学刘凯,一天告诉我,每天晚上都能听到打骂声和号叫声,刘凯说,那叫声很凄厉。中秋节了,场里放假,工人和知青们都回家团圆去了。场里食堂会餐,给不能回家的人改善生活。参加会餐的大部分都是学习班的看守人员。院长夫妇仍被分在两个学习班里,孩子被送回老家了,一家人都各自煎熬着,自是没有团圆的份。放假回来,刘凯跟我说,看守们把吃剩的残羹冷炙倒到一个碗里,放在篮子里,用绳子系上,从窗子里续进去,看到院长狼吞虎咽的模样,纷纷嘲笑。也看到院长了,院长本来就白,是一种健康、干净的肤色,现在长时间不见天日,脸又浮肿,白得有些瘆人。刘凯说完,一声叹息。那时我想,人的尊严是什么时候丧失的,是在生命最低保障不复存在的时候。

比较院长经受的严刑逼供,护士的遭遇是另一种。她的遭遇源于她的美丽。护士的美丽,周围的村妇自是不可比拟,场里的家属难以望其项背,

行路吟
XINGLU YIN

即便是正值青春妙龄的女知青,又缺少那份成熟娴静的风韵。护士像一朵娇花,平日在其强壮有力的丈夫身边,可能无人敢觊觎,如今丈夫自身不保,且两人都沦为审查对象,似乎谁都可以轻薄了。医院里的防疫医生,姓雷,男性。雷是那种一点也不像医生的医生。按照常识,医生似乎应该是有洁癖的,就是说,一般都会给人以整洁干净的印象。可是雷长相丑陋、举止猥琐、邋里邋遢,让人看了想吐。我在场部当会计一年时间,很少见到他,经常连发工资都找不到他,据说他整天在外卖假药(他也就像个卖假药的江湖骗子)。但这个时候他回来了。他是场医院唯一没有受到帮派牵连的,相反,他成了运动骨干,护士的那个学习班就由他负责。我不知场里是否有意为之,总之,是把洁白的羔羊送入虎口了。雷负责学习班不久,场里传得沸沸扬扬的是,他利用身份之便,给护士注了药物,然后把她糟蹋了。我听到后,难过、恶心的感受无以复加,感觉最美好的东西以最不堪的方式毁灭了。护士的学习班就办在医院。我没去过医院,里面什么样子我不知道,但方位我是熟悉的,去食堂吃饭必经那儿。护士被关在哪个房间我不清楚,只知道看管的是几个女生,其中就有我的同学,而且是我家隔壁院里的孩子。按理看管是日夜不间断的,就是说护士身边应该时刻有人,不知怎么竟发生这样的事,如果不是疏忽,只能理解为纵容,那就是合谋……我无法再想下去。

没有处分雷,就让这个恶棍逍遥法外。或许这就是手段,是他们想要的效果?

一天晚上,又通知开批斗会。到会场一看,被批的对象没有见过,介绍后才知道,其人根本不是场里职工,他是代替妻子出场接受批斗。他的妻子在场医院负责计划生育,姓冷。冷医生这段时间在县里参加培训,周末回来,听到张护士遭遇不测,担心她经受不住寻短见,想安慰开导,又不允许见面,就想了个办法,以送衣物为名,写了张字条夹在其中,不想被搜了出来。这成了阶级斗争新动向,也是院长、护士的新罪行。场里意欲从冷医生下手,扩大战果,迅速整垮医院帮派,于是组织批斗她。可是,此时在县里的培训不能缺席(整人的事是场领导个人以运动的名义公报私仇,并不愿意惊动上级组织,所以不敢扣人),批斗对象不能出席批斗会,场里又不愿意放过机会,结果,把冷的丈夫拉来了。小伙子是当地窑厂的一名会计,根红苗正,又不属果园场管理,根本无所畏惧,批斗会变成了辩论会。小伙子是知情人,掌握很多内幕,被安排的发言人,言语便很苍白,于是批斗会草草结束。

批斗会结束后,场领导找了场部几个女知青谈话,严厉地批评了我们,主要是就我们的立场态度。被约谈的一共四个人,我和我的在场医院做司药的同学压力最大,她是因为置身其中,不揭发不批判,明显是支持同情帮派。我呢,则是因为手里的那支笔。平时给领导写发言稿,办大批判专栏写批判稿,都是我的事。现在一言不发一个字不写,没有态度就是态度。我那时内心其实很煎熬。我没有一辈子扎根果园的思想,就是准备完成锻炼就走,但能不能走,不是你自己说了算,也不是你经过努力就可以的。态度很重要。但让我违心地说假话,比不让我走还难受。

果园场花开了又谢,谢了又开,四十多个轮回过去了,当年故事中的人物早已风流云散,那噩梦一般的事儿,随风逝去,不知还会有几人提起,还有几人记得。

2018.5.27

车轮碾压的青春

1975年和我一起下放到果园场的其实不全是知识青年。有不少人只进过中学门，然后就迅速退学回家了，到了可以下放的年龄，就顶着知识青年的名义下放了。这些十六七岁的孩子，既不是青年，也没有知识，其实是对不起"知识青年"这个称号的，当然被作为知青下放，其实又是对不起他们的。早早被推到社会上的这帮孩子，身上有一股天不怕地不怕的特质，比较起来，我们这批高中毕业生就成冬烘了。比如，我们认真卖力地劳动，遵守场里纪律，做事规规矩矩，因为我们相信自己就是来接受再教育的；我们也坚信，受完教育，我们一定会离开果园场的，而如何离开，是取决于自己的表现的。但所有成人的这些，完全规范不了他们。他们还小，"明天"似乎很远，且有时间乐呢；他们也很清楚，有我们这批人在，场里什么出头冒尖的事都轮不到他们，表现好也没用；而且，已经在社会上混了几年，多多少少有些经验，他们觉得我们呆。所以虽然一起下放，下放在同一个地方，却从不交往，彼此间界限泾渭分明。

我之所以忽然想起他们，我想大约与即将到来的这个节气有关。昨日微信群里纷纷是关于"春分"的祝福，转眼已是春半，清明即将登场了。跟春和景明的天气很违和的是，这时会想起已经逝去的生命，因为我突然就想起几十年前那一幕了。

那时我已经调到场部，一个人住着一间空空荡荡的房子。时序接近中秋，外面有又白又圆的月亮，我却不敢出去，早早关上门躺到床上。但是无论如何睡不着，刚刚听到的事情不停地在脑子里翻腾。

东场几个知青拦车去城里看电影，坐上一辆拉煤的卡车，车子没开出多远就翻到路沟里了。都是坐在煤堆上的，车子一翻，大部分人被甩了出去，落到比较松软的土地上，还好，没有伤筋动骨。却有一个女孩子被压到了煤堆底下。出事以后，几个孩子都吓坏了，拼命扒人，指望能救出同伴，但人少力单，没有工具，一时毫无结果。其中一个男生，拼命地跑向场里喊人，一边跑一边喊。待到大家带着工具把人扒出来时，女孩已经窒息死了。传消息的人描述当时的情景，说求援的男生浑身上下全是煤灰，满脸乌黑鬼一般狰狞，喊的声音都不像人了，甚是凄厉。又说，女孩被扒出来时，鼻子耳朵到处都是煤，多少盆清水都洗不净。听得人惊心动魄。

这个女孩我认得，眉眼长得极好，皮肤也是，涂了明油一般地润泽细腻。嘴大唇厚，有拉美范儿，这要是在老外，肯定是热情奔放，但在她，却如同两扇厚厚的门，把话都锁住了。在她那群叽叽喳喳疯狂的女孩子中，听不见她出声。她有个姐姐还在上高中，尽管她是小的，也不能"留在城里吃闲饭"，就到果园场来了。她那帮孩子，极喜欢往外跑，有点空约着几个人就出去了。知青点离公路近，只几百米，下班回来，吃过饭洗一洗，拦上车，几十里路，回到城里还可以看晚上7点的电影，然后再拦夜车回来，不耽误第二天上班。常开这段路的司机都知道这儿的知青要拦车，敦厚一点的，拦了就停下，捎上几十里，也算做件好事，那时谁家没有个把孩子当知青呢？都知道不容易。所以一般还是可以搭上免费车的。自然也有不愿麻烦或者怕担责任的，往往看到有人拦车反而疾驰而过，或者佯装要停，待你放松警惕，他猛踩油门扬长而去，不光气人，尤其危险。但这些孩子就不怕。到底，出事了。

夜已经很深了，万籁俱寂之中，有铁钉钉在木头上的声音，一声声，像敲击在人的心扉上。我知道，是木匠师傅在赶做棺材。我想到一个花季女孩，就要长眠在这片土地上了,远离她的爸妈,远离她熟悉的城市,一个人,孤孤单单的。我越发感到那钉子的分量,一声,一声……

还有一个特别小的男孩,个头也矮,眼睛眯眯的,胆子却大,又特别讲义气。我们场里那时没有锅炉,烧开水就用一口特别大的铁锅。每天下午下班回来,大家就拎着暖瓶去打开水。没有专门的人替大家打水,就是铁锅旁放几只水舀子,谁拿到手就自己往暖瓶里灌。人少时冷静地操作没有问题,人多时就很危险,毕竟是一大锅没有遮拦的滚水啊。但一天就这么一次供应开水,女生用热水又特别多,所以每次女孩子打开水都是提着三个两个暖瓶,偏偏人多挤不上去,小男孩就经常帮忙。轮到他挤到锅边时,他就一个一个帮着大家打水,大夏天满身满脸的汗水也不管不顾。有一次我见他居然爬到锅台上,滚滚的热气蒸腾着,看不清人了,他一瓶一瓶帮人灌水。我吓得心惊肉跳的,喊他下来,他倒越发逗起能来。他对我们这些大姐姐其实是敬畏的,但做起这样的好事来却当仁不让。所以他那一帮孩子,别人我们不理不睬,对他却不,时常还会开他玩笑。有一次他不知学电影里的谁,大约是用火钳子把头发卷得弯弯曲曲的,那时不像现在烫头很普遍。因为是自己搞的,头发上很有些烧焦了的痕迹。我便打趣他。我说最近做好事了?怎么没见报道你啊?他摸不着头脑,说,没有啊。我说,也没救火吗?他仍旧老老实实地回答,没有啊。我还是一本正经地,"那头发怎么烧焦了?"他囧得一溜烟跑了。他也是喜欢拦车的,不光自己坐,还帮着别人拦,尤其是我们这样不敢拦不好意思拦的,叫上一声,他就去了。他实在是个热情侠义的孩子。我上大学以后就没再见到他,不知他什么时候离开果园场的。后来有一天忽然听说他早就死了,就是死于车祸。我的心沉重得要跳不动了。

有一个女孩,我在到果园场之前并不认识,但她和我渊源极深。

我童年的时候认识一个老爷子,精瘦,高,穿一身洗得发白的军装,军帽下露出银白的发丝,还总爱挎着支短枪。我现在描述的这个形象也许有我主观的想象,因为年代太久远了。但在我的心目中,他那时可以满足我对真的部队老兵形象上的要求。他是真正的老兵,资历很老,我认识他时他和我爸是工作上的搭档,尽管我爸比他年纪轻得多,但经常要给他做工作上的善后,原因是他脾气太暴躁。他的老伴是山东女人,体态也极其高大。后来工作调动我再也没见过这两位,但见过他们的两个女儿,身形极像母亲大人,走到哪里都像羊群中的骆驼。像那样高大的人很少见,我当时想,不去打篮球可惜了。我上高中时,一天数学课上老师表扬一个同学作业做得好,我没听过那名字,顺着老师的视线,我转过脸,看见最后一排多了一个女生,那姑娘细高的身材,秀秀气气的,是外校来参加篮球集训临时在我们班听课的。那姑娘就是老爷子的孙女,他们家果然出打篮球的了,不过这女孩可比她两个姑姑灵秀多了。女孩的爸爸是老爷子的长子,一直在野战部队工作,后来殉职了,女孩便被接到爷爷身边。我下放到果园场后,不久来了一个女孩,自我介绍说她是那个老爷子的另一个孙女,父亲排行老二,一直在山东老家,她是上中学以后到爷爷身边的,和大伯家的姐姐一个篮球队。果然,她也是高个,比姐姐还高,却没姐姐生得好看,脸上很多雀斑,皮肤也粗糙得多。姐姐像只百灵鸟,她不光容貌不及,更输在气质上。特别好玩的是,她说话时,张口闭口总是"作为一个——",作为一个什么呢?后一半她只是拖长声音,又不说。我一直在猜,就是莫名其妙。一般她说这样话时的语境,都是暗示自己这样的身份应该做得好一些,也是要求进步的表现,我猜不出什么样的身份应该要求进步。后来我终于知道了,她一直欲说还休的那个宾语是"共产党员"四个字。在到果园场之前,她自己已经找个地方先"接受再教育"了,后来看大家集体到一个地方,又转了过来。但在先前那个地方,人家已经发展她入党了,因为时间太短,到果园来时还只是"意向"党员,但在她看来,就好比已经有了事实,只差一张纸了,所以时不时地老想亮亮这个身份,又因为还没有那张纸,缺少法律保障,到底有点心虚,所以那句话只

行路吟
XINGLU YIN

能说得半明半暗,也是谦虚、不显摆的意思,但对于我这样反应慢的人来说,枉费她的用心了,弄得她也不爽我也糊涂。女孩在果园场待的时间也不长,大约觉得人太多,虽然已经"作为一个"党员了,上去也怕不易,到底转回老家去了。回去没多久,也因为车祸丧生了。可惜啊!

2019.3.22

第一札

儿女正当好年华

　　我和辉不知道是怎么成为好朋友的。我的性格天生被动,从不主动结交人,一直被人说清高,我自己知道其实是低能。辉自然不是,但她那时的处境很特殊。她爸妈都是教师,妈妈姓孙,在实验小学教书;爸爸姓赵,就在我们读书的中学,我却一直不知道他原来教授哪一门课程。他大约解放前做过点什么,"文革"期间便很不顺利,我听过他们家一件事,辉的三姐,其时上初中,给打成"牛鬼蛇神"的父亲写了大字报,还把名字改成"赵(照)妖镜",并且声明跟家庭脱离关系。这个举动自然很伤父母的心,也为几个妹妹所不齿。我跟辉成为同学加朋友时,三姐和当时所有造过反的小将一样,被发配到农村去了。跟家庭的界限已然没了,但心里终归有一道抹不去的划痕。乃至提到姐姐时,妹妹会直呼"赵妖精",想来当时也是恨得没有办法的。因为父亲的这一身份,中学开学时,辉姐妹几个入学都比别人晚。进到班级以后,本来就有些内向的辉,说话更是一直小心翼翼的。但是可以和我说话,又愿意听我说话。我在生人面前说话很难,在熟人堆里,却是信口开河随意挥洒的,又稍微多读了几本书,瞎说起来就没了边际。有时胡说八道以后,辉会像孩子那样提要求:"再讲!再讲!"这很鼓舞我的虚荣心,于是越发"一行白鹭上青天"越说越远了。我和辉就是在这样毫无顾忌的胡说中越走越近了。有一次辉带我到她的一个小朋友家串门,去时那家人正围在一起包饺子,很热闹。辉告诉人家我读过《红楼梦》,一家人便七嘴八舌地要我讲讲。我在想开口的一刹那,突然感到一部二十四史不知从何说起的茫然,像《西游记》《水浒传》都有一个个故事好讲,唯独这《红楼梦》,家长里短鸡零狗碎的,讲什么呢?尤其我那时自己也不理解黛玉的那些小脾气!一时间竟语塞了,直觉得丢人丢大发了,让人觉得我是在吹牛。还好这家人没有"过于执",说笑之间话头就转过去了。但于我是心惊胆战的,其后遗症是,我像欠了曹雪芹似的,这辈子《红楼梦》我是反反复复地读,张爱玲说见到《红楼梦》中有眼生的字句一眼就瞧出来了,于我心有戚戚焉。

辉的家就在学校院子里,两间平房,我常去。常去的小朋友也多,因为辉的一个姐姐和妹妹也上初中,都有自己的同学,所以家里常常很热闹。每当这时,孙老师和赵老师就躲到另一间屋里,这边由着我们闹。孙老师身体不好,瘦瘦的,脸上皱纹像刀刻的一样,终日愁云密布,我那时误以为她年纪很大了。赵老师也不多说话。见到他们时我就像好学生见老师一样,规规矩矩的。只要一离开他们的视线,便闹腾开了。我到能理解人的时候才想到,那个时候的赵家,真是活在水深火热之中。因为"牛鬼蛇神"的问题,赵老师还没被准许工作,家里孩子多,都在乡下。大姐、大哥、二姐、三姐都是知青。那样的家庭背景,孩子前途无望,都是父母的心事。经济又特别紧张。有一回,已经在农村成了家的大姐带着孩子回娘家住,住的时间长了,粮票、钱都成问题了。大姐的孩子才几岁,不知在哪儿学会一句歌词,歌词是"多打战备粮",是那个时候流行的,小孩子别的也不会,就反复唱这一句,辉的四姐心直口快,忍不住说,你们家倒是有战备粮了。可见家里经济捉襟见肘孩子也感觉到了。但是农村更苦啊,做父母的能怎么办?

我是赶上了家里孩子多的时代了,一家兄弟姊妹四五个六七个是常态。"文革"中停课几年,中学开学时,我们家一下有了四个中学生,还有两个在上小学。开学交学费让我妈非常头疼。有一次就没法给所有孩子交学费,我妈跟孩子商量,能不能有人等到下一个月再交。不按时缴费显然会被老师啰唆,那年头老师收学费也是难事,很多家庭交不起,学校收不上来学费自然也不行,要催老师,搞个评比什么的。我的班主任最是争强好胜,凡事不肯落后,在班里便催逼得很紧。我却是我们家最不肯争的孩子,晚交学费的理所当然就是我了。我也不敢跟老师说,就这么拖着。偏偏我又是老班计划里应该率先交钱的那一拨,眼睛盯着我呢。那时学校催促交学费的办法是不交钱不发书,书在校图书室领。偏偏发书的老师是辉的爸爸。此时赵老师已经被安排在图书室工作。我也不知为什么,赵老师就把书发给我了。老班没有收到我的钱,但看我有书,又打听到我姐姐妹妹也交过学费了,直怀疑自己是不是搞错了,就去找赵老师,问我究竟交没交学费。赵老师竟然说,王一涓怎么能不交学费呢!她就是现在没交,我也会把书给她!说得老班哑口无言。我听了却是感动得很,我跟辉是好朋友,其实跟她爸妈极少交谈,他怎么就那么相信我!而这一次我实实在在是辜负他了。多年以后,想起这件事时,我忽然意识到,我没交学费,赵老师是心知肚明的,他那样做,是在以他仅有的微薄的力量,保护一个孩子的自尊心,让她免受难堪和伤害。这样闪耀人性光辉的崇高的怜悯,让我深深震撼了。

　　赵老师在图书室,我就算是得天独厚了。那时学校进的新书,我总是先睹为快。那时作家虽多,产品却少,一年也出不了几本书,所以竟能把新书都看完了。鲁迅的东西是赵老师推荐的,我后来一直喜欢鲁迅,是那时种下的种子。可是赵老师毕竟是高看我了,我考上大学后第一个暑假去他家,他借给我一套《东周列国志》,以我当时肚里那点墨水,看得头都大了。但我终归喜欢上古代文学了。

　　辉好脾气,但也拗。有一次突然不理我了,我不知道因为什么,我想跟她和好,又不知如何去做,那是我唯一一次感到,丢了好朋友心里是那样失魂落魄地难过。其实只是一点小误会。游戏时我开玩笑喊她"老赵",她误听成"老道",这是她小学时的绰号。大约小姑娘家家的,很不喜欢这样的绰号,到了中学,本来别人都不知道,正可以忘掉,结果由最好的朋友喊出来,她以为是我故意的。

　　帮我和辉消除误会的是雁,我们俩共同的朋友。雁长得机灵,学习也好,尤其是数学,在班里有"数学大臣"的美称。她跟辉是总角之交,幼儿园时就在一起。我则是初中开学一段时间以后转学插班的。我来了以后,期末考试结束,我后来的班主任当时是我姐的班主任周国梁老师,他对围在他身边看试卷的女生宣布,全年级女生王一涓成绩最好。成绩最好的王一涓很骄傲,老师告状告到家里了,我爸为此训我,我强词夺理:"骄傲是好缺点。不是人人都可以骄傲的。"被好一顿批。但物以类聚,我跟雁就成了好朋友。

　　我和雁有很多地方相似,尤其是喜欢玩。那时学习很轻松,课外作业也没有,只剩玩了。文艺上虽说只剩下八个样板戏,体育也不搞大型比赛,却是个单位都有宣传队、篮球队什么的,隔三岔五就有篮球赛、文艺演出。都是群众活动,不要票不花钱的,这样的热闹总是少不了我和雁。有一次看完学校宣传队演出,从礼堂出来,我和雁一边走着一边评论才看的节目,到大门口时人很多,往外挤着拥着,突然雁动作幅度很大地晃动左右的人,并且恶作剧地大叫一声。我正奇怪,忽然见到我们班的男生王平恰在此时经过大门。

　　上初中时我们男女生界限分明,互不说话,老死不相往来似的。老师也作怪,一定要男女生同桌,但过一段时间就换座位,连同桌也换。不知他是想让男女同学团结呢还是不团结。我妈妈是做妇女工作的,我们家又是女孩子多,我妈的教育是时常在家里讲一些有关妇女的话题。我接受这样教育的结果正负面都有。正面结果是我知道女孩子要自强自立自爱,负面结果就是我相当长一段时间都很排斥男孩子,中学时尤甚。其时时代风气也如此,鼓励晚恋晚婚晚育,一切两性之间的事情都鼓励晚。但是自然的规律就这样,时令到了,花就开了。少男少女都是情窦初开的年龄,好奇和兴趣都是免不了的,但表现出来又很奇怪。比如,说些狠话。记得最清楚、说得又有些艺术含量的一句话就是王平说的。当时他的同桌是华,华长得很妩媚，娇滴滴的，一笑露出两颗小虎牙，挺可爱的，只是嘴巴不饶人。一次上课之前，华还没到，王平站在凳子上抨击他的同桌，并放出豪言："她呢，是生命不息，骂人不止；我呢，是常备不懈，立足于扇。""扇"是大嘴巴抽人的意思。当时是中苏边境珍宝岛冲突不久，教室黑板两侧贴着两幅宣传画，一张题为"生命不息，战斗不止"，一边是"常备不懈，立足于打"，本来说的都是指战员的豪情壮志，到王平这儿，全变味了。还有就是故意提某人的名字打趣。那时学校有个规矩，预备铃后、上课之前要唱一支歌，有提提神、收收心的意思。因为音乐课教的都是样板戏，所以课前歌曲往往就唱样板戏。文娱委员每每起头之前会问一句："唱什么？"七嘴八舌的回答声里很多是"唱朝霞"。"朝霞"在这儿有双关的意思，一个是《沙家浜》中郭建光的唱段，"朝霞映在阳澄湖上"，另外，我们班有个女生叫朝霞。所以，起哄里有调笑的意思。最常见的是见不得男女生有任何交往，一经发现，那个男生立即成为集体打趣对象。有时即便主人公没有任何行为，但有关联，也免不了被嘲笑的命运。有一次看电影，正片前加映新闻简报，是一个科技短片《对虾》，介绍如何养殖对虾的。电影是学校包场，班里同学自是人人都看了。回来第二天，"对瞎"就在班级里叫开了，这外号是送给夏然华和他的同桌的，俩人都近视，又都不戴眼镜，坐在第一排，看人看书眼睛都眯缝着。记得那一次夏然华很仗义地跟集体吵了一架，因为同桌哭了。

　　雁被认为人小鬼大，恶作剧是经常的，制造混乱引人注意这样的事，不足为怪。

　　我们初中时同学之间晚上是不串门的，白天疯了一天，晚上还经常加班看演出看球赛看电影，等回到家里，一般就老老实实、安安静静的了，与在外面是两张面孔。所以几乎没有同学晚上到我们家来。有一个人例外，她叫梅。梅在我们同学中属于比较沉默但又不会被你忽视的一个人，她经常就是不出声，只抿着嘴笑，笑得很沉静，有时很莫测。所有淘气的活动里都找不到她，上课也不肯发言，成绩也不出众，但不知为什么，你就是不会忽略她的存在。到我们家玩,也是她主动来的,她又没有多少话跟你胡吹海聊,来了就静静地坐,通常我递一本书给她,我们各自看各自的,时间差不多了,她就走了。有时她邀我去她家,我就去了。她和两个妹妹住一间房子,姐妹仨年龄也相隔不远,此时都上初中,其中一个和我姐姐同班,是我姐的好朋友。梅上面还有姐姐,我看过她的一个姐姐,此时大约也插队在乡下,与下面这三姐妹是隔母的,并不常回来。还有没有别的,我不清楚,梅不说,我也不问。她爸妈我也都见过,长相都很一般,两个小的女儿却很出色。梅的眼睛也很漂亮,吃亏在身材偏矮胖,皮肤黑了些。

初中毕业后,绝大部分同学都不再继续升学了,一则当时流行的是"读书无用论",再则,经过几年耽搁,不少同学差不多要到就业年龄了,尤其是一家几个孩子扎堆长起来了,此时也需要"分流"了。梅就没有继续读高中。可是没等到这一届同学分配工作(这一届是那几年唯一一届没下放的),不知在哪儿转了一圈,梅又回来上学了,只是她回来得晚了,进了另一个班。这个班的学生都是后来因各种情况转来的,成立得比较晚,教师不同,教室也与我们不在一起,所以两年半的高中,我与梅竟没什么联系。等到再在一起时,已经都是知青的身份了。

高中毕业以后,我们这一届就搁着了,没有马上分配工作,如同我们同届的初中生那样;也没有马上上山下乡,像比我们低一届的初中生那样。都是老大不小的了,也不好在家吃闲饭。这时基本上家里都会给找个临时工干干,我就进了纺纱厂当起了落纱工。当我把纱厂工人那一套行头穿戴上出现在车间里时,我的落纱长立即惊叫起来,她说我太像五毛钱上的那个落纱女工了。1974年流行哪一版人民币我记不清了,但当时我自己也忍不住对着钱币照着镜子对比过,我只能说,我的落纱长眼很毒。被一个人像着的感觉有点神奇,尤其是这样一个被标注了身份的人,莫非我的前世今生就是一个落纱工?那我就在纱厂老老实实干着吧。壶中日月,不知有汉。几个月以后,一天早上,我跟着下夜班的人群走出厂区,刚从机器轰鸣的车间中走出,耳朵还不太适应,初夏清晨微凉的空气,让昏昏沉沉的头脑清醒了些,此时,从太阳升起的方向传来了锣鼓声,我转过身迎着已经刺眼的太阳,眯缝着眼睛看过去,宋丹丹描述过的情景出现了:红旗招展,锣鼓喧天。一个车队开过来了。我便驻足等着看热闹。车队到了跟前,我才发现,都是熟人,是我的高中同学,"奔赴广阔天地","大有作为"去了!我顿时呆了,满心满脸都是失落:我好赖也是一进步青年,这样响应号召的事,居然落后了。此时此心,只有没被假洋鬼子喊着"同去!同去!"造反的阿Q能理解了。我正百无聊赖,遇到了也在看热闹的同学洪流。洪流毕业后也在纱厂,但不像我只是一个忙着"三班倒"的临时工,他乒乓球打得好,进厂属于特招,此时风头正健。虽说在一个厂,其实我没见到过他,只是听说他正与一个也是打乒乓球的小姑娘谈恋爱呢。小姑娘我见过,挺精神的。洪流便一脸瞧不起地看着我:"躲下放的吧!"下放还用躲?!(真是少年时不识愁滋味)看话剧《年青的一代》,萧继业、林岚是我的偶像,林育生我压根就看不上!看小说《边疆晓歌》,那种垦边的生活是我一直向往的,轮到我有机会了,怎么会躲!但眼前却实在张不开口,很没面子地离开了。吃了早饭,觉也没补,直接找到了知青办,几天以后,我也是果园场的知青了。

  我的同学们已经先到了。两两一间宿舍,我因为到得晚,没有和我的朋友住在一起。但我的隔壁就是梅,她的室友阿芳虽不是我同学,两家大人却是熟知,阿芳很快就成了我的闺密,亲密程度竟超过梅。有一次阿芳从家里带来一瓶咸菜,雪里蕻炒肉丝,梅就在瓶子里挑肉丝吃,阿芳终于忍不住了,说,你都挑光了,王一涓吃什么?这样的事几年以后我又遇见一次,那时已经上大学了,寒假回来,刘敏带来炒熟的葵花籽,室友拣大的吃,刘敏也说了同样的话,她说,你把大的拣光了,王一涓吃什么?我从来都不是贪吃的,只能说我在我朋友心中的位置。若干年后,我想起这事,有一种迟来的感动,我想我何德何能,得朋友如此厚爱。阿芳是个漂亮的姑娘,两只毛茸茸的大眼睛,笑起来毫无城府。她是篮球队的,难得的是皮肤竟晒不黑。因为腿长,因为脾气直,得了一个不雅的绰号——驴子。

　　阿芳跟梅住一起有点小不自在。梅是个不肯出力的人,连笑的力气都不肯出,就是笑眯眯的不出声。果园场是力气活,出工干活就不用说了,天天出汗,衣服也得天天洗。梅不喜欢洗衣服,常常是出来溜达溜达,看谁正在洗衣服,就把自己该洗的衣服往人家盆里一放。有时实在不凑巧,就把脏衣服泡上,泡在那儿也不想洗,能放几天放出味儿来。所以不论怎么着阿芳都得"沾光"。

　　梅不肯洗衣服不代表她不爱美,尤其是正当芳华。果园虽说做的是农活,却是八小时工作制,夏日又长,吃完晚饭还有大好天光,此时还有余力的青年男女,三三两两坐在门前(男生在男生门前,女生在女生门前,互不串联),弹琴的唱歌的聊天的,好不快活(此是下放第一年的情景,以后不复如此)。梅此时最常做的事情是,取一个最舒适的坐姿,拿出一面小镜子,对着镜子友好地笑着,一边顾影自赏,一边自夸:"很漂亮啊!长得不错嘛!黑是黑了点,黑黑,正颜色!"看她花痴那样,大家就会肆无忌惮地笑,她也笑。

　　梅在果园场时间不长,有一天她告诉我,她要转走了,她说出来要去的地方时,我大吃一惊。其时我妈妈的工作内容里刚加了一条管理知青,梅要去的地方就是我妈妈的管辖范围。我有这样的近水楼台我自己都没想到,她从哪儿知道的?后来,梅比我们先招工上去了。因为去的是别的地方,多少年都没再见着。后来有一天我接到一个陌生电话,竟然是她,说是已经到南京了,来看看我。吃饭时她告诉我,女儿考上南京的大学了。梅招工早,早早觅到如意郎君,然后结婚生女,她女儿上大学了,我儿子刚脱离小学。

　　我在果园场真正劳动的时间也不长,没两个月就被县广播站抽调去当通讯员了,整天下乡采访写稿子。然后团县委筹备五四表彰大会,又去替他们忙了两个月,等重新回果园场,已是一年以后了。此时场里搞了个宣传队,恰好县文化馆办了个创作学习班,场里让我去学习,回来就给宣传队写写小节目,就是对口词、天津快板一类的。到了年底,农闲时节,宣传队到各处去演出,我也留在场里,春节放假都没回去。大部分知青回家度假了,也有在家待不住的。一个男生早早回来了,回来给我传一些秘密的小消息。说一留城的女同学来果园看望一男同学,雁不高兴了。我知道上学时那两位关系就好,不明白雁为什么不高兴,男生便神秘地笑。那以后,我们知道雁有些小心思了。雁在我们当中于感情方面属于早发动的,别人都还懵懂着呢。其实雁初中时男孩一般,淘气得很,后来就很淑女起来,真是女大十八变啊。在果园场,她和同年级的几个男生的关系都很好,而且很会关心人。一次把一个男同学的小妹妹带在身边住了几天,说,小姑娘跟着哥哥多不方便。也是这个男同学,一次动了个小手术,雁在劳动中主动照顾他。该男生比一般同学小一两岁,大家都觉得他是小弟弟,雁这样姐姐一般地体贴,让我们自愧弗如。再后来我和雁考上大学离开果园场了,再再后来,雁和她当年照顾的小伙子成了一对,着实让大家跌破了眼镜。

我刚考上大学不久,很多人都招工上来了,暑假我回去,到辉家,辉此时已是正式职工了。在辉家里,我碰上了果园场原"老"知青排排长。我的惊讶毫不掩饰地立马写在了脸上,排长便小心翼翼的,寒暄两句急忙走了。然后辉期期艾艾地跟我说排长在追求她,我一听就急了,怎么会是他?

我们下放到果园场的时候,场里已经有一批知青了,为了跟我们有区别,都称呼他们"老知青"。说是老知青,其实初中比我们还低一届,只是因为我们上了高中,他们先下放了。所以我们跟"老知青"的关系有点尴尬,他们已经干了一年多农活,技术肯定比我们强,对场里上上下下以及跟老工人相处,都比我们熟,在果园场这一亩三分地上,比我们资格老。但除了这些,我们凭什么服他们?尤其他们曾经还是我们的学弟学妹。排长就是这样的"老知青",给我们派工领工的事都归他。于是首当其冲,他就成了我们打击调侃的对象。是老知青也行,是排长也行,如果他,比如说容貌出众,比如说才华横溢也行,偏偏他都没有,就知道老老实实地干活,而这样的人在果园场太多了,辉却只有一个,凭什么给他?

辉知道我们都不看好排长，所以不声张。但是对我解释，被追得很紧，对方很有"之死靡它"的意思。我便也无语。后来到底两人结婚了。好几年以后，辉重病住院，我去看她，这时才意识到，辉把自己托付给排长是正确的。辉的病是在果园场劳动落下的。那时果树打药，基本靠人工，辉也是干活不要命的，农药慢性中毒，影响到心脏，那次就是心脏病发作。这个病一直影响着辉的生活质量，这一辈子，多亏排长不离不弃尽心尽力地照顾。

辉说陵也回来了，分在粮食系统，做了会计，工作不错，就是比较远，离城二十多里地呢。那天正是周末，辉也没事，我说去看看陵吧。我们俩骑上自行车就出发了。陵也是我们高中同学，不同班，在学校时交往不多，下乡后就成好朋友了。陵眼睛不大，笑起来像两弯新月，很有味道。有一次我们大家精神会餐，说到白米饭加点酱油拌饭挺好吃的，陵说再加点猪油；有人又说面条用酱油拌也挺好吃，陵说再加点猪油；我说米饭用糖拌也挺好吃，陵还说，再加点猪油！我们就大笑起来。我以前常感冒咳嗽，咳嗽是小时百日咳留下的后遗症，年年几乎就是咳一冬天连一春天的。陵自小就有哮喘病。有一次我俩聊天，我说等我到30岁时医学应该可以治好咳嗽了。如果还不行，我就自杀。陵有点迟疑，"三十岁是不是早了点？""三十岁还早啊！？"我的决绝是毋庸置喙的，但陵竟也认可了，她的迟疑和认可里似乎含有我的决定也包括她的意味。

在陵小小的工作室里，我们聊我们认识的同学，陵问我，回来见到阿芳没有，我说还没呢。陵说，阿芳正在跟某某处朋友呢。陵说的这个某某，我们都知道，人长得没话说，就是有些花心，谈过的女朋友光是我们的熟人就好几个，他在我们眼里有"采花大盗"的嫌疑。阿芳一清纯小姑娘，不要被狼外婆给骗了！大家马上觉得，该给阿芳提个醒，于是立马我们仨又窜回城里，到阿芳家里，说她在上班呢。阿芳在新华书店上班，我们又赶到书店。说起某某的事，阿芳便打哈哈，就是不正面接招。大家终于觉得是乘兴而来，准备兴尽而返。阿芳把我单独留了下来。阿芳下放以后，她妹妹便留在城里了,"一家有女百家求",常有好事者上门提亲。明明是两个姑娘,明明阿芳是姐姐,但是媒人们似乎忽略了这些,越过姐姐直奔妹妹而去,似乎姐姐不需要找婆家。阿芳回城以后,提亲的马上踏破门。阿芳恨恨地跟我说,我讨厌那些势利眼!又说,早点定下一个吧,省得烦呢。

阿芳的不平我太理解了。我们正当花样年华时被赶到乡下去了,本来以为我们走了,街上风景会黯然失色,没想到下一拨那么快就顶上来了。有一次一女同学从城里回来,说,原先她觉得她妹妹小屁孩一个,结果打扮得山青水绿地就出门了。同学的愤愤之情溢于言表:现在满大街都是这些小妖精!一代人被剥夺了青春,于一个大时代不痛不痒,但于那小小的个体,心里照样会流泪流血的。

我上大学不久,接到在果园场时一个男生的来信,信里告诉我一些老同学的信息,然后似乎不经意地说,有热心人撮合他与陵,但陵告诉人家说,名花有主了,他与涓正谈着。我明白,他是借别人的口吻试探我,就比如发了一颗气象卫星,探测天气呢。

讲真的,在果园场他确实是与我交往较多的男生。我后来是调到了场部工作,与知青集中的东场相隔三四里地,一般如果不到场部办事,东场的人是不会过来的。如果特地来,一是没有时间,另外,那就好像真有点什么了。该同学来得比较多,也是工作关系,他那时负责场里的政治学习,上传下达之类有机会到场部来。而场部女生并不多,差不多还是与他不同校不同届的,所以到我这儿落脚很正常。同时,他有一个爱读书的嫂子,使他有机会借到一些小说给我。恢复高考时,他本来成绩不错,偏偏初试时一道简单的数学题犯了想当然的错误。那道题是计算建造猪圈围墙需要多少材料,当然首先要计算周长,这样的题目有一点小坑人的是,猪圈是靠墙搭建的,只需计算三面围墙即可,该同学却顺着那个坑就跳下去了。初试数学很简单,错一道大题自然死定了,所以该生在我们复试之前就招工走了。然后1978年考到南京一所大学的师资班,毕业后直接留校。我因为抱定不在果

行路吟
XINGLU YIN

1977年年底，为我们中第一批招工离开果园的同学送行

园场考虑个人问题的想法，其时言行都很谨慎，所以尽管交往多一些，并不表明存在恋爱关系。而且我可以负责任地说，我们这一届高中生，没有一个在下放的时候谈过恋爱，即便是雁，也没有认真明确地谈恋爱。我认识一个真正的老知青，1968年下放的，我1975年下放时她还没上去，近30岁了，还一个人苦苦地撑着。她曾经苦涩地告诉我，一定要先立业后成家。这句话对我影响非常大，我相信所有不甘心把下放之地当作最后一站的知青，也都会如是考虑。果园场里当然也有恋爱，但无一例外都是年龄较小、初中没毕业中途退学然后到了果园场的那一批。而他们浑浑噩噩盲目地享受青春，当时是被我们鄙视的。自视清高的我们看他们就像"鸿鹄"看"燕雀"那样。离开果园场上学或工作以后，似乎大家才获得恋爱的权利，所以一时间乱纷纷的似乎都是这个事。陵是个挺好的姑娘，该同学如果得到她，其实挺不错的。但是两个人没有走到一起。几年以后，一次我妈妈到省妇联开会，该同学带着妻子去看望我妈妈。妈妈回来告诉我，说姑娘很不错，也有我这么高的个头。其实该同学没必要去看望我妈，虽说两家大人熟识，但家里都一堆孩子，大人根本分不清哪一个。但我妈夸他懂礼貌。我妈那是不明就里，我却知道他那点心思，小心眼。

没谈恋爱，不表明没有意中人，大二那年暑假，当巩同学出现在当年的同学加"插友"中间时,大家恍然大悟,这一"伏线"埋得那样远啊。其实我们的恋情也是在离开果园场以后,"妾身未分明"时,谁敢啊!

巩同学下放到果园场没多久,父母工作调动,乘机让他转到他父亲的老家去了。家乡人到底亲哪,关心地对他说,以后盖间房子,找个媳妇,就可以稳稳地住在这儿了。热情似火的亲情话,说得巩同学心里"拔凉拔凉"的。

有一次我一个同学转述另一个身世坎坷的同学的感慨,"这辈子算是白活了"!令人唏嘘。其实,想想我们自己,想想我们这一代人,我们的青春里恰恰缺少青春里最青春的东西——不想也罢。

2019. 3. 12

第二札

这小小少年,酷爱学堂以外的一切,他把社会当作一本大书来读,孜孜不倦乐此不疲。他上学可以多绕大半个城,沿途风景:绞绳子、织竹席、打铁、卖肉、下棋、打拳、宰牛……没有他不感兴趣的。

周师母　祁先生

祁杰先生是周勋初先生的夫人，我们应该称周师母。但是早年间还是称呼祁先生的多，称呼师母，是祁先生退休回归家庭很久以后。

早前之所以多称祁先生，主要是那时感觉祁先生更像一位先生，在她身上那种独立女性、职业女性的个性很鲜明，光彩动人。尽管她回到北京西路

周先生和祁先生在台湾日月潭

二号新村那套南京大学公寓里,担当的也就是相夫教子的角色;尽管周先生太过盛名,南京大学又是周先生的"一亩三分地",可就是难掩祁先生本身的光芒。

首先一点,祁先生和周先生可不是"藤缠树"的关系。

时光倒退到20世纪50年代,祁先生事业上风生水起的时候,周先生的处境还很"惨"。即便是两人谈恋爱时,周先生的"条件"也不尽如人意。这么说吧,当时姑娘找对象比较看重的几个条件,周先生差不多都不及格。论政治条件,周先生非党非团;论家庭出身,是一被嫌弃的破落地主;没有政治条件,设若身强体健,能干家务活,也算是女人的一个依靠,偏偏周先生曾经得过当时很要命的"肺痨",为此还休学过。若不是家里借高利贷想方设法买到了当时极其稀缺的特效药(就是现在很普通的链霉素。但当时此药刚刚问世,一针难求啊),已经被医院宣布不治的周先生,怕只能在家等待"二十年后又一条好汉"的结局了!肺痨这种病又是"富贵病",不能出力干活还得营养好,而且说不准什么时候又复发了。这样的身体条件显然不能得高分。更别说,尽管从南京大学这样的著名学府毕业,尽管学业出类拔萃,因为家庭问题,周先生分配到北京也就是个普通职员,拿着刚毕业大学生的50多元薪金。祁先生那时可是已经很风光了。北师毕业后即留在北师附小工作,而这个学校当时是学习苏联模式的试点学校,属于重点中的重点。工作三年后,祁先生被调到北京市教育局,负责编写小学教材,指导全市小学的教研工作。与周先生认识之前,祁先生已经晋升到讲师级别,工资89.5元,在当时年轻人中,是实实在在的高工资。还有一条,这要在现在,也绝对是谈恋爱的年轻人不可忽视的,就是祁先生是地地道道四合院长大的北京姑娘,而周先生住的地方却是乡下得不能再乡下了。我这样说可能有些夸张,周先生其实是上海浦东南汇人。但是在20世纪50年代,南汇也很偏僻呀。祁先生六十多年以后回忆第一次去婆家的经历,还心有余悸。她说,平生第一次坐绿皮火车,一坐就是二十多个小时。人多拥挤,车还不停地靠站。每一次停站上客下客,都会掀起一个拥挤的小高潮。尽管很困乏,却无法入睡。到了南京下关,要过江,彼时长江还没有大桥、隧道之类的交通,火车要"坐"轮渡。一列火车,分成三组,分别上轮渡。上岸以后再组合,组合一次,需要三个小时。及至到了浦口站,却没有发往上海的列车,须得等到次日。从南京到上海,虽说是短途,可短途有短途的窘迫,人更多,又是临近年关,回家过年的游子,大包小包的,人人都不空手,本来就拥挤的车厢里更是密不透风,空气混浊极了。短途还意味着所有小站都得停靠,所以这一段行程又是八小时。到达上海,按说家已近在咫尺,马上可以结束旅途了,可是麻烦远没有结束,走完陆路,该走水路了。但是天色已晚,于是又停留一宿。天明以后,先到黄浦江边南码头,乘轮渡到对岸;在浦东"周家渡"换乘火车,四小时后到周浦,下车步行至"东八灶"小码头等候机动船,至"黑桥"。下了船之后,眼前还是宽宽窄窄的河道。祁先生说她就茫然了,不知家在水的哪一方。好在婆母大人已经请人摇船来接了!听听听听,这样路迢迢水长长的,周先生还不是"乡下人"吗?至于著名教授云云,那是多年以后的事了。若论当年,祁先生嫁周先生,并且来到南京,可是需要极大勇气的。离开多少人趋之若鹜的首都北京,离开亲人,离开住习惯的四合院,"文革"中还经受了那么多的磨难,如此"千辛万苦,所为何来"?祁先生自己回答说:"答案说不清楚,但肯定不是为了房子、车子、票子,是缘分,就算是千里情缘吧!"

然后,祁先生也不是靠周先生"扬名立万"的。

曾经有一次请周先生和祁先生吃饭,一同去的还有张伯伟、曹虹、徐兴无等人。文人吃饭,话比酒多,尤其还有伯伟、兴无在场。饭吃到尾声时,喝酒的人已醺醺然有醉意,说话便有些云天雾地。伯伟说,娶妻最不能找两种人,一是医生,一是小学老师。话一出口,伯伟便知造次了,但覆水难收,早被祁先生接着了。祁先生笑盈盈地:"说来听听。"席间人便王顾左右而言他了。伯伟说这话其实不是针对谁,但也是有感而发。爱酒的人喝酒喜欢尽兴,最怕有人扫兴者。偏偏中国女人没有几个愿意自己丈夫一喝酒便面目全非，且又是伤身体的事，往往充当的角色就是扫兴者，其中"最不识趣"的当属医生，因为医生的天职就是让人身体健康，更不要说对自己家人。伯伟老师是追求自由的，喝酒时不光自己要尽兴，也不愿意整体氛围被打扰，因而有此一说。至于说到小学老师，这里有个缘故。作为"熊孩子"家长，大约每个人都有被小学老师训话的经历，正所谓人人"都有一本血泪账"。听陶友红说过一桩趣事。莫杞上小学时开家长会，陶友红去参加，坐在女儿位置上。同座的是位男家长。老师批评莫杞上课时随便说话，便让莫杞家长站起来。又接着批评莫杞同桌，让同桌家长也站起来。然后轮流指着两位家长来回数落。陶友红说："我们两个大人站在那儿，本来素不相识，倒好像同谋做一件坏事。"我想想那场面，也忍不住偷着乐，这种因为"熊孩子"被老师拉扯成的"友谊"很尴尬啊！所以，作为家长，对小学老师大家心里是有梗的。其实，也不光对小学老师，对中学老师也如此。有一次周先生请大家吃饭，席间张宏生的夫人汪笑梅起来祝酒，她开口一句"各位家长"，把大家听得愣住了，唯有周师母立马叫好。当此时也，几乎家家正好都有一个"熊孩子"在读中学，而且都在金陵中学受教。汪笑梅此时恰是金中党委副书记。她这一声"家长"算是一网打尽了。但是祁先生反应也太快了！当然，要说中小学老师云云，这话其实不该伯伟说，曾经有一次被儿子的班主任约谈，伯伟老师分分钟就把角色转换了，直接由"老鼠"上位成"猫"，儿子的班主任倒只有接受教育的份了，还得心悦诚服。这也是伯伟老师的能耐，属于个例，一般人做不到。孩子作为"人质"在别人手里的时候，家长其实是强硬不起来的，尤其是当"熊孩子"不太争气时。所以，如若是平时，伯伟这个话题肯定会引起一番吐槽，但这次不行，碰上了祁先生。南京市最牛的小学是琅琊路小学，南京的适龄小孩家长及其亲友，人人对该校心向往之，进得了琅小的"喜大普奔"，进不了的"羡慕嫉妒恨"。琅小的这份声誉当然与教师们的努力分割不开，而祁先生，退休之前就是这个牛校的执牛耳者！

1956年，在祁先生的支持下，周先生重新考回南大，跟胡小石先生攻读副博士学位,两年后提前毕业留校任教。此时祁先生在北京市教师进修学院负责小学语文教学,已经是研究员了。为了解决两地分居问题,在调动问题上,北京教师进修学院和南京大学打起了"拉锯战",都不放人,最后是北京市委出面,祁先生调到南京市,至此,祁先生重新回归小学教育事业。祁先生在琅琊路小学任教导主任时,通过调查研究,提出了"三个小主人(做学习、集体、生活的小主人)"科研课题,并带领全校师生不断探索实践,2014年教师节前夕,该课题"小主人教育——一体化课程与教学改革探索三十年",获得了国家级基础教育教学成果一等奖。这是新中国成立六十六年来首次将基础教育纳入国家级教育教学成果评奖范围,而琅小是江苏省唯一获此殊荣的小学。谈到此事,祁先生欣慰地说,三十八年的教学生涯,画上了圆满句号!

春风化雨,幼苗成材,这是教育工作者的独得之乐。前年年初,祁先生参加了一次非常难得的聚会,几十年前的老学生专门回来看望她这个小学班主任。现在时兴同学聚会,但一般多是中学、大学同学,小学的比较少。一则彼时年幼,对同学之间、师生之间的感情体会不那么深刻;二则年深月久,同学早已风流云散,聚起来不那么容易。现在为了看望一个多年前的老师,大家聚到一起了,作为凝聚点的这个老师,幸福感真的可以爆棚了!祁先生告知我们这个消息时,抑制不住的兴奋溢于言表。确实,还有什么比让孩子们记住更令人感动的呢?

1988年,祁先生退休,回归家庭。对此,祁先生已盼望很久了。作为职业女性,尤其是将绝大部分时间奉献给工作的那个时代的职业女性,对孩子、对家庭,都觉得亏欠太多,当然还有对自己。

祁先生和周先生的第一个孩子周晨出生在1966年8月,孩子生下来就患有特别严重的先天性心脏病。祁先生在妊娠期间,因为输卵管炎症,医院采取理疗手段医治,十次微波射线的照射,给胎儿的发育带来了致命的影响,除了眼、耳、鼻、唇,更严重的是造成心脏的畸形发育。严重的心脏病使得孩子不能像正常小朋友那样游戏玩耍，不能和正常孩子一样上学读书。虽然后来千辛万苦总算给孩子做了手术，虽然孩子后来自学成才，有了谋生的本领，但是，他本来应该有的正常的童年幸福、正常的校园生活、更为远大的前程，终归被耽误了。尤其是在孩子漫长的求医路上，在"文革"那样的时间段，不许请假，不许缺席，作为母亲，祁先生无法照顾孩子，无法陪伴孩子，那种焦虑，那种绝望，加上前后几十年的担忧、一辈子的愧疚，是祁先生这一生刻骨铭心的痛。

听祁先生说过她几次死里逃生的经历，其中两次是在"文革"当中。尤其是生产周晨时，难产，手术没处理完，医生、护士就跑出去议论白天毛主席在首都接见红卫兵的事情去了，结果导致大出血。生产时，出现危险时，祁先生身边没有任何亲人，亲戚、家人都在外地，而此时的周先生被通知深夜两点到大操场集合，参加次日上午在鼓楼广场上接受省革命军事委员会主任杜平中将检阅，接受动员报告，整装待命，不能离开。血浸透了整个床单，祁先生连呼叫的力气都没有了，幸而邻床一位产妇发现，叫了医生，祁先生才死里逃生。

退休以后，祁先生推掉外聘，全心全意在家照顾周先生。每次我们去先生家，开门的总是祁先生，然后祁先生喊，"勋初——"，然后是周先生趿着拖鞋，从书房中缓缓走出，一副安逸的模样。周先生晚年学术成果累累，实在离不开祁先生的帮助。

从前人说到学者、教授的夫人太太是贤内助，都会说她们如何帮助先生记录文稿、誊抄稿件。但那是以前，现在想做这样的贤内助已经不可能了。陶友红提前从领导岗位退下来的时候，我见到莫砺锋老师，说，现在你要轻松啦，陶友红可以帮你做好多事啊。莫老师问，帮我做什么呢？我说，抄稿子啊。莫老师说我自己用电脑打，干吗要抄啊？说得是啊，我把这茬给忘了。那是刚用电脑不久的事。以前文章都是用手写，一遍遍修改后，稿纸上便乱七八糟的，要想看清楚，就得重新抄写，甚至一遍遍抄写，所以有誊写、誊清之说。有了电脑之后不用这样了。20世纪90年代初我们刚学电脑时，有一次赵宪章老师兴奋地跟我们分享体会，他说，电脑最大的好处是修改文章，不想要的可以删除，调整顺序的，可以用"块移动"插入，关键是，你无论怎么改动，稿子总是干干净净的。这种兴奋，不用笔写文章的人是体会不到的。但是电脑普及时，勋初先生已是接近古稀的年龄了，用了一辈子的笔，改用电脑，实在是太难了。可周先生不能不写作啊，这困难的事，就让祁先生做了。其实祁先生当时也算年事已高，可是，她学会了使用电脑，学会了打字，尤其是为了配合周先生需要的古文输入，她学的是最复杂最难记的五笔输入法。周先生这样评价祁先生，他说："妻子手勤，能接受新鲜事物。网络时代到来后，她又学电脑，又玩QQ和微信，居然能与时代同步。耄耋之年，用五笔字型文字输入、编辑、扫描、刻录、查询等等，她都能应付。我晚年所写的书稿，都是她在电脑上打印出来的。"祁先生可以说是周先生晚年事

周师母为周先生电脑输入文章

业上最得力的助手。陶芸先生对千帆先生也具有这样的意义。陶先生的特点是她认真记录程先生每一天的活动，事无巨细，都清清爽爽有案可稽。信件啊、照片呀都井然有序地整理保存得很好。她那种鲜明的档案意识和耐心细致的作风，不仅对程先生的工作帮助很大，对后来人研究程先生也提供了诸多便利。陶先生又写得一手好字，程先生在南大上课的讲义，竟是陶先生用蜡纸钢板刻写出来的。两位师母帮助丈夫的方式不同，但都具有奉献精神，她们都无愧于"贤内助"的称号。

周先生九十华诞庆祝活动，前前后后拍了很多照片。会后不久，祁先生即整理出来，配上说明文字和音乐，以电子相册的形式在微信群里发了出来。重喜转发时说："祁先生不仅会滴滴打车，还会图文美篇。"说得没错，祁先生就是一个不断学习、与时俱进的人，电子时代的林林总总，后生晚辈都不及她熟悉。一次说起某个邻居熟人，手机不会用，怎么教也教不会，祁先生想不通，怎么就学不会呢？可是就有这样的人啊，而且还不少呢，周先生也是啊。

祁先生的文章也写得挺好。我尤其佩服她惊人的记忆力，半个多世纪以前的事情，连细节都记得清清楚楚，写来井井有条，90岁的人了，脑子清晰得很。晚年回忆文章，祁先生写了不少。我想起有一套丛书，大概叫《双叶集》，都是夫妇合著的随笔，像黄宗英和冯亦代、黄苗子和郁风等等，都参加了。所以建议祁先生也做一本这样的书。但是祁先生不愿意打乱周先生的写作计划，终究没有做。

祁先生以前身体很差，她经历的社会给了她很多磨难，那些经历听起来都惊心动魄。退休以后，除了照顾周先生生活、帮助周先生工作，祁先生自己的退休生活也安排得丰富多彩。尤其是坚持不懈地进行体育锻炼，像太极剑、太极拳、大雁功，每天练习不辍。除此之外，祁先生还参加了由南京高校退休教师组成的"大乐天健身队"，和南大一些志同道合的朋友组成了"小乐天健身队"，学习舞蹈，组织参观、聚会，不光愉悦了身心，还强健了身体。

晚年，祁先生陪着周先生出去讲学，参加各种学术活动，旅游参观，走了很多地方，在传播中华文化的同时，也饱览了世界各地的美丽风光。祁先生把这些记录在随笔《风雨过后见彩虹》里。祁先生把这篇文章发给我看，我看后给师母写了邮件，由衷地说：先生和师母晚年生活，正如这篇文章题目：风雨过后见彩虹！很为先生、师母高兴。先生、师母这一代人，经历风雨太多，很多人没能熬到见彩虹的时候，更多人风雨过后，没有彩虹可见。因为快乐和幸福很多时候是艰辛和努力换来的。先生和师母的"彩虹"尽管得之不易，却受之无愧。这是我对两位先生的生活经历、生活态度的真实感受。真心希望两位先生健康长寿，希望他们的彩虹更加绚烂多彩。

2020 年　小暑

九十九道弯

你晓得
天下的黄河几十几道弯
……
我知道
天下的黄河九十九道弯
……

九十九道弯,道阻且长,我用它来说本栋的求学之路。

自"文革"开始,小学五年级的巩同学跟全国所有大中小学学生一样,没学上了,在家一待就是四年。我曾问过他这四年做了什么。他印象最深的是养兔子。两个哥哥作为知青下放了,爸妈在运动里被运动着,他和一个妹妹赋闲在家,半大不小的孩子,除了淘气惹事能干什么?当时在家"执政"的是一个被称为姑姑的远房亲戚,不知从哪儿鼓捣来两只兔子,解决兔子吃饭问题就交给他了。兔子是能繁殖的,所谓"子又生子,子又生孙,子子孙孙,无穷匮也",总之,那几年家中大约就没断过兔子。县城虽不大,但是老要跑到郊外寻求草源,也不是很容易的。巩同学之所以念念不忘,可能实在也很烦了。但是保姆"执政",且是"暴政",想反抗,他的能力还达不到。

1970年复课了，巩同学顺理成章地成了初中生，读了两年，毕业了。我是跟巩同学一起毕业的。记得当时学校还有个欢送仪式，所有在校生夹道欢送，队伍排至校门外，沿着护城河一路迤逦。好多同学哭了，我没有悲伤的感觉，我想寒假一过，我又回来了，不过是早放几天假而已。我以前一直觉得我就是用来上学的，除了上学，我不知干什么。我以为巩同学和我一样，可是后来——这个"后来"很晚了，是几十年以后，我们成家已经若干年了——说起当时上高中，巩同学说是老师去他家动员他入学的。我的高中时班级里没几个城里学生，绝大部分是城郊孩子。当时读书无用论很盛行，事实上我们那一届初中生后来也没下放，都分配工作了。巩同学家里也是这样打算，等着分配呢。但到底被老师动员回学校了，就在我们班。我一辈子也忘不掉巩同学第一次进我们班教室的情景。那是开学第一天，已经上课了，班主任老师正训话，不知是谁把巩同学"押"到我们教室门口，交给班主任。老班周老师让他进教室，他死活不肯，周老师就动用蛮力，把他往教室里拖，他死挣着不进来，拔河一样，僵持很久，终是人小力薄，被硬拖进来按到座位上。我后来——也是很久以后——问他，干吗呢？搞那么大动静。他说好朋友分到别的班了。巩同学是忠于友情的。但是，我们老班最是争强好胜，巩同学是分班时他钦点的，哪里容他溜掉？

果然，巩同学被委以"重任"，学习委员兼物理课代表。这个"物理课代表"的"职称"真是"贻害无穷"，直到现在都是被炫耀的资本，每每遇到我摆不平的机械类事情，巩同学就会骄傲地说，看物理课代表的！其实几十年过去了，物理课代表的动手能力早退化了，连当年"学渣"都不如了。二十多年前，搬家时装一盏床头灯，我和儿子足足给他托举了四个多小时，才把灯盏固定住。就那还好意思说只有物理课代表才能装上。但上学时巩同学是很出风头的。那时教学改革，让学生"表演"过几次上课，每次都是巩同学，每一科都是巩同学。物理实验课、化学实验课，连语文课都上过。别的同学就没有这样的殊荣。我学习成绩其实跟巩同学不相上下，但老师从来不找我。

行路吟
XINGLU YIN

  高中毕业了,又没人管了,考大学是没有资格的,而且大学也不是用来考的,要工人、贫下中农推荐才可以上。又过了一年,终于有人想到我们了,一股脑儿当作知青下放了。我们下放到果园场。要说我们那时候,真不含糊,干活别管技术怎样,没有惜力的,没有怕苦怕脏的。我记得刚去时,让我们女生班淘大粪。公共厕所后墙根有出口,粪便从那儿滑出,落入墙外坑里。那一次的经验让我明白了一句俗语,就是"屎不扬不臭"。原来我理解这句话只是它的比喻义,亲身操作,才知道大粪这东西不搅拌还可,搅拌起来是多么可怕,尤其是在六月的天气里。那次淘粪究竟是要干什么,我一直不明白,因为以后再没做过这样的事情,也没有别的班分到这样的任务,可见不是常规工作。我现在只能理解为恶作剧、下马威。饶是这样,也没人拒绝不做。在这样一群拼命三郎、拼命三娘中间,巩同学仍是突出的。听他说过看梨园的故事。深夜,万籁俱寂,有时有不知名的鸟怪叫一声,令人毛骨悚然。园子里黑黢黢的,树影斑驳,或明或灭。两个夜里从不出门的小青年,在树林里逡巡,时不时地还会碰到坟包,心里直打鼓啊。但巩同学是要强的,他说只第一次害怕,后来就好了。看园子这活一般老工人做,忙的时候让知青参与,前提是要靠得住。巩同学是被信任的。但在果园不到半年,巩同学转走了。其时该同学刚被任命为会计(他是我们中第一个被选拔出来委以重任的)还没宣布。

  转走的原因是巩同学的父亲此时调动工作。工作调往徐州专区,但老爷子不服从分配,一意孤行,要回家乡丰县。叶落归根,本也无可厚非,何况老爷子战争年代在那一带是叱咤风云让敌人闻风丧胆的人物!虽说英雄迟暮,但迟暮也是英雄啊!老爷子想回故里找存在感呢。他找存在感不要紧,巩同学的人生之路因他的任性,多转了几个弯。

  巩同学转回了原籍,一个人到农村落户。没有食堂了,自己烧饭,一口硕大的铁锅,据说一次烧饭多少次也吃不完,天天吃剩饭。这也罢了,关键是农村的规矩和风俗巩同学也不了解,好心也能办成坏事。我嫁到他们家后听说,曾经有农人的鸡到大田里吃庄稼,别人以"割资本主义尾巴"为由撺掇他把农药撒在大田里,毒死了不少鸡。知道是巩立武的儿子干的,人家气没地儿出,恨恨地说,要不是看巩立武……巩同学当时那种不谙世事、满腔热情,真就是找抽啊。但他表现真好。卸煤时,被铁锨碰到脚后跟,煤灰渍进去洗不掉,现在还留下一道乌青的疤痕;除了吃饭,一天到晚泡在庄稼地里,草帽也不戴,皮肤都晒伤了;领队挖河,那么重的体力活,跟棒劳动力一样做,还超额完成任务;从来不休假,除非生病。小姑子常说一件事,说哥哥回来了,妈妈让去挑水,那时还没通自来水,平时都是妹妹挑,很吃力。巩同学就去挑水了,一担一担的,跟跟跄跄。妹妹看哥哥脸色不好,原来发高烧呢。也只有发烧生病才回城回家。妹妹说,发烧了也不说!

1976年大学招生,被"白卷先生"张铁生闹的,这次招生录取权力干脆放到地方。县里组织了考试,巩同学也参加了,成绩,那还用说,自是名列前茅。但是,录取通知书送到家里时,全家人都傻了:居然是一个中等师范学校!当时巩同学还正在水利工地带人奋战!以巩同学的表现和考试成绩,怎么着都不是这个结果!但是,就是这个结果。怎么办?如果不去,以当时的规定,就再也没有上学资格了。而且,家里人觉得,再在乡下待下去,凭巩同学那种性格,能累死在那儿。教育局心虚,说去上个文科吧,回来到教育局工作。巩同学当时怎么接受的,真难以想象。进校报到时,招生老师说,噢,你就是那个录到南工(南京工学院,现在的东南大学)被人调包了的。

巩同学入学时我们还在果园场,一天,同学徐徐过来,神秘地告诉我们,知道我前天见到谁了吧?巩和平(同学之间习惯叫他以前的名字)!巩同学离开一年多,基本没有消息,起码女生这边是这样,大家都很关心。徐徐卖关子,说,猜我在哪儿见到的?那哪里去猜!徐徐说,听说巩同学进了那么个小学校,不相信,便偷偷去了一趟。他说:"我试探性地问有没有这个人,心里是不相信的,没想到他真打里边出来了,那一刻我心里呀……"兔死狐悲,大家不胜唏嘘!

半年以后，恢复高考的消息传来了，接踵而来的是招工，不两年，大家相继离开了果园场，各奔前程了。

恢复高考，给巩同学的打击真是致命的，就半年，如果坚持半年，情形就大不一样了。但是谁能未卜先知啊！毕业以后，巩同学留校。就像当初我在果园时有个很坚定的信念，我不属于果园，一定会离开一样，巩同学也觉得离开那个学校是迟早的事。所以他联系到南师大进修，跟金启华先生。在南师大读书同样是如饥似渴的，而且，跟苦行僧一般。我到南师大去看过他一次，觉得那日子过得是一团糟。住宿条件当年就那样，因为没有书架，书全部堆在床上，靠墙从头至尾横立着摆了两层，又拐弯至床头横着一排。巩同学睡的是学生床上下铺，一米九长、七十厘米宽。垒得很高的书，稍一翻身，就会坍塌，我猜想不知上演过多少次"午夜惊魂"呢！我说，枕这么高不难受吗？巩同学表情也很尬，但嘴硬地说，高枕无忧啊。我说，你不怕驼背啊？事实上，巩同学的驼背确是从那两年开始。金先生很欣赏他，第一次杜甫年会在成都召开，金先生带他去了。与会的都是老先生，在带回来的照片上，我第一次见到叶嘉莹先生。同时印象很深的还有一个小老头，个子很矮，耳朵上戴着助听器，在一群人中很突出。而后可以考研究生了，巩同学的"迂"让他犯了战略上的错误。按照常理，他应该选金先生做导师，毕竟金先生很赏识他，从师生情谊、从录取的可能性，都应如此，不是吗？但巩同学选择了孙望先生。后来我问为什么，巩同学说，比较起来，道德文章，他更崇拜孙先生。其实，那年孙先生的考卷还是金先生出的。这且不说，当初考试时，系里说如果专业课能进前三，一定会录取，我想巩同学的勤奋好学可能留下印象是好的，所以系里这样许诺。巩同学也不负众望，专业课第二。但他总分稍稍靠后，毕竟本科阶段的系统学习他欠缺了。竞争一定很激烈。因为进修是通过谈凤梁老师联系的，谈老师大约觉得对他有责任，于是跟他说，让你父亲来一趟。巩同学没有这样做。多年以后，他说了这事，仍大惑不解，他说，让我爸去干什么呢？这事只能悬疑了，几位先生都已作古，包括当时还年轻的谈先生。我从积极方面评价,巩同学在学术方面是有坚守的,别的,就不好说了。总之,这次考研,巩同学走麦城了。

　　进修结束后,回到工作岗位,就很忙碌了,尤其巩同学工作很负责,对学生不肯少用一点时间,备战考研只能挤时间,跟自己较劲了。到报名时,翻遍招生简章,江苏居然没有古代文学专业老师招生,找来选去,只有西南师大可报,导师是徐无闻先生。尽管很远,也只能入川了。寒假回来,巩同学说,我一见到老师,觉得面善,在哪儿见过,居然就是杜甫年会照片上戴助听器的那位。原来,巩同学的缘分在徐老师那儿,还是当初金先生牵的线呢。冥冥之中,造化也在忙着不是?

　　三年过去了,同门的几位都准备继续深造,年纪比他大比他小的,都是。巩同学不敢作如是想。那时已经成家了,我一人又工作又带孩子,当然不易,巩同学不好意思让我独自为难,自觉地找了工作,准备回家。但是他对考博还是羡慕的,那时除了准备论文答辩,他便热心地帮别人物色学校、导师,以此抵偿自己的遗憾失落。其中三位同学报考了詹瑛先生,便是他提供的信息。但他自己,就算了。然后到了三四月份,同门已经考完试了,一天巩同学忽然看到南大招生简章出来了,程千帆先生招生,再也按捺不住了,在心里挣扎了很久,还是告诉了我。我说你自己怎么想,他只说了一句:"到底意难平!"我还有什么可说的吗?

2018.11.16

谦谦君子顽劣时

有一次和丽则大姐聊天,说到程门弟子各有各的脾性,丽则大姐说:"还有谦谦君子巩本栋呢!"程先生去世时,我陪陶先生,陶先生悲痛之中,突然对我说一句:"本栋多好啊!"一次晚上在河西吃饭,饭后本栋开车送张伯伟和曹虹回家,夜晚灯光扑朔迷离,不辨方向,曹虹也找不到回家的路,伯伟其时酒有些高,半清醒半糊涂地指路,众人都不敢相信,转了几个圈子之后,本栋便照着伯伟说的,居然找对了地方。后来伯伟多次跟人说,本栋比我的老婆还相信我!甚至荒唐地说,找老婆就要找巩本栋这样的。很久以前,赵宪章老师不认识巩本栋,问我,巩本栋是什么样的人。我说,什么样的人呢?这样说吧,就是如果他和我在一起,有事他让着我;如果我和家人在一起,有事他向着家人;如果和外人在一起,他偏着外人,哪怕是不相干的人。总之,跟他关系越近越倒霉。当然,最吃亏的是他自己。赵老师觉得我说得很形象。

巩本栋就是这样的人,克己,比较绅士吧,当然挺迂腐的。这是长大以后。小时候的巩本栋,哈哈……

我认识巩同学时,已经上初中了,我们分别住在两个院子,一条小巷之隔。两个院子里孩子都多,尤其是他那个院子,但一般各玩各的,不太串。我们院紧靠护城河,附近大人们洗衣服都过来。衣服一般是在家里洗好,然后来河边淘净,这样比较节省在河边的时间。但是一大盆湿衣服端过来,路途稍远些也挺重的,这样的事儿,大男人做浪费,女人做吃力,正是用得着半大小子的时候。看过巩同学做这样的事:端一大盆衣服走在前面,他妈妈手里拿一根捶衣棒跟在后面,情形有点像押送俘虏。这样大小的男孩帮妈妈做家务事,是羞于让同学看见的,所以,巩同学的表情是不情不愿且耷拉着眼皮目不斜视,所以更加富有喜感。我后来说起这事会故意歪曲取笑,说:"你肯定不愿意去,又怕你妈手里的棍子!"都上中学了要是挨打是更丢脸的事,巩同学就急,"不是不是!"。我于是觉得更有趣,更加笑。

巩同学发育得晚,初中时又瘦又小。那时经常开会听报告,动不动就集合,集合就得排队,班里有个女生,个头是出奇地小,外号"小豆子",一排队就站第一个。如果排队就按个子高矮其实也没问题,反正女生矮的很多,但老师偏不,非得男生一队女生一队。男生里面巩同学最矮(身高相当的也有几个,但是巩同学最瘦,体量最小),也得当排头兵,因此每每与小豆子比肩。巩同学一直觉得这是个侮辱,所以每次排队对巩同学来说简直是灾难,而小豆子就是他的地狱。整个初中阶段巩同学对小豆子都极不友好,大约还曾拳头相见过,那表现不光不绅士,甚至极不"man"。这也是我要取笑的。巩同学便为自己解释:"初中时没长个,到了高中我不就坐到——""坐到第二排了!"没等他说完我就接上了,高中时巩同学和我同一间教室。这一下连他自己也不好意思了。其实高中时巩同学已经比我高了,但是,我坐第四排,他坐第二排,这让他在这个话题上永远没有优势。

说到巩同学少年时对女生很不绅士,还有一件特搞笑的事。他们院有一个女孩,大约有点弱智,行止有些异于常人,因为是近邻,常常相见。有一次巩同学嘴欠,评论该女孩"像个妓女",恰恰被女孩妈妈听到了,女孩妈妈于是发问:"她怎么像妓女?妓女什么样的?你见过妓女吗?"妓女在20世纪六七十年代当然很难找到实物,旧社会倒是有,但文人常说的一句话用在巩同学这儿很合适,就是"余生也晚",他没赶上。他关于妓女的全部知识都是从书里得来的，当时书里这种形象也不常见，且又往往语焉不详，巩同学彼时刚知道这个词，原本是作为稀罕货在小伙伴中卖弄的，不想接招的是一中年妇人，先在势头上就败了下风，更兼知识后续也不继，只得铩羽而归。我想象当时的情形，一方是护雏心切的老母鸡，一方是羽翼未丰的小公鸡，老母鸡扑扇翅膀愤怒地俯冲过来，小公鸡狼狈逃窜，那情形太有趣了。俗话说不作不死，说的就是此刻的巩同学。

　　巩同学虽然淘气，但低调、不张扬，加上学习好，老师都把他当作好学生，即使犯错，也不怀疑他，甚或故意视而不见。一次又是听报告，全校同学集中在礼堂，座位不够，不知是谁出的损招，让一部分同学带着条凳到台上就座，就抽到我们班了。听报告本身就是一件让人难以忍受的事，坐在台下人多，还可以说说小话做做小动作打发时间，到了台上，众目睽睽，不就得干挺着吗？大家一边抱怨一边排好凳子坐下，就在这时，巩同学居然乱中跳窗子逃走了，那情形就像铁道游击队员跳火车一样，背影很矫捷。我当时就愣住了，我怎么没想到这招呢？我想，看到这场面的同学都和我一样，整个听报告过程就后悔这件事了。不过这样做也挺冒险的，台上的窗户，里面墙矮，容易上，外面却高，跳下其实不易，再说，各个班级还在往礼堂里进人，外面老师、学生都多，不会被发现吗？我不知道我们老班发现没有，总之，不显山不露水的，这事就过去了。

　　还有一次，闹的动静比较大，就是教室里一直挂在前面墙上的扩音喇叭突然不见了。那时这样的"话匣子"用处很大，除了广播好人好事、学校通知之类，还经常有最高最新指示要传达，所以弄丢话匣子是可以上升到政治问题高度的，学校的老师和领导都很紧张。后来查出来了，是几个学生恶作剧，把话匣子摘下来，藏到主席像镜框后面了。当时教室里前面的墙中间都挂有主席像，其实与喇叭距离不远，藏在那儿也算顺理成章，却是谁也没想到，找得沸反盈天的。我后来问巩同学，为什么那样做，他说那天下雨，没几个人到教室，无聊至极，就想找件事做做，也没什么能做的，就把喇叭换了个地方，后来也忘了，哪想学校当回事办了！这么大的一件事，老班气得吹胡子瞪眼的，在班里狠狠骂了几次，可是也没耽误巩同学又是三好学生又是优秀干部，奖状拿到手软呀。

中学时期学工学农活动很多，当时伟人有一段著名语录，也叫"五七指示"，关于学生那几句是这样说的："学生也是这样，以学为主，兼学别样，即不但学文，也要学工、学农、学军……"所以每学期都要进工厂，纺纱、车零件什么的我们都做过；学农更经常，收麦、插秧、割稻，随时去。听巩同学说过一件尴尬事，发生在初中学农时。那天已经收工，天突然下雨了，很大，同学和老师都不知到哪儿躲雨去了，巩同学和几个小伙伴情急之中躲到一农户屋后房檐下。北方农村的房屋，出檐并不宽，几个男孩把身体紧紧贴在墙上，还是遮不住。雨脚如麻，更兼茅檐滴水，打湿了的鞋子衣裤冰凉，尽管时令已经入夏，此刻的感觉却冷飕飕的。已是中午时分，半日没上厕所，此刻都不免内急，但一时哪里去找五谷轮回之所？不知谁提议，就地解决，就此刻。结果应者云集，纷纷行动。原想滂沱大雨之中，天地茫茫一片，此时不要说人，连鸟都躲了起来，又是液体与液体交流，不着痕迹，也算万全之策。不想，恰在此时，农户女主人跑出来到柴火垛取柴草，为了躲雨也沿着屋檐跑，正赶上这场人工集体"降雨"，被浇了个正着！女人迅速跑了过去，留下几个男孩面面相觑，互相埋怨。这一件无心的"耍流氓"之事当然早已翻篇，但巩同学说起仍后悔不迭，我便坏笑地宽慰他，君子也是"小人"长大的呀！

2019. 10. 16

文苑人

董 健

董老师是研究戏剧的,戏剧属于艺术,董老师很有艺术范儿,尤其是冬天戴上紫红色贝雷帽时,当然也包括平时的茶色眼镜。

但董老师其实更是一条典型的北方汉子。这一点从食物偏爱上就可见得。比如说,爱吃煎饼卷大葱,曾经在董晓就读的北师大饭堂表演过,收获了很多注目礼,那注目礼的内容不是献给学者、教授的,是给山东大汉的。据说董老师酷爱油条,因为不是什么健康食品,在家中被限制,他有时会去街头小摊处偷偷"猎食"。

董老师为人耿直,是有名的"大炮",他认为不对的事是一定要说的,从不忌讳。南京市消防大队在靠近北京西路口建了座大楼,很高。我曾听有小学老师问学生消防楼为什么这么高,然后告诉学生,是为了观察全市的火灾。我对这答案将信将疑。南京大学的北大楼一直是南大的地标,从来毕业生合影、学生拍纪念照,都一定在北大楼前取景。消防大队的高楼起来后,就像在北大楼的建筑上竖起一根高高的烟囱,整个画面都被破坏了。虽说后来照相可以采用图像处理技术处理掉,平时的观感却没办法补救。董老师为此写了一篇文章,他称那不合时宜的大楼是杵在北大楼后的傻家伙,狠狠嘲讽了一把。消防大队现在已经搬迁了,大楼却不能拆掉。可是如果当初不建,该多好啊!

有一次系学位委员会开会,讨论研究生专业,说到"写作学"时,董老师很不以为然地脱口而出:"写作还有学?"那神情那口吻,让大家都忍不住笑了。

早年为了上博士点,有人送礼,董老师对这种败坏学术风气的事情很气愤,口无遮拦地给开风气者送了个外号"跑点之母",还写到文章里。这样的话也就董老师能说出来,别人总还会留点情面,不像他那样得罪人。但在董老师那儿,白就是白,黑就是黑,没有灰色地带。

北京人艺有一年到南京演出,好像演的是《李白》吧,系里组织大家都去看了,然后戏剧专业邀请主演到南大座谈,其间,主演送了董老师一本书,大约是他自己的演艺经历之类的,里面有不少剧照。董老师提起这本书,我说借我看看。他说,谁谁谁先拿去了,然后很不以为意地说:"不过一个演员!"这个主演确实是我们比较喜欢的演员,董老师对他本人也绝无恶意,但因为两个借阅者都是女性,所以这话听起来,怎么着都觉得有点酸。我在董老师面前忍住不笑。

蒋广学

蒋广学老师严格地说不是中文系老师,他在南大中国思想家研究中心工作,但是在中文系带研究生。说起蒋老师在中文系带研究生,有一件事我一直没好意思跟他说。带研究生当然要具备导师资格,资格的认证,除了要符合一系列条件(这一点,蒋老师绰绰有余,无论是学术水平还是资历等等,都没有任何问题),还需要一个审核认定,就是个人申报,院系学位委员会讨论通过,材料上报研究生院学位办,由上一级相关部门批准。这个程序需要走。走程序需要时间。蒋老师是个急性子，尤其对工作是十二分热情。他向中文系提出申请时，那年申报时间早已过了，书面手续没来得及办，就到了师生互选的时候。我想跟他说，今年的研究生他还不能带。但我的话还没说完，蒋老师就表态，他大约以为中文系同意就行了，他以苏北人一贯的那种大度豪爽，立刻说，什么样的学生都可以，绝不挑三拣四，不会让系里有任何为难。我知道蒋老师说的是真心话，他就是那种丝毫不考虑个人利益、一心工作的人，但此时我要表达的不是这个意思，见他误会了，我反而说不出口了，于是作罢，回头跟主任如实做了汇报。蒋老师的水平、人品大家都是了解的，所以主任说将错就错吧。所以，蒋老师在带硕士生时是没有硕导资格的。一直到博导资格批下来，我才觉得算是对蒋老师有个交代了，但我从未对蒋老师提及此事。

　　蒋老师是个使命感特别强烈的人，他对国家前途命运、人民生活疾苦的深切忧虑，即便在知识分子中也是少见的，见到他，我就会想起范仲淹的名言"先天下之忧而忧，后天下之乐而乐"。但是，就像范仲淹自己提出的问题，"然则何时而乐也"？

　　退休以后，蒋老师写了一部小说，他想把自己对农村在新中国成立初期的所见所闻、所感所想形象地表现出来。但搞理论研究的人不一定擅长创作，写学术著作和创作文艺作品完全是两条路子。所以蒋老师把他的小说发给我看时，我一下子就蒙了，心想，你一个知名学者搞你的研究驾轻就熟，何必另起炉灶给自己找麻烦呢？但蒋老师说，对于那段历史他没法做到熟视无睹，他说："我们这些亲身经历这一过程的人，今天回顾这段历史，在见到马克思之前，应该给我们的后代留下一部供人们研究的、可信的感性生活画卷。"

　　当朝人不写当朝史，这几乎是共识，因为评价的东西总是很敏感的，所以蒋老师写小说不是为了发表，他就是有一种使命感，要说真话。他对我说，解放初，实现了耕者有其田，这是农民千百年来的梦想；兴修水利，为后来的农业发展奠定了基础。但是"三改造"的做法是有问题的,这是他从20世纪80年代以来的历史认识。我从他的话语中,能感受到中国知识分子从屈原到杜甫到范仲淹们"居庙堂之高则忧其民,处江湖之远则忧其君"这种一脉相承的深广的忧虑。

要把小说写得像小说,其过程是相当艰辛的,蒋老师的小说从一稿、二稿,甚至到六稿,字数从六七万到十六万,内容从生涩到很好看,这得付出多少劳动啊!那段时间,当我轻轻松松不知不觉地度过一个寒假或一个暑假而后开学时,看到蒋老师的修改稿又发过来了。我就非常惭愧,我玩的时候,蒋老师做了多少事啊!我发这种感慨,蒋老师说自己"目前最大的问题是衰老,干活,腰疼;不干活,全身特别是精神痛。所以,我凡做起活来,都要想到'今夜脱了鞋,不知明天来不来'。你所说的使命感是有的,但最主要的是不做事,我精神痛苦。但做事,效率极低,差错特多,为此,我非常不安"。说得我更不安了。

蒋老师是我非常佩服、尊敬的一个人。

王彬彬

王彬彬是做过军人的,来南大之前他在部队。从部队来的王彬彬的形象……怎么说呢?不是说像军人,但跟文人好像有点距离。这可能主要表现在发型上,他留着部队里常见而学校里难得一见的板寸,加上形体比较壮(现在减肥成功,我说的是以前),有些不修边幅,外形就显得粗犷了些,有点靠近大碗喝酒大块吃肉那一类。有这印象的,我想不止我一人。有一年硕士生刚进校,一个男生给王彬彬写了一首长诗,诗的开头就表达了和我差不多的看法,因为是诗人,用词更夸张了些。王彬彬很气愤地拿给我看,说怎么有这样不礼貌的学生。因为描述的不是我,我的情绪就比较平静,可以耐心地往下看,没像彬彬老师那样只看了开头。结果我越看越感动,这其实是一个几乎把彬彬老师当男神一样崇拜的铁杆粉丝,但是他比较贴切的外形描写,让彬彬老师很不认同。

王彬彬这外形极易引起误会。某年学校分房,条款里对有房户有限制。彬彬老师在军区有套房子,但部队的房子不能出售,有使用权没有所有权,所以和真正拥有商品房是不一样的。和彬彬老师有同样情况的一位同事便约王彬彬一道去房产科说明情况。该同事回来告诉我说,以为王彬彬一定会争出个子丑寅卯来,没想到他竟一点脾气没有,人家说什么就是什么,"好好好"地就回来了。彬彬老师的外形,真真辜负了同事的信任。

王彬彬确实是个大度的人,想到我在工作中考虑到别人不愿接的活儿就找他,他也从不推诿,我有时就觉得对不起彬彬老师。有一次给了他两个外籍学生,都是大龄女青年。日本的那个是进修生,也还正常。马来西亚的那个是研究生,招生的时候我就有些犹豫,因为家庭不正常,但也不好因为这个就不让她入学。结果,进校后就比较麻烦,她跟管理部门跟同学跟租房子的邻居都能弄出点事儿来,又很神经质,与日本的进修生关系尤其紧张。王彬彬有一次发给我该生写给他的邮件,语气特别激烈,称她的同学为"日本女鬼",逼着导师将其退学,说作为一个中国人,王彬彬收留这样的学生是卖国,简直就不是中国人。满纸的乌烟瘴气!真是难为彬彬老师了,不论是什么样的学生,也还得带啊。

因为名头很响,就有慕名前来投师的。曾经有一个老华侨,80多岁了,径直找到王彬彬,要求深造。再三推托不得,王彬彬便找到我。我说年龄不是问题,没有什么限制,他也不需要找工作,连就业率也不会影响。关键是,他那么大年纪,走路都磕磕绊绊的,万一有个好歹,担当不起。王彬彬说,这个倒不用担心,他女儿也退休了,专程陪着老父亲读书,就为圆老爹一个博士梦。招这么老的学生,在我的学生工作生涯中也是创纪录了,拜彬彬老师所赐啊!

在和园我跟王彬彬老母亲住一排房子,而且都在一楼,彬彬老师每次前去问安,都会从我的窗前经过。有一年,我的小院里长了三个南瓜,其一硕大无朋,考虑到南瓜切开放不了很久,但凭一己之力短时间内消灭几无可能,我向几个同事请求共享,无人稀罕。那天在门口碰到王彬彬,我突然想到南瓜,忙问可不可以给他一段。彬彬老师豪放地一甩头:"你要吃南瓜,我提几只给你!"我这才想到问错人了。王老太太的那个园子经营得不是一般地好,一年四季似乎什么都长,彬彬老师确实提过两个南瓜给我的,他哪里需要我的"馈赠"!(附带说一下,我的大南瓜因为不敢轻易问津,最终自生自灭了!这也是我始料不及的。)

我这样说彬彬老师,可能跟外界对彬彬老师的看法不同,几度闹得沸沸扬扬的争论,从国内到国外,那影响忒大了些。外人以为彬彬老师好斗,其实真不是,他是认真。彬彬老师刚到南大时,研究生招生,我请他命题。一般情况是,谁命题谁阅卷。阅卷是件枯燥的活儿,学生的答案对的千篇一律,错的也没什么创造性,毫无美感可言,但对阅卷人要求很严格,要认真,不能出错。我当时对彬彬老师还停留在由他的外表得出的主观看法上,担心他大大咧咧,影响阅卷,但正是那一次阅卷,改变了我对彬彬老师的认识,他实在是个认真到较真的人,是严谨到追求细节的人,是要求绝对真实的人。太较真不好,容易树敌伤到自己。彬彬老师可能就是树敌比较多的人,但就像恩格斯评价马克思所说的,他可能有过许多敌人,但未必有一个私敌。彬彬老师是做学问的人,对事不对人,只是对学术太虔诚,如此而已。

赵 益

赵益是一个很认真的人。赵益为少白头,英俊小生,顶着一头奶奶灰,其实挺酷的,这在现在是一种时髦。曾经的央视著名主持人陈铎,头发漂得雪白,一丝杂色没有,那个帅劲儿,人送外号"白发小生"。但是赵益接受不了,曾经有段时间还很苦恼,说去学校接女儿,有学生对他女儿说,你爷爷来了。其时他女儿刚上小学,女儿的同学当然也是小学生,小孩子看到有白头发的人以为年纪很大,也只是小孩子还不会看人而已。但是赵益还真在乎了。那是他还没有真老,否则,白头发算得了什么?

赵益出道很早,他硕士毕业留在古籍所工作时,巩本栋博士毕业也才不久。我记得他第一次(也是唯一一次)到我们家,是游说巩本栋参加他们的一个写作系列,就是"日落九世纪"那套丛书。巩本栋没有时间,谢绝了,看他很为难的样子,便给他出主意说,你可以找老莫啊,他唐代又熟。赵益很老实地说,我不敢。那时赵益很青涩。我后来知道,那套丛书赵益自己承担了两本,还是老实啊。

赵益研究的领域有点偏,偏偏他要求又极严格,一点不肯苟且,做他的学生是很有难度的。有一个少数民族学生,基础比较差,三四年没有写出论文,就玩失踪,到处找不到。还有一个日本留学生,精神方面有疾,学习期间多次发作,也是多年不毕业,平添了许多麻烦。有一次赵益到我们办公室,我跟他聊起这个事,聊着聊着又发现,他还有两个女硕士生延期,却都是怀孕生孩子去了。那个时候的研究生管理,硕士生一般不延期。我便说学习期间最好不要生孩子。跟我一个办公室的王彩云接着说:"赵益你要多注意!"王彩云说这话其实没有别的意思,但这话本身容易有别的意思,赵益一下子闹了个大红脸,看着特可乐。

赵益说话很能抓梗,釜底抽薪式地解决问题。一次和赵益共同参加了一个活动,那天众人聊天,说到在一流期刊上发论文各地奖励不一,有的挺高,有的就只是个意思。甲老师对乙老师开玩笑说,我写文章给你发,奖金两人分。然后又问,你会给多少?乙老师竖起两个指头,有人说,两万?甲老师说,两万不行,两百万差不多!赵益说,干脆把两百万拿来办个一流期刊!一会儿众人又打趣乙老师,不抽烟不喝酒钱又多怎么花呀?赵益顺口就接说,办一流期刊呀。后来聊到工作,文学院即将举办纪念胡小石先生一百三十周年诞辰的书法文献展览活动,准备请已是知名书法家的某校友回来，章灿说到时让他留两幅字下来。然后大家议论现在书画都是有价格的，名家轻易不会出手，而且印章都掌握在夫人手中，赵益立马接道，我们先给他刻好印章。如此终结式地一锤定音，赵益有帅才！

金程宇

今年暑假去日本，在东京时，金程宇打车到酒店接，请我们去吃饭。去的这家餐厅是俄罗斯人开的，服务生是帅气的俄罗斯小哥，吃的东西从开胃汤到每一道菜到饭后甜品以及配套的餐具都非常讲究，我们不光享了口福，也愉悦了视觉。饭后又到隔壁和式居酒屋喝二次酒，体验日本人的狂欢，宾主都很尽兴。金程宇特别指出，去年张伯伟到东京，被招待的就是这两家餐厅，他特别预订，为的是有一样的感受。这也有些胶柱鼓瑟了，但金程宇就是这样认真得可爱。

那天到酒店接我们时，金程宇特意从家里早出发，到一处古旧书市买旧书，吃饭时很兴奋地让大家见识了他淘到的宝贝。金程宇是经常到那样的地方淘古书的，遇到老的版本，或是孤本善本，往往欣喜若狂。因为经常去，书市老板都认识他了，他便有了优越的待遇，可以当时不付款，把东西拿回来，鉴定以后决定买了，再送钱去，如果怀疑是赝品，或是不合适不想要了，退回去也没有任何问题。我觉得这有些接近民国时书店的风气了。看民国时的典故，北京一些爱收藏的文人，可以享受到荣宝斋之类的古旧书店送书上门的待遇，收到好东西，优先送给他们挑选。我对金程宇说，什么时候你也有这种待遇就行了。

金程宇对买书搜集资料，真的肯下血本。他的理想既宏伟又无私，他说离退休也就十几年时间，准备一年买几箱书，尽量搜集完备，然后都交给学生，让学生多见识见识，选择自己喜欢的研究去。这样想想，做金程宇的学生还是挺有福气的。

席间又说到金程宇正在装修的房子，他说装好时，一定请我们去看他的书房。早就听说金程宇家书房很大，可是还不够用，为了日益增多的书们，又特地购了更大的房子，如果我没记错的话，这次三四百平方米是有的，绝大部分用来藏书，而且书房特意做了恒湿恒温处理，只给书房做，自己的住处倒简略了。金程宇为书们居住条件的改善而高兴，很有些得意。我其实很感动，却故意小小打击他一下，说，你知道某人在自己家里装了一个小剧场吗？上课排戏都不用到系里了。比你如何？轮到金程宇惊讶了，竟然也还有痴到他那样的，很有些惺惺相惜，连忙说，回去要找他切磋切磋。

苗怀明

苗怀明年少时应该是很淘气的，曾经因为放爆竹把右手炸伤了。最初的疼痛之后，伤手好像没有给苗怀明留下多少心理阴影，他是那种大大咧咧的性格，于是他直接把右手的活儿交给了左手，连写字也是。伤了手的苗怀明属于"身残志坚"的典型，高考时他成了河南省的文科状元。他在北师大一直读到博士毕业，来到南大做博士后，然后留校工作。顺便八卦一下，留校时他那只伤手被鄙视了一下，差点进不了古代文学专业。但苗怀明在他的专业上还是一路高歌猛进，成了网红教授。

苗怀明做研究生辅导员时，我曾经和他一起出差。那次是去北京、天津的高校学习取经。在北京去了北大、清华以后，就到了苗怀明的母校北师大。一进中文系，一路过去就不停地有人跟苗怀明打招呼——十年北师大生活，苗怀明"攒"了不少熟人。作为学生干部，看来当年他没少在系行政窜来窜去。午饭时分，时任系主任的刘健老师被什么事绊住了，不能前来陪我们。刘健是董健老师的博士，南大戏剧专业毕业的，很热情，他请康震老师招待我们。康震老师当时是系副主任，还没有像后来那样名震遐迩，但他在南师大博士后流动站待过，我们于他也算是他乡遇故知。席间交谈得很融洽,说着说着,话题就转到了当时的热门《百家讲坛》上。《百家讲坛》是一档文化历史普及节目,因为受众关系,风格上要求生动活泼通俗易懂,而这对于专家学者就有些小儿科,所以很为这些人诟病。那天去北师大的人中偏巧就有这些人,比如汪维辉,比如苗怀明,于是抨击起《百家讲坛》不遗余力。汪维辉稳重,话不很多。苗怀明心直口快,外号"大嘴",说得就有些酣畅淋漓了。康震老师没参加讨论,礼貌地沉默。饭毕出来,汪维辉做沉思状:好像在哪见过康震,但不是在南京。想了一会儿,恍然大悟,是在《百家讲坛》上。

从北京坐火车去了天津,除了到南开,还在市里转悠了一圈,吃了狗不理包子,买了十八街大麻花,我还买了泥人张的泥人,又去看了梁启超故居。梁启超故居分两部分,是相隔不远的一模一样的两幢二层小楼。一幢家居,住着妻妾孩子;一幢做书房、做学问、接待客人。这样明确科学的功能区分,让同样做学问的汪维辉、苗怀明钦羡不已。二位虽然没有成群妻妾满堂儿孙,但一个老婆一个熊孩子也占地方,当时住处逼仄得只能称为"宿舍",连一间专用书房都没有,遑论整幢小楼!汪维辉羡慕也就羡慕了,苗怀明就不同了。几年以后,当房子作为商品可以买卖的时候,几乎所有有条件的人都忙着改善居住条件,苗怀明也动手了。只是,他没有跟别人一样把小房子换成大房子,仍旧住在原处,却另外买了一小套,专门用来做书房,让原来委屈在箱子里、墙犄角的书们堂而皇之地登堂入室。想来当年梁启超的饮冰室对苗怀明的刺激挺大啊,虽不能至,心向往之,若干年后,苗怀明终于向心仪的大学者在物质上也靠近了一步,尽管只是具体而微。

2018.9.5

茅山，茅山

第一次参加院里离退休教职工活动,阮师傅通知我,去茅山。

茅山不远,一个多小时车程,5月29日去,春深夏浅季节,气候也适宜。可是我没有热情。原因是,茅山是出道士的地方。

和尚、道士的,和我什么冤什么仇啊？可我就是不喜欢,甚至是厌恶。

起初——其实起初是什么时候,我自己也不清楚,就是比较早吧——我也不烦和尚、道士的。因为说起寺庙、道观之类,会说"深山藏古寺",会说"天下名山僧占多",和尚、道士都住在好山好水处不说,还遁出世外,再加上高僧说禅,说半句留半句的,让你怎么猜也不明白,所以在不明不白中是留有好感的。可是这些后来被冯梦龙、凌濛初的"三言""二拍"给颠覆得差不多了。神秘面纱被彻底撕去则是在国民旅游热兴起以后。某年去洛阳白马寺。白马寺多著名啊！唐朝人离开京城,好朋友送别,一送就送到白马寺,唐人送别诗又多,白马寺出镜率很高啊。带着景仰的心情进的白马寺,想能生发点思古幽情,白想了。白马寺除了建筑有些古老,其他都与时俱进了。整个白马寺,就是一个现代化的旅游景点,和尚被分派做各种工作人员的事情,比如,售门票,拿着电喇叭维持秩序,引导游人参观,卖纪念品及各种小吃……我就纳了闷了,和尚的本职工作呢？在这里,芒鞋袈裟,只是统一的工作服而已,再独特点的,就是发型也统一。这类情形后来见得多了,明白和尚除本职工作外,也要一专多能,像现在很时兴的斜杠青年那样,否则无法做到财务自由。这也是上进的表现,便理解了,这不成为我讨厌释道的理由。

又某年去九华山,弯曲的山路上迤逦着身挎黄色挎包的港台信众,寺庙里地藏王菩萨那句名言"我不下地狱谁下地狱"赫然刻于醒目处,菩萨像前香烟缭绕,善男信女合掌跪拜,此起彼伏。出得庙来,树荫下,小吃摊前,一小和尚正津津有味地吃着火腿肠。那直觉就是小和尚毁了所有的庄严和虔诚。某年在青城山山道上小憩,恰好一中年道士也在那休息。那是我第一次见到道士,只见他头顶正中绾一乒乓球大小的发髻,身着蓝色长衫,坐在一块石头上,悠悠然唱"千年等一回"。与道家的形象甚有违和感。当然,后来知道,和尚、道士这工作,门槛高了招不到人,所以改革了,上下班制,八小时之外和你我他一样,你能干啥他就能干啥,最多算个特殊工种。这个,我也理解,这也不是我讨厌他们的原因。

可是,有的事不能原谅。某年暑假去金山寺,中午时分,很热。寺庙中正在做法事,因为难得一见,游人挤得水泄不通,大殿里温度很高。和尚们一律身着黄色袈裟,领头的住持则与玄奘法师的同款共色。住持倒也庄严,一丝不苟地领唱经文,众和尚排成方阵,和声也很响亮。但其中一高大和尚,袈裟揎着衣袖,敞着领口,手持芭蕉扇,一边扇风,一边有口无心地随着众僧唱经,一边眼睛睃向游人中的女客,那眼神,就是古书中说的,"目灼灼似贼""眼睛里伸出钩子"!这样的和尚,一下子就与古小说中的色鬼合体了,你还有什么理由尊重他们?当然,以偏概全不好,但"一颗老鼠屎坏一缸酱"呀,何况,即便是我所有的见闻都不作数,就算我不该像贾宝玉那样有"毁僧谤佛"的毛病,出家人整体形象也还是不好啊。

不过,茅山也是可以去的。

不是说"天下名山僧占多"吗?虽说还有很多名山没被占,但被占的一定是名山,这一点是可以成立的。况且,如果有和尚、道士的地方都不去,那名山有很多就得放弃，凭什么？和尚、道士去得，我为什么去不得？（一笑）为着茅山的风景，也应该去的。于是，我上网搜了一下茅山，网上这样介绍：

> 茅山位于句容市东南24公里处，与溧阳交界，距镇江、常州、南京约40公里，交通极为便捷。茅山以大茅峰、中茅峰、小茅峰为主体。主峰大茅峰，似绿色苍龙之首，也是茅山的最高峰，海拔372.5米。原名句曲山，中国道教名山。山上现有的老子神像是目前世界上最高的道教神像。
>
> 茅山自然景观独特秀丽。山上景点多，有九峰、十九泉、二十六洞、二十八池之胜景，峰峦叠嶂，云雾缭绕，气候宜人。山上奇岩怪石林立密集，大小溶洞深幽迂回，灵泉圣池星罗棋布，曲洞溪流纵横交织，绿树蔽山，青竹繁茂，物华天宝。

这么说来，茅山还是应该去看看的。

不仅如此，我参加这次活动的主要理由是，很多退休老师，已经很久没有见到了，集体活动是一个集中见面的好机会，就为了看看这些老师，也应该走一趟啊。于是我决定参加这次活动。

这一次去茅山游览的一共19人，有贾平年、高国藩、朱家维、钱林森、徐有富等老师各偕夫人，还有徐天健、陆炜、王恒明、姚松、管嗣昆诸位，以及任素琴、袁路和我，佘卉作为组织者参与其中。因为年老体弱者居多，所以活动安排并不多，上午登山，下午参观新四军纪念馆。

我们乘坐旅行社的大巴前往茅山。天有些阴，不时有雨星飘过。

刚到茅山景区，朱家维老师就忙着告诉我，1982年，高国藩老师率学生在茅山采风，系领导专程来看望实习的师生，那时，他来过一次茅山。朱老师年轻时酷爱体育，是健将级运动员呢。工作期间，因是做党务工作的，不免老成持重，没太见到他龙腾虎跃的一面。退休以后，他可是每天准时出现在运动场上,只是这时基本以锻炼身体为目的了。这次见他手提一根拐杖,我非常惊讶,忍不住就问,朱老师你挂拐杖啦?朱老师立刻解释说,不是不是,前不久脚扭了一下。果然,再看朱老师走路,大步流星,拐杖提在手中,道具似的,原来就像健康人买保险一样,预防而已,并不真的打算派上用场。

接着换茅山景区交通车进山。车在山中行驶,满目苍翠,悬崖峭壁上,藤状植物层层叠叠铺挂着,另一侧则是山谷沟壑,松柏翠竹覆盖其上。山道弯弯,峰回路转,有时眼见到路尽头了,却是一转弯又别有洞天。有人提起高老师当年"民间文学"课程在此实习,请高老师讲讲当年的茅山。高老师望着车窗外的山路,感叹地说:这就是九曲十八弯哪!

九曲十八弯是茅山登顶的山路,欲上山顶九霄宫,必经这九曲十八弯。可是高老师的声音里有太多的感慨。是感慨当年采风时登山不易?也是,也不是。比起高老师一生的坎坷经历,比起高老师并不顺畅的学术道路,九曲十八弯,又算得了什么!

生于1933年的高国藩老师,1957年"反右"前夕,正在北京大学文学研究所师从郑振铎先生研习敦煌民俗学和敦煌民间文学,然后,因为一首早年的诗歌,被打成了"右派",从此,二十二年,他在发配的地方,当过中学老师,当过校工,也养过猪,就是不能研究民间文学。但是,他心中学术的火种,即使在被批斗的时候,也从来没有熄灭过。二十二年漫漫长夜终于过去,1979年,摘掉"右派"帽子的高国藩老师被调到南京大学,负责敦煌民俗学与中国民间文学的教学研究工作。高老师的学术生命,从中年才得以开始。而且,他选择了学术研究中最偏僻的方向,同时也是很不被看好的方向——中国巫术。一般人认为,巫术是中国传统文化中的糟粕,是应该被摒弃的。但高老师不这样认为,他说:"实际上,巫术只是一种特殊的文化形态,有着非常丰富的内容。中国有五六千年的历史,巫术的历史也是如此。""巫术就是一种先民的文化,是一种民俗。"高老师觉得,这些巫术或曰民俗,是中国文化中被研究最少的部分,但实际上对中国文化的形成有着重大意义,因此需要被研究、被记录。很多巫术,其实是应该被保护的非物质文化遗产,在很多地区,既是当地的传统,也是当地的特色,是可以用来发展旅游并带来经济效益的。在被误解与被责备的日子里,高老师凭着坚定的信念的支撑进行研究与写作,在这条注定是九曲十八弯的学术小道上,孤独然而坚忍地奋力前行。他用了大半生的时间,写成了一百五十多万字的《中国巫术通史》。该书的写作,可以说是填补空白的工作。此时车厢里的高老师稳稳地坐在座位上,情绪很饱满。我很好奇,十几年没见高老师了吧,他竟没变模样,细想一下,二十年前、三十年前,他也是这个样子,岁月是这样补偿高老师的啊。有一句话说,"踏遍青山人未老,风景这边独好",高老师之谓也。

车在九霄万福宫停了下来,大家进去参观。我对此一向很漠然,随喜了一圈而已。出得门来,雨点大了一些,导游招呼大家到走廊里避雨。穿过走道,抬眼一望,对面的景色豁然开朗,群山环抱之中,老子的塑像巍然屹立。山岚迷蒙,遥望这位道家创始人,虽然不辨眉目,但那仙风道骨的气派令人陡生敬意。茅山的道派其实不是因老子而立,之所以敬他,为的是他鼻祖的地位,有饮水思源的意思。当地人认为,茅山道派的创立者是汉代的一家三兄弟,分别为茅盈、茅固和茅衷。他们在茅山地区乐善好施,为当地百姓做了很多好事,也创立了道教的重要一支——上清派。为了感激和纪念他们,山民们在九霄宫里供奉他们的塑像。还有

登上九霄万福宫

建在茅山最高处的顶宫飞升台，上立一块牌坊，正面刻着"三天门"三个大字，背面有"飞升台"字样，据说大师兄茅盈在那里得道飞升，立此石坊即为纪念。同时，人们把山名由句曲山改为茅山。

凭栏眺望之际，身旁的王恒明忽然说，1969年他也到过此地。那时的他是部队战士，到茅山是执行训练科目——拉练。九曲十八弯也是用两只脚板走上来的，宿营就在这九霄万福宫。只是那时这里墙颓屋摧，满目疮痍，没有一间像样的房子。茅山的道教建筑，其实有着非常辉煌的历史，从先秦时起，各朝各代都有建设，其鼎盛时期，茅山前前后后上上下下，宫观庙宇殿堂楼阁亭台坛馆丹井书院，大大小小建筑有300多处5000余座，享有"秦汉神仙府，梁唐宰相家"的美誉，被称为中国道教第一福地、第八洞天。眼前这座万福宫，西汉时期就已经享有盛名了。沧海桑田，茅山道教盛盛衰衰，几千年下来，其毁灭性的打击是抗战中日本人的"大扫荡"和"文化大革命"的破"四旧"，接连打击，终于使茅山道教灰飞烟灭、了无痕迹了。茅山道教重获新生再度辉煌，已是改革开放以后的事了。

茅山老子像

看完万福宫、顶宫已近中午，于是下山吃午饭。山景就这样结束了？可是，那什么泉、什么洞、什么池呢？导游说，华阳洞最有名，可是还没开发好，现在去不得。

饭桌上，陆炜侃大山，讲他儿子养宠物的故事，让我听得津津有味。陆二少养的宠物很另类，是一只品种为洪都拉斯卷毛的洋蜘蛛。洋蜘蛛当然也要吃东西,当然洋蜘蛛吃的东西也很另类,是蟑螂,而且是并不产于国内而需要进口的洋蟑螂。关于洪都拉斯卷毛可以吃的蟑螂,陆二少列举两种,其一叫作樱桃红,另外一种名字太洋气,陆炜说了多遍,我很费了气力,终于记住,又忘了。有一天,陆教授奉命给蜘蛛买吃的,就是买蟑螂,去了夫子庙花鸟虫鱼市场。很不凑巧,该市场搬迁了。打听到新地址以后,陆教授又赶着前往。花鸟虫鱼倒是都有,可是谁都不知蟑螂归谁管。终于有人想到某处有一卖宠物的,建议去那里看看。陆教授又来到卖宠物的地方。这一家宠物也很怪异,是蜥蜴。蜥蜴恰巧与蜘蛛同好,也爱蟑螂,所以卖家也备有蟑螂,当然主要是为买蜥蜴的人准备的。卖蜥蜴的人跟陆教授推心置腹地说,进口蟑螂有些短缺,因为当时正值一重大活动,暂时停止进口。但是再难不能难孩子,人家还是很慷慨地匀了一些给陆教授。陆教授当初接受任务时,儿子指示很明确,"樱桃红""××××"(原谅我实在写不出那个洋名字,依稀记得是4个音节。关于这一点我很佩服陆炜,他就记得,说得还很流畅)共40只,两厘米规格。教授把要求说给卖蜥蜴的人,人家挺为难,说他们习惯论斤称,1000元一斤。教授心里也打鼓,喂这个破蜘蛛成本也忒大了!好在,小强(蟑螂)体重很轻,四五十只也只20多元,教授高高兴兴拿着回家了。但由于规格不吻合,比规定的大了一倍,麻烦大了:小强太强势了,洪都拉斯卷毛奈何它不得。接下来的问题是,四处乱爬很嚣张的小强怎么处理?要说,强中自有强中手,二少搞来了小强的天敌——螳螂。于是,让小强和螳螂对阵,一对一的方式。按说这时螳螂应该拿出威风:看我怎么收拾你!但是没有,一点也没有剑拔弩张的临战氛围。二少说,可能螳螂工作不愿被人看。于是一家人撤出现场。良久,再看现场,小强已不见了。陆炜认为是螳螂把小强解决了,可是我和姚松异口同声地质疑,要是小强跑了呢?我说,哪怕剩下半截呢!姚松也说,哪怕只剩两条腿呢!我这样怀疑是有根据的。我大学时一同学,边看书边吃咸鸭蛋,偶然看一眼咸鸭蛋,看见蛋里有半条蛆,另外半条不见了,她判断出少掉部分的去处,恶心得黄疸都要吐出来了。小强好歹也留下一点物证啊！再说，什么时候听说螳螂有不在人前进餐的习惯了？陆炜没有理会我们的质疑，继续生发感慨。他曾请教儿子，洪都拉斯卷毛多长时间进餐一次，回答说，三天。陆教授就有感慨了，人家三天才吃一顿！一天三顿那是人的习惯，凭什么要把人的习惯强加给动物呢？你瞧，动物园里老虎狮子肥的，人家本来一天只吃一顿的！教授对人类的自以为是很不满意。近年来，我见陆炜，每每打招呼时，总感觉他的反应有时差。这次重听陆炜神聊，觉得年轻时的陆炜又回来了。

午餐用时略长，主要为了等一个神圣的时刻——下午两点半。上午下山的路上，导游说起下午要去的新四军纪念馆，有一个传奇，就是在纪念馆碑前放鞭炮时空中会响起新四军的军号声，准确地说是冲锋号声。大家表示怀疑，于是说一定买挂爆竹去验证一下。导游说，只怕不能，中午放爆竹扰民，规定是两点半以后可以放。这说法越发地叫人怀疑，也让人心痒难耐，于是大家坚持，两点半就两点半。待到时间差不多时，我们才前往目的地。

到茅山之前，我只知道茅山是道教圣地；到了茅山才知道，茅山还是著名的抗日根据地。在我有限的军事知识里，我知道我党的军队由红军、八路军、解放军三个阶段组成，当然也知道，与八路军同时的还有新四军，著名的《为人民服务》里说得很清楚：我们的共产党和共产党所领导的八路军、新四军是革命的队伍。但是见到穿灰军装的，我本能的反应还是八路军。其实，样板戏《沙家浜》里演的就是新四军，只是并没有引起我的注意。参观了新四军纪念馆才明白，坚持在苏南抗日的队伍是新四军。1938年夏，粟裕、陈毅、张鼎丞等先后率领新四军先遣支队和第一、第二支队来到茅山地区，在此发动群众，创建了茅山抗日根据地，并以茅山为基地，东进北上，开辟了苏南东路和苏北扬泰地区，使其成为新四军东进北上南下的前进基地和战略通道。以茅山为中心的苏南抗日根据地，是中国共产党在华中敌后创建最早的根据地之一，为中国革命事业做出了重大贡献。为了纪念这段光荣的

行路吟
XINGLU YIN

历史,句容政府特地在茅山建立了新四军纪念馆,并在抗日战争胜利五十周年时,又建立了"苏南抗战胜利纪念碑"。

我们在拜谒新四军纪念碑之前,真的买了一挂鞭炮,在纪念碑前面燃放。爆竹燃放时,果然有酷似军号的旋律响起。这真是太神奇了,似乎是一种神迹。虽然我们知道,这可能是由于建筑和周围环境巧合的物理原因,但是,军号声声,好像唤醒人们重新记起那场波澜壮阔的人民战争,记起先辈们筚路蓝缕艰苦卓绝的斗争事

茅山新四军纪念碑

迹,记起中国人民众志成城抵御外侮的伟大精神。军号声,是警醒,是启示,也是激励。

茅山旅游结束了,心情大好。我仔细回忆一下,茅山道士没有给我留下很深印象,茅山风景也没有听说的那般神奇(当然与天气也有关系),总之,一切所见与预设并不一致。但就是开心啊,就是没有失望啊。我见到了老先生、老同事、老朋友,我听到了好听的故事,我与大家交谈或者听人交谈很舒服,于是我就开心了。是的,幸福就这么简单。

2018.6.3

办公室的故事

我结婚生了孩子之后,从郑集中学调到了铜山中学,从一个办公室转到了另一个办公室。

铜山中学是一所新建的学校,建立这个学校,有着特别的原因。铜山县没有自己的县城,不知是徐州市占了它的地盘,还是它本身就没有地盘,就赖在徐州市的地盘上,总之,铜山县县委大院就在徐州市内。这种格局有利有弊,好处是资源共享,教育、卫生、商贸等等,铜山县都享受了徐州市的配置。不那么令人满意的地方也有,就像坊间流行的说法,说不到北京不知道官小,铜山县大致也有这样的尴尬。就拿教育来说,铜山县县直各机关的孩子,上学自然在徐州市,成绩好的上重点,但是如果成绩差那么一点,还想享用优质资源,就不那么容易,毕竟是有头有脸的人集中的地方。要是有自己的学校就好得多。但是铜山县两所省重点中学一在郑集,一在侯集,都是几十里路开外的地方。所以铜山县终于下决心就近建一所"自己的"中学。我就是这个时候调到铜山中学的。

铜山中学和郑集中学"体制"不一样:郑集是按学科分办公室,比如我就在语文组,全校的语文老师都在一起;铜山中学则是按年级划分,那我就到了高三年级组。这样也有好处,就是有点"包干"的意思,每个班级像被几个人承包了的鱼塘,有事情好商量,有问题好解决,毕竟面对的是同一片鱼塘,情况熟悉。我们的办公室里除了没有体育老师，其他各科都齐全了。

我搭档的那个班级的班主任是王人达老师。王老师高大威猛，大大咧咧的，是宜老宜少的性格。王老师教生物，他见到我儿子说，幼小动物的两个特征，一是无害，一是可爱，这是他们能够生存的必要条件。王老师从生物学的角度解释了人类幼崽之所以可爱，也间接地表达了他对我儿子的喜爱。王老师其实不是爱掉书袋的人，倒退二三十年，王老师是徐州市赫赫有名的篮球运动员，不知是打球受伤还是什么原因，伤了两根手指，又因为球打得棒，名声很响，人送外号"老八"。当年提起"老八"，徐州市的篮球爱好者大概没人不知道。运动员出身的王老师特别爱开玩笑，对小孩也如此。有一次他见我儿子穿了一条带拉链的背带短裤，趁小家伙不注意，一下把拉链从胸前拉到裆部，我儿子本能地捂住肚子，出离愤怒了："坏蛋！"整个办公室都笑得沸腾了。和王老师年龄相仿的化学老师胡老师，更是佯装认真地跟我儿子说："骂得对！什么爷爷，就是大坏蛋！"王老师才不在意呢，乐得像个孩子似的。王老师的"恶作剧"可不是只针对孩子，有一次他回办公室讲了一件事，把我们大家都逗乐了。王老师父母就在徐州市，那次他和爱人一起回去。王老师回家，要是骑单车呢，按规定是不能带人的，如果坐公交，两头都要走上一段，总之是不方便。结果王老师独出心裁，搞了个小车厢，装上轮子，固定在自行车后轮侧面，有点像警察的三轮摩托。王老师就骑着改装过的车子，带着爱人上路了，挺拉风。王老师正得意，被交警拦着了。交警说："你这不是自行车，不能在人行道上走。"王老师说："那我去哪儿？"交警说："去机动车道。"说完又觉不对，赶紧说，"机动车道也不能去，你这也不是机动车。"王老师说："那我也不能飞呀，我这也不是飞机。"把交警难为得不知如何处置才好。

王老师看似粗疏，其实有细致的一面。他是两个女儿的爸爸，他小女儿就在我班上，叫王有梅。王老师对女儿的这个名字很满意。他跟我说过，女儿生在下雪天，古人说："有梅无雪不精神，有雪无诗俗了人。日暮诗成天又雪,与梅并作十分春。"皑皑雪天,造物主恰好送来一个女儿,就叫"有梅"了。王老师是毕业班的班主任,面临高考的毕业班,学生压力有多重,王老师自是很清楚,他也心疼这些孩子。我记得每到圣诞节的时候,王老师会亲自带学生出去寻一段造型好的松枝回来,嗑开花生夹在松枝上,布置成圣诞树,和学生一起过圣诞节。学生其实要求不高,能有一个放松的机会,便能"嗨"上天。王老师此举,很有慈父心肠。

我跟王老师搭档很放松,我一个人拖着个还不能上幼儿园的孩子,其实很多精力和时间都被孩子占用了,比如早自习,我就不可能到班里看着学生读书,但王老师从来没有怪过我,他总是很包容我。我在教室里开辟一个小专栏,遴选优秀作文贴上给同学学习,王老师对我给作文下的评语夸赞不已。一次在办公室里,我的一个同事问什么是模糊数学。我说,你过马路,路上来车,你可以判断出能否过去,但时间、路程、速度,你都没精确计算,这就是模糊数学。王老师丝毫不掩饰地啧啧称赞。有次晚上几个人在办公室打牌,为着输赢吵得不可开交,我恰巧进屋,见状便说:"你们打牌原是为了开心,争成这样,还有什么开心? 倒不如放手不打。"王老师觉得此话很睿智。

和我一起教语文的一共四个老师:马老师、彭老师,还有一个也是王老师,男王老师。马杰老师年纪最大,一位忠厚长者,教学特别认真,待人也特别和气。从大时代里走过来的旧知识分子在相当长的时间里大抵都不太好过,听马老师说过,他被停止教学不能回家的那段时间里,妻子一人带着四个孩子,家里家外地忙,身体、心理都是超负荷地运转。有一次夜里,最小的孩子要大便,妻子被闹醒了又睡着了,结果孩子就拉在了床上,妻子抓一只枕头盖在上面,又睡着了。时过境迁,若干年后马老师说起时还唏嘘不已,感叹人累成那样。又说起现在的孩子不知父母的辛苦,说妻子洗脚,忘记拿擦脚毛巾,让小儿子递过来。马老师学小儿子的样子,说:"小四儿就这样,别着头,两只手指尖儿捏着,递给他妈!"然后感慨道,"不知他小时候怎么干净利索地长大的!"马老师偶尔忆忆苦,却从不讲自己的遭遇,对现状十二分的满意。办公室里教英语的纪老师就不是这样。纪老师比马老师还要大上几岁,和我共事时,应该是退休以后再聘的吧。纪老师是中华人民共和国成立前毕业的大学生,想来是很吃过一些苦头的,牢骚也多。马老师很珍惜现状,认认真真工作,认认真真生活。一年学校犒劳毕业班老师,特意批准我们出去旅游,那次是去了烟台、青岛、威海、蓬莱。马老师打扮得齐齐整整,一身新置办的中山装行头,很打眼。同去的彭老师说,老马穿得像成殓的一样,马老师忙"呸呸呸",说"净说不吉利的话"!

彭老师也是语文老师,业务就那么回事,但是会装,老是一本正经,在学生面前同事面前都如此。彭老师之所以喜欢端架子,主要是他身兼学校工会主席。他认为工会主席是个干部,可是学校不拿工会主席当作干部,群众更是不拿豆包当作干粮,看他假模假式还得多嘲讽几句,每每这时彭老师越发要表现出领导的涵养,装作不予计较的样子。对于大家时不时地拿工会主席跟他说事,彭老师一则以喜,一则以恼。喜的是再怎么说工会主席大小是个干部;恼的是说这话的人往往不怀好意,缺乏庄重和起码的尊重。还是那次去旅游,记不得什么地方有一个单位大门前挂有工会的牌子,彭老师就很激动,拉着众人围观,并说,看看人家,对工会多重视! 回去一定要学校在大门口挂上"铜山中学工会"的牌子。这话也就在当时激动一下,反正我没看到学校门口除了"铜山中学"之外,再多出一块牌子。但是彭老师喜欢做官对我们还是有好处的,比如,如果我们想对学校有什么想法但实行起来有难度,大家就把彭老师看重的那顶帽子往他头上一戴,彭老师就会义不容辞地为大家向校方争取利益,大家就成了那个坐享其成的打鱼老头。彭老师也不恼,为群众谋福利本就是干部的担当,即便碰了钉子,又有什么关系呢?

和我同一个班级搭档教外语的也是个女老师,姓李。李老师是"文革"前进大学的,后来被下放到农村锻炼,然后胡乱分配个地方教书。李老师是镇江人，本不该到苏北的，不知为什么到了铜山。调到铜山中学时她已经有两个孩子了，大儿子已经上高中，也在我的班上。小儿子大约还没上学，在镇江老家，由外公外婆带着。李老师之前在哪个学校我没问过，总之是和丈夫两地分居，即便是调到铜山中学，也只是距离近一些，仍旧分居，但丈夫周末可以回来了。"周末爱人"不实用，日常所有家务，还是李老师一个人的。但李老师是个女强人，事业型的，教学极好，是学校教务处的副主任。铜山中学的规矩是上早自习的，一周六天，早读时间语文、外语各半。当时我孩子不满一岁，请的小保姆是当地人，只在我上课时来帮忙，所以早读时间学校准许我不去。有人告诉我，李老师经常占用我的早读时间。中学里的老师也奇怪，往往争时间。我听了只一笑。我能怎么办？好在时间也没浪费，读外语总比不读书强。其实李老师待我是很好的，我们是邻居，尽管各自都很忙，但最能谈得来。李老师有一次跟我说，教务处开会，她无聊得很，无意中看到地上的脚，几位男主任皮鞋都锃亮，只有她自己的特别出众，厚厚的一层尘土，灰不溜秋的。我下意识地瞧了瞧李老师的脚，一双鞋像刚从黄土地长途跋涉过来的，于是相顾大笑。李老师人其实很漂亮，高挑的个子，两只眼睛水汪汪的，会说话似的。但是一个女人，忙工作，忙家务，连个帮手都没有，也就顾不上收拾自己了。李老师一两年后就调走了，我后来的印象中没有她了。

办公室里既是语数外、理化生、史地各科老师都有，说不上文人相轻、学科歧视，互相不服气开玩笑的事儿却是常有的。嘲笑语文老师最常见的就是普通话的话题。一次有人说，领导听语文课，老师教拼音，是个"尿"字，这字本身两读，老师不知道，按着拼音正要读尿(suī)，忽然想这字我认识，读尿(niào)啊，于是硬生生念成"suī——niào"。说者绘声绘色，自是哄堂大笑。语文老师就反击，说也是听课，听数学课，老师讲三角形的特征，说"三角(jiǎo)形的三个角(jué)啊"，也是一片笑声。一个老师说："我说一个真事儿。'文革'时有一次吃忆苦饭，野菜做的，县广播站报道了，女播音员用播音腔说'吃菜麻糊',听得那个别扭！还'菜 máhú'！"该老师又强调一遍。语文老师便不作声,确实听得别扭。可是不读这个音读什么呢？其时我正在刻讲义,便抬头说,那个是方言词,它不是普通话。于是语文老师又振奋了。

　　除了语文老师上课用普通话,别的科任老师大约都使用本地方言。教地理的两位老师一男一女一老一少,都姓卜。老卜老师极注意仪表,春秋两季大都是呢料中山装,冬天一袭黑呢长大衣,夏季浅色西装长裤衬衫,从来都是整整齐齐的。头发更是上了发蜡,一丝不乱。整天捯饬得跟老牌绅士似的。偏偏小卜老师,一个女孩子,比男孩还泼辣,说话高声大语,走路莽莽撞撞,一刻也斯文不下来,长得也不理想,矮胖,眼小。偏偏跟小卜老师一同调来的教生物的另一个女孩,像是跟小卜对着长似的,生得眉清目秀,身条颀长,说话也文静,来了不久就成了诸多未婚男老师的追慕对象。姑娘姓蓝,后来结婚怀孕了,一群小伙子把自己心爱的影星的名字送给了小蓝老师,名曰"阿兰德龙",意即小蓝姑娘得了个龙儿。小卜老师也是老大不小的了,却连个男朋友也没有。但小卜很乐观,尤其喜欢唱歌,天天可以听到她的歌声。一天,老卜老师听见小卜老师唱歌,忍不住说："小卜嗓子也不错,就是唱出的歌怎么那么土呢？"对自己的同事、同宗很有些恨铁不成钢的意思。我说,主要是小卜唱歌用方言。老卜老师恍然大悟似的,认真点了点头。小卜其实是聪明的。有一次我和一位老师说什么,怎么说他都不明白,我一着急,脱口说："嗯,一块钱俩。"这其实有个典故。当年春晚有个节目,一个弱智的卖鸭蛋,五毛钱一个,只能一个一个地买,有人给一块钱要买两个,无论如何都不行,就是算不过来账。节目是讽刺没有优生优育的人。我的话刚落音,小卜就笑了,而别的人都没反应过来。小卜带班主任,班级管得像模像样的,和学生关系也好。

　　铜山中学有一年调来一对夫妻,女的教初中,我没太见过,男的教高三数学,就到了我们办公室。男老师姓陈,自我介绍时很让我吃惊,他很郑重地强调他是学习毛主席著作积极分子。彼时已是80年代中后期,"文革"过

1988年5月,学校犒劳高三毕业班老师,我们办公室有了一次公费旅游

行路吟
XINGLU YIN

去一二十年了,伟人也早已辞世,"文革"中的种种荒诞往往被人当成笑料提起,这位陈老师居然当作荣誉正正经经地介绍。看陈老师老实巴交的,也不像开玩笑,就觉得他忒迂腐了。陈老师调来不久就赶上学校慰问高三组的那次旅游,陈老师当然也参加了。我们第一站到了青岛,晚上到的,没出车站就被人忽悠住到海军的一个什么招待所,离城有些远。次日清晨,用过早餐,集体去城里,等公交时陈老师惊呼,自己的口袋被小偷光顾过了。看陈老师呆头呆脑的,大家都会想,小偷不找他找谁?陈老师是那次出游中唯一一个损失钱财的,而且自己一点没消费,全部拱手送人了。要说,其实我也是有可能招小偷的,但我知道自己马大哈,事先把人民币交给工会主席保管了。陈老师失窃以后,彭老师说我,小王真有你的!放在我这儿,没丢没事,丢了我还得赔你。赔不赔的我当时没多想,但彭老师肯定比我自己靠谱我是知道的。陈老师就缺少我这样的"自知之明"啊。要说当时铜山中学那个特殊位置,能进去的人要么业务拔尖,要么关系过硬。陈老师看上去似乎一样不沾,他绝不是那种搞关系的人,但能来到就带高三,想必在教学上是有两把刷子的,只是怎么都看不出来。

在铜山中学几年时间里,我的所有精力、时间,除了教学,都贡献给儿子了。我后来发觉,那一段时间,除了儿子,别的记忆一片空白,那段日子就像被谁偷走了似的。当我坐下来写这段文字时,那些人、那些事,好像从记忆中被释放出来了,但让我赧颜的是,似乎只剩些八卦,可是那些日子、那些人、那些事儿,绝不是八卦可以涵盖的。

2021.12.7

蜀　　惠

蜀惠姓张，供职于台湾东华大学，从事中国古代文学研究与教学。

认识蜀惠是在2013年寒假，此时外子正在东华大学做客座教授，儿子也恰在新竹读书，我便以探亲的理由去看看台湾。盘桓台湾数日中，也去了花莲和绿岛。而这两地的旅游攻略，是蜀惠制订的；到两地旅游，也是蜀惠帮助实施的。我是初到台湾，自然两眼一抹黑；外子虽说去的次数较多，但以开会、学术交流为主，来去匆匆。待的时间长的也有，但外子是书痴，有书就走不动了。像那次在台大高研院，三个月时间，哪儿也没去不说，返回时买的是下午的机票，上午还在故宫图书馆端坐，临了觉得似乎雁过无痕，有点过意不去，在关门离开研究室的一刹那，灵机一动，转身给门拍了一张照片。好在门上装有写了自家姓名的牌子，算是一个纪念吧。所以，像他这样脾性的人，到台湾去的次数再多，待的时间再长，都不可能是旅游的好向导。好在有蜀惠。蜀惠亲自驾车载我们去花莲跟旅行团，给我们绘制了详尽的绿岛旅行路线图，联系好下榻处，让我们每走一步、每到一处，心里都很笃定。旅行中，每次不知该怎么走的时候，外子便掏出蜀惠绘制的路线图，那些明确的指示、细心的叮嘱，都用娟秀的字写在纸上，这让我们轻松愉快地完成了旅游。其实蜀惠自己对这些景点也不一定多熟悉，但她宁愿自己麻烦做功课，也要给我们提供帮助，蜀惠就是这样一个古道热肠的人。

行路吟
XINGLU YIN

在花莲,蜀惠陪我们去了美丽的七星潭。七星潭位于花莲县新城乡北埔村。七星潭不是潭,是一个湛蓝色的海湾,是辽阔深邃的太平洋长途跋涉到这儿歇脚休憩的地方。绵延二十多千米的海岸线,形成了一百多米宽的沙滩。沙滩属于砾石滩,平整开阔,遍布五彩斑斓、形状各异的鹅卵石,这让七星潭成为花莲近郊踏浪捡石的好去处。我们去的时候,沙滩上游人并不多,没有一般旅游点的喧嚣。漫步海滩,极目太平洋无垠的深蓝,心情很好。很快,脚底下的鹅卵石就吸引我了,于是,我在回来的时候,口袋里多了几颗美丽的石头。我像显宝一样,拿给蜀惠看。岂知她一脸惊愕,问,你怎么把它带回来了?我倒觉得她问得奇怪,当初捡它的目的,可不就是带回来吗?蜀惠解释说,大家去海滩,都不会把石头带走的。你拿几颗,他拿几颗,海滩上的石头不就越来越少了吗?这道理很浅显,我应该懂的。我们从小受到的教育,不会拿别人的东西,不会拿公家的东西,不会拿不属于自己的任何东西,却从来没想到拒绝大自然的馈赠。一直以为大自然是人类取之不尽

花莲七星潭

用之不竭的宝库,但看今日,因为人类的贪婪、自私,自然界已经变得不那么友好了,人类也已受到了惩罚。确实,对自然界只知索取的观念应当改变了,不加保护的行为应当停止了。蜀惠给我上了一堂生动的环保课。

在台湾接触了不少女性学者。大陆现在也是这样,高校里女教师越来越多。在文化教育等诸多上层建筑领域,女性确实顶了半边天。想想也是,这个社会本来就有一半是女人,现在不是以往重男轻女的时代,女性可以和男性一样接受良好的教育,受过高等教育的女性绝对数量不少于男性,相对于竞争更激烈的官场、商场,还有对体力要求更高的一些行当,文化教育职业确实更适合女性。但这并不表明女性在高校等环境中生存很容易。同所有男性一样,要想在高校谋得教职,一般要读书到30来岁,而这时,对于女性,结婚、生儿育女,一系列事情接踵而来,与此同时,要找工作,要出成果,也都是较劲的时候,一样都耽误不得的。所以在高校里,不婚、失婚的女性较多。这种情况,台湾似乎出现得更早。我接触的多位台湾女性学者,学术上都出类拔萃,事业也如火如荼,但生活上多少都有些缺失,焉知这不是因为事业、因为理想甚至是因为生存做出的牺牲呢?蜀惠也是如此。作为女教师,她是好园丁,是出色的教育工作者;作为女学者,她在学术领域辛勤耕耘,孜孜不倦,颇有建树;作为单亲妈妈,她比一般的母亲要付出更多。

蜀惠的女儿小字qiúqiú。我不知是哪个字,"求求"呢,是可以的,以蜀惠那样以追求真知为使命的人,希望女儿以此作为传统,继承并发扬光大之,也不无道理,算是寄托。"球球"呢,也有可能,孩子小时候胖乎乎的,很可爱,此为象形。两个字都很好,我随便取一个,就用"球球"吧。球球后来确实继承了妈妈的志向,很争气,考上了台湾排名第一的大学——台湾大学。但我在东华大学时,她的孩子还小,正上中学。有个中学生孩子,蜀惠比别的同事多了一件事情,就是到中学义务授课。同大陆一样,台湾的中小学也很会利用家长资源,知道有学生的妈妈在高校任教,这资源不用就浪费了,可是因此,蜀惠就要格外劳累了。但是她认认真真地做,连一丝怨尤、一点

行路吟

敷衍都没有。她觉得教育孩子是教师的天职，责无旁贷。这态度还是令人肃然起敬的。在大陆，一般学校抓家长差，不过是让家长利用职务之便、能力之便帮些小忙，都是一过性的，即便是抓到高校教师，无非是慕名让做个讲座而已，像这样让开一门课程的真不多见，未免太托实了，大家都很忙，谁有那工夫？但蜀惠就做了。

和蜀惠聊天时，说到教育孩子，我说我对孩子要求不高，只要他快乐，做什么都行。他读书读到博士，并不是我希望他如何出人头地，而是他自己赖着不找工作，既然他觉得读书比工作快乐，那就读书。我因为自己在高校，知道读书也不是容易的事，并不比工作轻松，所以跟他说，就把读书当日子过好了，该学习学习，该玩儿玩儿，该恋爱恋爱，该结婚结婚，不要有压力。蜀惠听了我的理论，表情很吃惊，她大约从没见过如此惫懒的妈妈，自己不上进也就罢了，还这样教育孩子。其实我自己也知道，都像我这样溺爱孩子，这社会也就没指望了。但见江湖水深、竞争激烈，就想，不做弄潮儿也罢，平平凡凡过老百姓的日子，是大多数人的选择，也挺好。蜀惠显然不能接受我的观点，她不光自己拼，教育孩子也很励志。2016年暑假，带着台大学生球球，蜀惠娘俩来到大陆，有计划地跑了很多地方。和我们带孩子出去旅游不同，蜀惠不是为了放松，不是为了怡情悦性，而是把旅游作为一种学习，一种教育。她说台湾毕竟太小，会把孩子眼光、心胸局限住了。所谓读万卷书，行万里路，教科书上的山川河流、风土人情、历史沿革、人物掌故，实地看了，才会印象更深刻，掌握得更牢固，蜀惠这样做是有道理的。蜀惠和球球来到南京时，我们帮她们安排在南大仙林校区旁边的省体育训练局住下，房间在冠军楼。其时正是女排在里约奥运会上夺冠不久，冠军楼大厅布置了几位江苏籍冠军的巨幅照片，有惠若琪、张常宁和龚翔宇，个个英姿飒爽、青春勃发，看得球球热血偾张，兴奋不已。蜀惠有一个很好的习惯，就是做事之前先"备课"，这大约是做教师养成的。她把这学习的有效方法也教给了孩子。记得我们在东华大学期间，台北来了个国外著名乐团，周末有演出,蜀惠早早买好了票,准备带女儿观看。为了这场演出,球球需要做的功课是,了解清楚乐团的背景,演出歌剧的内容,作者、演员、指挥的相关情况等等。这样,一场音乐会带给孩子的岂止是耳目之娱!同样的方法,也适用于旅游。对即将要去的地方,蜀惠和孩子会事先调查有哪些人文古迹,然后查阅文献,这些人文古迹是怎么回事,先有了文字印象,然后去实地对照印证,从而获得更感性的知识。古人云,"纸上得来终觉浅",只有从感性上升到理性,知识掌握得才更牢固。蜀惠这样不择时地抓住一切机会教育孩子的方法和态度,确实令我挺佩服的。

　　蜀惠也是搞古代文学的,我会说这个行当的人,"入戏"太深,都有点呆。蜀惠也是有些呆性的。在台湾时,一次是从花莲回学校,顺路接回球球。球球此时正痴迷于学习编织,大约也是学校手工课上教的。蜀惠给孩子买了毛线和工具,球球一路坐在车里边不停地练习。我见老师教的方法很蠢,便

东华大学校园很大,我教球球打毛线,蜀惠就开车载着我们在校园里绕圈

行路吟
XINGLU YIN

交给她常用的简便方法。车子开到东华大学时,球球还不是很得要领,我便继续指导她。为了让孩子熟练掌握,只有延长学习时间,于是蜀惠开着车子在校园里一圈一圈地转。尽管东华大学校园很大,尽管蜀惠开得很慢,仍旧绕了很多圈。我开始注意力都在球球身上,后来忽然意识到,车子是在校园里不停地开着的,于是急忙说,为什么要开呢?停下来等不是一样吗?蜀惠这才恍然大悟,说,哎呀,怎么没想到?停住也是可以的呀!当然,此时车上还有另一个"呆子",我先生自然也是想不到,车子停住并不影响我和球球的教与学。

东华大学建筑

球球上次来南京,带给我一件台大的文化衫作纪念,我恰好有文学院建院一百年时我给研究生设计的印有文学院标识的文化衫,便回赠给球球。今天在学校,见到有学生穿院庆时的文化衫,忽然就想起蜀惠来了。

2018年春深夏浅之时

斯 人 斯 疾

在校园里,遇到赵金熙老师,他老远一脸笑容地过来打招呼,我也很惊喜。"很久很久没见你了呀!"我说。"我也很久很久没见你了。"赵老师也这样说。我们都笑了。老熟人、老邻居,相见很高兴。过去之后,赵老师没有消失的笑脸旁边,忽然幻化出另一张笑脸,是王长富老师,我便凛然一惊,那么热情熟悉的笑容,已是故人了。接下来走往办公室的路上,脑子里浮现出的,都是关于长富老师的点点滴滴了。

我和赵金熙、王长富两位老师的相识是在同一天的同一个场合,那还是20世纪90年代。一天上班时间,时任系主任的赵宪章老师到办公室喊我,说数学系来人,想跟我们聊聊创收的事。到了小会议室,已经有两个中年男人坐在那儿,宪章老师给我介绍,其中一位是数学系主任赵金熙,另一位是书记王长富。我打量一眼,他们俩个头都不太高,脸上不约而同都挂着笑容。这一集合形象的出现,让我以后好长时间没有分清他们俩谁是谁,但是也起了双倍的加强作用,我记得很清楚,他们是数学系的。一般我见过一面两面的人,都是记不得的,这次歪打正着了。数学系和中文系应当是没有交集的,专业差得太远,平时没有交道。但当时,有一件事,让数学系想到了我们,就是创收。其时全国各地各行各业都搞创收,创收是工资之外的收入,创收好,单位收益好,员工收入便好。不同的单位,创收不同,员工收入差别很大。没有创收的单位，往往人心浮动，工作热情很受影响。所以，创收一时成了单位头头的头等大事。高校创收，路子很窄，基本上就是办班，教学生。有热门专业的，也能如火如荼，轰轰烈烈，但冷门专业就没有市场。数学系是传统学科，培养数学家、数学老师，入学门槛高，文凭又不易拿，即便是有人想镀金，也不需要它，靠什么创收啊？比中文系还不如呢。但是创不了收领导不好当啊，知道跟商学院、法学院、行政学院没法比，有经验也用不上，他们想到了难兄难弟的中文系，于是登门来"取经"。取经的结果不用说也知道，彼此吐吐槽，倒倒苦水，然后赵、王二位无功而返。但从此我认识了两位朋友。

　　港龙房子建成后，我们三家不约而同都搬了过去，成了邻居，每天一部电梯上上下下，经常碰面。尤其是和王长富老师。王老师此时已调到后勤的一个单位做领导，每天上下班时间一致，还常会在65路公交车上遇到。长富老师性格直爽，说话嗓门很大，人又特别热心，经常会在公交车上看到他在维持秩序。65路车路线很长，贯穿市东西两头，行车时间也长，到站的时间就不准，有时等了很久，一辆也没有；往往一来，好几辆扎堆，小火车一般，上下班高峰时，过一个路口往往要等好几个红灯。河西是个"睡城"，人口密度又大，早上上班、晚上下班，都拥挤不堪。车越挤，人的情绪越不好，上车时挤成一团。但人就是这么怪，在车下面，巴望上了车的人赶紧往里面走，腾出空位好让下面人上去，但自己上去以后，就不愿往里走了，站在车门口不动，把个车门堵得死死的，任凭下面人着急。长富老师这个时候就会出面，帮司机师傅吆喝，让大家往里面走走。这其实是吃力不讨好的事，没人会感激他，有时还会得罪人。有一次上车，也是挤得不像话，我进了车门就挤过人群到车厢后面去了，此时又听到长富老师的大嗓门吆喝："往里走！往里走！"一边身体力行，带头向车厢里面走去。人多，难免擦擦碰碰的，就听一个女人尖厉的声音："挤什么挤？挤什么挤？流氓！"我心里真替长富老师冤屈,想帮他,可是闹哄哄的,被人挡着,看也看不到,又不想吵架,只得忍了下来。长富老师真的好雅量,没有辩解,也没搭理那女人。我挺佩服长富老师的,在做好事被怀疑、被误解时,长富老师还能保持一颗赤子之心不变,真是难能可贵。

南大仙林校区建成后,为了上班方便,我又搬到了和园,离老邻居远了,几乎见不着了。但是,有一天在和园散步时,不期又遇到了长富老师,他在跑步呢。我见他以前圆滚滚的身材苗条多了,便说:"瘦了呀。"他便爽朗大笑:"我天天暴走,早就瘦下来了。"并且认真地告诉我,每天走多长多长时间,多少多少路程。我问他是否也搬到和园了,他说还在港龙,女儿住和园,他和老伴常过来帮女儿看孩子。后来,果然又在和园见到长富老师几次,每次都是在散步时,他也一如既往地是在跑步。每次见面寒暄,他也总是又说又笑,依旧是大嗓门,和一个人说话也像给好多人做报告的音量,他就是那样乐观爽朗的脾气。

后来有一段时间没见长富老师了,其实时间也不算长,而且没见到也很正常,他原不是每天都住和园的。但突然听说长富老师轻生了,我无论如何都不信,他是那样一个乐观、纯朴、积极向上的人,对人对生活对这个世界,都那么友好。不久我到鼓楼校区,在布告栏里,看到了长富老师的讣告,我想,这是真的了……

听说长富老师是患了抑郁症,已经有一段时间了。我不知他是因为什么,只是觉得他那样的人、那样的性格,不应该得这样的病。他不像是那种有事埋在心里不说的人,按说不应该有什么负面情绪排遣不出。但我又觉得,他实在是一个希望一切都美好的人,奈何现实中丑恶太多,恐怕让他失望了。一个人对生活越热爱,对社会的纯度要求就越高,也越发不能容忍人世间的不美好。然而以一己之力,能拯救社会于万一吗?鲁迅的好朋友范爱农落水而死,鲁迅怀疑他是自沉。在《哀范君》中,鲁迅这样推测老友的死

行路吟
XINGLU YIN

因,他说:"世味秋荼苦,人间直道穷。"我想这也是长富老师得病的原因。长富老师把热情把友好都释放给周围的人了,留给自己心底的,只怕是深深的寒意和荒凉,也未可知。

2018.5.22

理 科 小 白

女教授联谊会每年照例有一次迎新联谊晚会,晚会节目自己出。我们经常参加锻炼的一些人在体育部沈如玲老师的带领下,这几年都准备了节目,今年也不例外。因演出服装颜色暗,准备用亮色小丝巾提色,正好有去年用过的长围巾,废物利用,剪裁一下即可。一位老师说,一条大的裁五条。我在脑子里迅速盘算一下,想裁减嘛自然是对折,对折的结果应该是偶数,不可能出现单数,就把我的想法说了出来,大家都很愕然,沈老师调侃我说,王老师是文科的。

我是文科生,但我选择文科是因为当初别无选择,而造成别无选择的原因不赖我,算是历史的误会。我在中学阶段文科固然不错,但理科更好。化学考试从来没丢过分,而我最感兴趣的是数学。所以没考理科是因为恢复高考时我作为一个知青被限制,没法复习功课,尤其是没有任何复习资料,也包括课本。除了数学蹭人家几个题目做做,别的就是裸考。我一向认为自己理科基因很强大,因此不自觉地也会鄙视文科生。

很早的时候研究生考试阅卷,检查到王希杰老师批阅的试卷就比较头疼,100以内的加减法他横竖弄不太明白。王老师是闻名遐迩的语言学家,这智商在数字上怎么就不够用呢？我向他指出这一点,王老师骄傲地说,我以前数学很好的。我窃笑不已。

行路吟
XINGLU YIN

我自己对数字也越来越没有感觉了。尤其是买菜，几斤几两几元几角，好像印到底片上不显影，大脑一片空白。我把这归结为面试时临场发挥不好，我一向这样没出息的。但别的时候似乎也不行，不太有概念似的。有一次周安华不知为什么交了一万块钱给我，让我数数。我辛辛苦苦数了半天，他问，多少？我说，一千。他惊讶到要崩溃。一次在电梯里跟同事议论学校购买电梯招标，我说肯定得招标，电梯很贵的，一个恐怕得一万块钱。冷不丁莫砺锋老师在后面插了一句话："只一万块钱，你们家也会装一个的。"

我现在相信，什么功能不管再好，不用，就会退化，这和智商无关。

我的某些方面功能退化，与我们家两个太喜欢包办代替的男人有关。因为我的粗疏没有责任感，家中一切跟票据证件有关的事情都不归我管；因为我的怠惰不接受新事物，我所用的手机、电脑的常用功能，都设置在固定状态，只几个固定的步骤。如果要做复杂一点的事情，我儿子会直接操作好，把最后结果呈现给我，就像做题目，他只给我现成的公式，不会告诉我公式的推导过程。这样做的结果有点恶性循环了，就是我越来越没兴趣越来越低能。

我以前是很排斥手机的。白天一天在办公室里不知接打多少个电话，回到家中就怕听电话。有一次倪婷婷告诉我一件事，大约是大学同学聚会，她临时需要通知谁什么事情，苦于没法联络，急得不行。但看到别人用手机方便得很，于是很有感慨。她说，那一刻，她想，从此我不嫌贫，但是爱富了。我们俩相视大笑。

我买手机后，相当长一段时间不会打电话，只会发短信，发短信也很慢。那次我到镇江学习，时间紧，内容多，恰在考试前夕，儿子发来短信，说，妈妈我们发短信玩儿吧。被我断然拒绝。事后觉得有些不忍。其时儿子刚入大学不久，一个人在浦口，爸爸在韩国延世大学客座讲学，我想他有些孤独，想妈妈了。但我那时手机打字很慢哪！等到我有时间准备满足他要求时，时过境迁，他已经无所谓了。想到他需要的时候妈妈缺席了，我一直耿耿于怀。

　　趁着外子在韩国,我准备去旅游,签证须到上海去办。上海有学生帮我,我在火车上时她给我打了个电话。慌忙之中,我也不知按了什么键,电话竟接成功了。到上海后,我们一起吃饭,单位有电话打给我,再想接听,却是无论怎样都不晓得如何让手机开口了,任凭铃声大作。不好意思跟学生解释,便走出去发短信问我弟弟,弟弟说接电话按绿键,停止按红键。还说这两个键长得就像话筒。等我后来熟悉红键、绿键这两个冤家时,平心而论,觉得我弟弟的描述还是很形象的,但是当时邪了门似的,死活看不出来,尽管它们一直在那儿。

　　今年联谊收缴会费方式改革了,用手机支付。我是文学片的小负责人,需要把会费收上来交上去。可是我不会啊。拖了几天,终于在一个周末,我拿出专门时间来学习操作。先是要建一个群,我在我们家群里求助。曾经见我同学为吃一顿饭拉起一个群,想来这东西不是很难。果然,我要求一提出,姐姐妹妹都笑我,说现在连卖菜的都会的,你居然不会!诚然,如今引车卖浆者之流,都高科技了。我有一次下班回家,在地下通道看到一卖樱桃的,樱桃实在好,我就买了。买了之后发现自己没有现金,于是难为情地跟卖主说,没带钱。卖主迅速拿出一个纸牌,说,扫我二维码。我的手机里确实有钱,儿子放进去的,但是从来没用过。卖樱桃的指导我支付成功,于是顺利拿走了樱桃。我收拾起一下子滑到鄙视链末端的心情,虚心向我姐妹学习半天,终于把群建好了。但是与我没有微信关系的人,进不了群。加别人微信我也不会,于是给各位同人发短信,请求她们先加我微信。不料接到回复说,也不会。这就没有办法了,我气馁地把这事搁置一边。过了一会儿,我突然福至心灵,想到一条捷径:我把熟悉此等操作的刘重喜拉进群里,告诉他我的想法,只见书记小哥唰唰唰地把人全部拉进来,还自作主张地给我多拉了几位,待我说明不是越多越好时,他又唰唰唰地把不该进来的人踢出去,知道自己也只是工具,便又自觉地退了群。所有这些完成,须臾之间。

唉！早知如此，早该拜托出去。事情圆满完成后，我的心情终于轻松下来，忍不住想起圣人的教导："君子生非异也，善假于物也。"我还是做君子吧。

然而事情没完，我还需要收会费呢。我让大家把会费以红包的方式发给我。通知后不久，我跟"两古"专业的人去广州，我戏说，他们去打蒋寅的秋风，我则打他们的秋风。回来在白云机场候机时，曹虹向我发出研究发红包技术的邀请，于是我们俩切磋半天，不得要领。请教旁边的程章灿，又诲人不倦学而不厌一番，曹虹的一百两碎银子终于成功地进了我的微信钱包。

联谊会举办那天，提前去走台，中午我便在学校食堂吃饭。打完饭后用校园卡付钱时却被告知，2019年了，卡需要激活。激活校园卡是个技术活吧？我一头雾水。恰在此时，遇见一起锻炼的徐鸣洁老师，听说我的卡因为进入新年不能用了，她想她的也应如是，于是同我一起到机器跟前。徐老师是地科院教授，可是她也不会操作，鼓捣了半天，无功而返。徐老师说，那先试试我的吧，万一我的不需要激活呢。于是又去了卖饭窗口，谢天谢地，付费成功了。吃完饭，我拿出手机，说，我用手机还你钱。推让一番，终于同意。可是又遇到了老问题：需要添加微信。我只能寄希望于理科教授，结果没有结果，便喊来一个学生帮忙。事毕，小子没立刻走，抬头问了一句："老师，你们是南大的吗？"我去！自尊心分分钟碎了一地。

2019.1.11

一 念 之 间

雨中黄昏最适合怀旧。

况且又是病中。

天气预报说,梅雨正在来的路上,两天后就到。可是,一清早,雨就淅淅沥沥地下了起来。

正在发烧,这病与雨也是契合得很,适合卧床。脑子一会儿清醒一会儿迷糊,思维却很固执,尽是些陈年旧事,悉数堆来,心头、眼角都是。

许志英老师往生的那一晚,我和外子大约是他在人世间见到的家人以外最后的人了。

那天我下班回来,进门就见到沙发上放着一沓纸,纸上那刚硬带些霸气的笔迹,不用看内容,就知道是许老师的。果然,外子说,下午许老师来过,坐了一会儿,才走。我有些纳闷,许老师的写作应告一段落了,以前写的随笔,已经结集准备出版,计划中的小说还没付诸实施,哪里来的文稿呢?走近一看,原来是我自己的一篇文章。外子说,许老师交代我两件事,一是《学府随笔》稿费已寄来,让我替他领取分给大家。一是把我那篇文稿按他要求改好重打一份给他。这后面一件事,让我有点想法。许老师有个外孙,其时在本系上作家班,小家伙贪玩不肯学习,要毕业了还有许多"欠账"。我的这篇文章是许老师要去替他"抵账"的。因为打印稿上有我的署名和写作日期，许老师让我把这两点改掉。我觉得这点小事，应该让孩子自己做。晚饭过后，我和外子出来散步，顺便把稿子送回许老师家中。关于分稿费的事，暑假里我已经计算了好多遍，越算越糊涂，这事其实已经给许老师说过，他大约忘了。我说换个人做吧。他说，谁合适呢？我就推荐了一个人。他说，你等等，然后进里屋，过了一会儿出来，手上多了一张纸，是中文系的便笺，上面写了几句话，是写给我推荐的那个人的，交代分稿费的事。然后我和外子出来，许老师照例送到电梯口，电梯门开了，他也跟了进来，在电梯里，他问了稿子的事，我直言不讳地说，许老师你不能这样惯孩子，他连自己抄一遍都不行吗？许老师沉默了一下，说，好，让他自己抄。

　　回来以后，心里觉得不太舒服，我从来没有违抗过许老师，他让我帮他做的事，我都认真地做了，干吗这次就拒绝了呢？

　　但这次不一样呀，我给自己找理由。自己写的文章给一个小孩子充当作业，如果这个孩子能因为这篇文章学到点什么，我也算没有白花力气，可是他连看一遍都不肯，许老师还由着他，我觉得许老师对孩子太溺爱了。

　　可话又说回来。我知道，许老师其实一直觉得愧对家庭。他大学期间结的婚，毕业后一纸分配到了北京，一待就是十几年，"文革"结束后才调回南京。十几年聚少离多，许师母伺候老人照顾孩子，自是诸多不易。缺少父亲关爱又处于"文革"之中，乡下的教学条件又不好，孩子的教育也耽误了。几个孩子没受到很好的高等教育，是许老师一直的遗憾。他多次谈过这事。还说本来小儿子还是有希望的，可是带来南京考学校时，因为在老家没学过英语，功亏一篑了。所以他把希望寄托在第三代身上。许老师写过自己小时候读书的故事，因为家中宠溺，不愿离家待在学校，爷爷去看他，他竟偷偷尾随爷爷逃学回家了。家里发现后，也没有责备他，也是哄着拢着又送回学校了。没有家人的耐心和坚持，只怕也就没有后来的学者许教授了。所以，许老师对待孙子的态度也是可以理解的。（我后来问过许老师孙子工作单位的人,说小孩子工作得挺好。也是亏了许老师当初的坚持,否则,一个孩子、一个家庭,可能就耽误了。)

唉,说什么也晚了,总归已经拒绝了许老师。想到让许老师难堪了,我心里还是过意不去。外子就说我,你也是,也不是什么费事的事,较什么真呢?说得我越发不安。

次日刚到班上,就听说许老师昨日夜里走了。

如同五雷轰顶,我一下子就慌了。其时丁帆老师已经从许老师家回到系里,我对他说了昨天晚上的事。丁帆恶作剧地说,就是被你气的。看我吓得愣愣的,又忙说他是下了决心一切都安排好了才走的。

我还是不安。

我仔细追思许老师的一些往事。

清明刚过,我从外地回来,一路上见许多墓地焕然一新,白的花红的花环绕坟头,各种纸幡迎风招展,竟成了路边最亮眼的风景。也看到许多讲究的墓葬,深墙大院亭台楼阁的模样,觉得太奢侈了。我那时还没有经过离丧,对其中的人情世故社会心理都一无所知,缺乏理解,只是无知鲁莽地感慨。许老师来的时候,我对他说了见闻和感慨,他听了,并不说什么,只是"哦、哦"地应着。我能看出他其实不以为然,但欲语又止,终于什么也没说。

他越来越多地说到系里以前的一位老先生遗书中的话:生死一念之间。便是事发那天下午,又同外子说了这话。如同别的事他也会重复一样,我觉得许老师真是老了,像别的老年人那样,爱说重话了。

他有时冷不丁地说一句两句家中的烦难事,我不知怎么接,他便也不再继续说。

我后来听他女儿说过,许师母走了以后,他经常会让女儿陪着到秦淮河边散步,那是以前他和师母常去的地方。一次坐在一个石凳上小憩时,他对女儿说,你妈妈来了。好像真有其事,此后,他便经常去那儿,仿佛等着再见似的。

　　看过许老师写的《择偶记》,写自己少年时和许师母的相亲。许老师称那时师母乳名——小三子。许老师说,到"小三子"家相亲,"小三子"害羞,躲在隔壁堂姐家门后,就是不出来,只咯咯咯地笑。后来许老师走了,"小三子"出门来,一边纳着鞋底,一边目送许老师远去。许老师说,隔着一百来米,两个人看着……写这篇文章时,许老师说他们已经结婚五十三年半了。半个多世纪以前的情景,许老师写得历历目前。

　　许师母非常温良敦厚,江南女子,长得也美,待人热情又实在。我们以前带儿子去时,每次师母都会做一碗水潽蛋端出来。师母一生的事业就是许老师了。为他生儿育女,为他打理家务,一个家被她经营得非常温馨。在系里,许老师和叶子铭老师的两个家庭经常被拿出来比较,许老师虽然没有像叶老师那样,孩子学习成绩优异,都出国深造并留在国外有很好的工作,许师母也没有叶师母的学问好社会地位高,但许老师享受的照顾和天伦之乐,却远胜过叶老师。许师母走了以后,许老师有时便失魂落魄一般。我有一次对许老师说,别看你是家中核心,都围着你转,可是师母才是顶梁柱。许老师听了一愣,继而恍然,然后点头称是。

　　这样看来,许老师辞世的念头,大约也不是一天两天的了,可是他那样冷静,那样不动声色,让人几乎看不出他的情绪起伏……

　　但是,即便这世界让他觉得失望难耐,让他觉得生之无趣、不堪留恋,让他感到人情淡薄、世态炎凉,让他执着于生死的那一念倒向了死神……我为什么要、为什么竟然成为那最后一根稻草呢!

　　王彩云也走了九年了。

　　王彩云发病的第一个阶段,在省人医住着。开始瞒着她,说是贫血。可是怎么瞒得住呢?周围住的都是那样的病人,猜也猜得到,何况她是那样的冰雪聪明。但她不说。我想让她转移注意力,便带书给她看,又买了毛线和编织针，让她打发时间。也建议她无聊时写点东西。终于都没用处。戴子高说，她有话也不说，即便是对自己的丈夫。自己不声不响地查电脑，查了以后也不声不响。她就是这样，什么事都闷在心里，其实又明白得很。可是生病这事，装装糊涂不好吗？要知道那么清楚干什么！

　　骨髓移植是在苏州做的，苏州的血液病治疗是全国首选。给她提供骨髓的是她的妹妹。也真是幸运，刚刚好的骨髓匹配，妹妹又愿意提供。一切是那么顺利。

　　可是只几个月，又复发了。谁都知道，这一次是凶多吉少了。

　　我去她家中给她送行时，心情是非常沉重的。给我开门的正是她，还是一脸平静，对我说，我要去上海了。以王彩云的心思缜密，以她的灵透，她会想到这是一条不归路吗？事实上，这次离开，她再也没有回到这个家了，这个倾注了她无数心血，她全力维护、无比热爱、无比眷恋的家。

　　女儿戴璐很小的时候，王彩云带她到单位来，一见面就感觉到小女孩很任性，稍微接触一会儿，就知道是妈妈惯的。我说，你们家第一把手是戴璐啊。王彩云笑着说是，并不以为有什么不妥，可那时戴璐多小啊。独生子女家庭，这种情况其实多见，只是王彩云的温情爱戴更细腻，更心甘情愿，连一句矫情的抱怨也没听到过。戴璐初中考上树人中学，那时我们两家都已搬到港龙，距离戴璐学校其实不远。上了中学的戴璐，要自己骑自行车上学，不让妈妈接送。戴璐是个要强又有主见的孩子，妈妈一向也不逆着她的。可是就这样放单飞，王彩云也不放心，每天便在女儿身后悄悄跟着。跟着还不能让女儿发现，其实也很辛苦的。过了一段时间，我问戴璐自己骑车如何，她说还不错。我说那就放单飞呗。王彩云笑着说，不行，戴子高不愿意。我说，你自己也不放心吧。要说戴子高，也确实疼爱女儿，王彩云在的时候不说，王彩云离去的那几年，都是他一人照顾女儿，又当爹又当妈的，几年都没有续弦，一直等到女儿顺利高考后。为戴老师张罗的热心人很多，以戴子高的条件，当时也是"男神"级人物，但他选择的条件还是"女儿觉得合适"。

行路吟
XINGLU YIN

我看到戴子高和王彩云，会想起《战国策》中的一个小故事。太师触龙向赵太后请求给小儿子在宫中安排个卫兵的位置，他说自己年迈多病，孩子没个着落走了也不放心。太后奇怪地问："丈夫亦爱怜其少子乎？"触龙认真地回答："甚于妇人。"太后争辩说："妇人更甚！"说的就是他们俩吧。

在上海的治疗其实并不顺利，除了再次移植，也没有更好的办法。但是妹妹那边，妹夫拦着，没人提供骨髓了。医生建议让孩子做匹配检查。戴璐被带到医院做检查时，王彩云知道了，她居然挣扎着跑出病房，硬生生地从医生手中抢回了戴璐。戴璐当时正长身体，刚刚抽条，越发显得单薄，做母亲的哪里舍得？王彩云又是那样的妈妈。这样，便没有了治疗手段，病情越加没法控制了。我给她打电话鼓励她，她从来不说泄气话，不管相不相信，她都不说。但后来有一次，她终于低声地说，撑不下去了。我一下子就挂断了电话，眼泪汹涌而出，再也说不下去了。

但是她不能走！她走了，这个家怎么办？孩子还那么小，怎么能没有妈妈呢？何况，她也舍不得离开她的丈夫呀。

她是那么爱她的丈夫。我曾经问她，你和戴子高又不同乡又不同学，怎么走到一起的？她含羞带笑地告诉我，自己有个姑妈，嫁在戴家那儿，姑妈给牵的线。姑妈这个月老做对了，我就从没见过王彩云戴子高这样甜蜜的夫妻。有一次王彩云打电话，大约戴子高从外地出差刚回来，王彩云上班前没见到，便在电话里交代一些事情。开始我没注意，忽然一句话飘进我的耳朵："你不是最喜欢吃粽子吗，我给你蒸在锅里了。"那声音温柔而甜蜜。我这样神经大条的人，一向以为这样柔情蜜意的语言只出现在文艺作品里，没想到从一向不爱说话看上去有些木讷的王彩云口中说出，大吃一惊，转脸向她看过去时，她还沉浸在娇羞甜蜜中，丝毫没有觉察到我的反应。这样的恩爱，让她如何舍弃！

从打王彩云发病，戴子高便不离不弃地日夜照顾，在南京时还有岳父岳母帮着；到上海后，家和孩子便全扔给岳父母，教学科研都放下，自己孤身一人租房子照看妻子。有一次我打电话询问情况,说完王彩云的情况后,他忽然说,我快要崩溃了!我能理解,每天三点一线,买菜做饭去医院,医生那儿永远都是令人沮丧的消息,跟妻子只能隔着玻璃相望,看到的只是伤心和失望;回到租来的房中,除了自己没有一个活物,每天孑然一身形影相吊,饶是铁人也会崩溃的。我说,你找个人,让你哥哥或是什么人来。他说,他来了什么都不能做,找不到路出不了门,医院里什么也不懂。我说,什么都不做也行,就是听你说说话,否则你会憋死的。后来戴子高告诉我,亏了我提醒,他的哥哥去了,否则,他真撑不下去了。这样的丈夫,王彩云如何能舍弃呢!

但是,努力地撑着真辛苦!

不久上海宣告不治,便转回南京了,住在鼓楼医院,其实只是拖延时日而已。2009年9月9号这天,听说她夜里又经过一次凶险的抢救,我一上班便去看她。人越发瘦了,手臂上挂着吊针,针眼里渗出血水,淡淡的粉红,那还是血吗?脸上罩着面罩,不知是吸氧的还是做雾化,有细细的水流喷出,在脸上聚成水珠。我觉得她肯定不舒服,用手指给她揩掉,她也没有反应。床边是监测生命体征和随时准备抢救的仪器。医生说她夜里呼吸和心跳都停止了又抢救过来,又说还没见过这样能撑的。我见她实在痛苦,而强忍着这样的痛苦又能支撑多久呢?如果没有那该死的白血病,如果撑过去身体便健康了,再辛苦也要撑着。可是,这样忍受痛苦还有什么意义呢?多受点罪而已。临走时,我对站在门口的戴子高小声说,太受罪了!如果再像夜间那样,就别再抢救了,听医生的吧。

我离开鼓楼医院回到系里,还没坐稳,电话便追来了,说王彩云已经走了。鼓楼医院就在南大隔壁,我从边门出边门进,就几分钟时间。

我一直怀疑,我说的话她听见了?她已经没有知觉了呀!我说话的声音又是那么的低。

我后来看到一个资料,说人最后失去的,才是听觉。这条资料似乎就是为了坐实我的罪愆。

行路吟
XINGLU YIN

　　天哪！她是那么相信我,连我都说没有意义的事,让她心里坚持的那一念,断了！生死真是一念之间！

　　我不杀伯仁,伯仁因我而死。

　　我为什么要说出那句话！

　　雨中的黄昏,天暗得早,四周的昏黄慢慢聚积起来,越堆越厚,屋子黑了……

2018.6　梅雨初至

去凤凰，拜谒沈从文

很早很早，就想去凤凰了。读大学时，知道了遥不可及的湘西有一座十万大山包围着的边城小镇，它有一个美丽的名字，叫凤凰。知道那座古城里有一个山一样有情有义的汉子叫二老，知道有一个水一样清纯可爱的姑娘叫翠翠。为了情义二老离开了翠翠，为了情义二老也该回到翠翠身边，沈从文说，这个人可能永远不回来了，也可能明天就回来。从此，心心念念，就想知道，那个重情重义的汉子究竟回来了没有。

工作时，有一个机会是可以去凤凰的。那次，我申请到一个项目，可以去一些高校考察。公私兼顾，我在地图上查来查去，终于把目标锁定离凤凰最近的吉首大学。系里没批。理由是可去的高校那么多，怎么排也排不上吉首。可是，我去吉首是为了吉首大学吗？

2018年，终于有了一个去长沙的机会，长沙和凤凰都在湖南啊！尽管两地很远，我才不管呢，先去凤凰再说。

乘飞机到张家界，再坐大巴去凤凰。

大巴五个小时车程，沿途一山放过一山拦，隧道接着隧道。我终于体会到湘西为什么有十万大山的美名了。那年在云南，从昆明到蒙自，一路与山相伴，山莽莽苍苍，连绵不绝，永远走不出去的样子，那是哀牢山脉。那年乘火车从太原到徐州，像坐地铁似的，火车几乎都在隧道里穿行，我睡了长长

行路吟
XINGLU YIN

一觉,醒来仍在隧道中,大约一直到石家庄才重见天日。那是太行山脉。湘西的山不是这样的。放眼望去,远山近山大山小山,目力所及之处,无处不是山。但每一座都是独立的,并不牵连。所以湘西的山不说某某山脉,而是以数字标注,且冠以十万,这是湘西的独特之处了。

凤凰这个季节大约是雨季,不说是"淫雨霏霏,连日不开",起码我在这儿两天,太阳是失联的。但这不妨碍我去看望沈从文。

第一站,沈从文故居。

这是一个木结构的四合院,前后两进,两边各有四间厢房,中间一个小小天井,占地并不大,但灰墙黑瓦,雕花门窗,古色古香,精巧别致,虽然板壁门窗已经油漆剥落,苍老陈旧,仍有一种掩饰不住的低调的奢华,在当日这个小城,应该算是比较出众的了。同在凤凰,距离沈宅不远处,有曾任民国内阁总理的熊希龄先生故居,相较而言就寒碜太多。沈从文故居位于小城内中营街,是当过贵州总督的祖父解官归田后置办的产业,"这青年军官死去时,所留下的一份光荣与一份产业,使他的后嗣在本地方占了个较优越的地位"。所以,沈从文少年时代以前的生活是比较优裕的。他的父母都曾走出大山见过世面,且都读过不少书,以至于沈从文的文字开蒙就是由妈妈完成的。他又是个早慧的孩子,最早的记忆竟然锁定在襁褓之中,两岁以后的事情便全然记住不忘了。可是这么个聪明的孩子却不爱上学,换了那么多私塾、学校,就没有一个能留得住他的心的,当然,也留不住他的身子。这小小少年,酷爱学堂以外的一切,他把社会当作一本大书来读,孜孜不倦乐此不疲。他上学可以多绕大半个城,沿途风景:绞绳子、织竹席、打铁、卖肉、下棋、打拳、宰牛……没有他不感兴趣的。又经常逃学,"逃学时还把书篮挂在手肘上,这就未免太蠢了一点",一则身份太明显,容易被认出,被不相干的人教训,一则也太累赘了不是?聪明的孩子是把书篮寄存在土地庙,拜托神明看管,放学时再拿回家。"最喜欢天上落雨,一落了小雨,……有理由即刻脱下鞋袜赤脚在街上走路。""若在四月里落了点小雨,山地里,田塍上各处都是蟋蟀声音,真使人心花怒放。"逃学被捉住照例要罚跪,身体囚在屋里,"想象恰如生了一对翅膀,……想到河中的鳜鱼被钓起离水以后拨刺的情形,想到天上飞满风筝的情形,想到山中欢呼的黄鹂,想到树木上累累的果实"。这种处罚,不是冤屈,恰是恩惠了。

湘西的民风剽悍,人心尚武,军队也多。曾经一个小小的凤凰城竟办了四个军校。普通学校既然拴不住少年狂野的心,14岁的沈从文从军了。"我因不受拘束,生活既日益放肆,不易教管,母亲正想不出处置我的好方法。因此一来,将军后人就决定去做兵役的候补者了。"六年行伍生活的锤炼,在社会这个大课堂里接触到的形形色色,似乎都是为那个终将在中国文学史上大放异彩的伟大作家的横空出世进行耐心细致的打磨和铺垫。沈从文自己说:"各种生活营养着我这个灵魂,使它触着任何一方面时皆有一闪光焰。

沈从文故居

行路吟
XINGLU YIN

到后来我能在桌边一坐下来就是八个钟头,把我生活中所知道所想到的事情写出,不明白什么叫作疲倦,这份耐力与习惯,都出于我那做书记的习惯和命运。"(以上所引皆出自《从文自传》)

羽翼终于丰满,故乡滋养了二十年的沈从文,扬帆起航了,只是,这只从凤凰飞出的文采烁烁的凤凰,将不再只属于凤凰,而他笔下干净纯美的湘西世界,也不再只为湘西人专有,从此,世界知道了沈从文,知道了美丽的湘西。

第二站,沈从文墓。

在凤凰,我留宿在沱江边上的吊脚楼中。风雨如烟,笼罩着江面,水上有往来船只,却不像一百多年以前那样,上水下水只为了讨生活,也不为摆渡行人,只是为了旅游观光。大清早,我在枕上听水声呢,却传来导游讲解的声音:"我行过许多地方的桥,看过许多次的云,喝过许多种类的酒,却只爱过一个正当最好年龄的人。"好熟悉!是沈二哥说给张家三姐的滚烫的情话。时光倒流几十年,天下人谁不知道沈从文爱张兆和!叶圣陶说过,张家四姊妹,谁娶了都会很幸福。不知为什么,叶圣陶在我的印象中就是个老夫子,老夫子尚且如是观!沈张的爱情故事,岂止是才子佳人的浪漫,更是似乎只有民国时才能有的佳话美谈。

但是,沈从文去世以后,张兆和却有"相处一世,我终究不能完全理解他"的喟叹。

新中国成立前后,这段时间沈从文突然状态十分不好。"真不明白一切错综变故,怎么会发展到这样严重?爸爸在最不应该的时候倒下,得的又是最不合适的病。这是全家人的心病,沉重得直不起腰,抬不起头。我们母子总想弄清来龙去脉,常一起讨论,冥思苦想,不得要领。"多年以后,沈从文儿子沈虎雏这样回忆道。关于这件事,巴金给出这样的解释:"抗战前他在上海《大公报》发表过批评海派的文章引起强烈反感。在昆明他的某些文章又得罪了不少的人。因此常有对他不友好的文章和议论出现。……最后他被迫离开了文艺界。""北平解放前后当地报纸上刊载了一些批评他的署名文章,有的还是在香港报上发表过的,十分尖锐。他在围城里,已经感到很孤寂,对形势和政策也不理解,只希望有一两个文艺界熟人见见他,同他谈谈。他当时战战兢兢,如履薄冰,仿佛就要掉进水里,多么需要人来拉他一把。可是他的期望落了空。他只好到华北革大去了,反正知识分子应当进行思想改造。"世味秋茶苦,人间直道穷。文人之间的口水仗,至于吗!

我其实很长时间都不明白,以沈从文那样血里火里的经历,以湘西汉子的脾性,他怎么会怕到那样?

光阴荏苒。活跃在20世纪二三十年代文学史上的人物,都已经远去了,恩怨过节,都融到了历史深处。经过岁月的沉淀,旧迹倒越发分明了。百年时光,所谓风水轮流转,沈从文不过是经历早了一些罢了。如果他早知道这是他那个时代所有知识分子的宿命,他会做何感想?

我还看过著名画家黄永玉的回忆:

> 沈家三表叔巴鲁,……很早就离开凤凰闯江湖远远地走了,好像成为黄埔军校三期的毕业生。好些年之后,巴鲁表叔当了官,高高的个子,穿呢子军装,挂着刀带,威风极了。抗日战争胜利后巴鲁表叔在南京国防部,已经是中将了。1950年,他真的像在南京说过的不打内战,解甲归田了!我为他庆幸从火坑里解脱出来的不易。他还是那么英俊潇洒,谈吐明洁而博识。他在楠木坪租的一个住处很雅致,小天井里种着美国蛇豆、萱草和两盆月桂。后来他被集中起来,不久就在展河滩上被枪毙了。前些日子在家乡听到有关巴鲁表叔被枪毙时的情况——在河滩上他自己铺上灰军毯,说了一句:"唉!真没想到你们这么干……"指了指自己的脑门,"……打这里吧!……"
>
> 听我的母亲说,我小的时候,沈家九娘时时抱我。她大眼睛像姑

婆、嘴像从文表叔。照起相来喜欢低着头用眼睛看着照相机。我觉得她真美。右手臂夹着一两部精装书站在湖边尤其好看。关于她有种种传说。早年她患了精神分裂症,以后被送回家中,但终归逃不脱悲惨的命运,在困难时期,被饥饿和病魔夺去了生命。

　　从文表叔仿佛从未有过弟弟妹妹。他内心承受着自己骨肉的故事重量比他所写出的任何故事都更富有悲剧性。他不提,我们也不敢提;眼见他捏着几个烧红的故事,哼也不哼一声。

　　大约任何作家,都有他自己的时代,跨越不过去的。曹禺的《王昭君》,怎么超过《雷雨》《日出》《原野》《北京人》? 老舍、巴金那么勤奋,《茶馆》《家》也留不住消逝了的时代。20世纪二三十年代文学星空中璀璨的群星,只是在那个时代璀璨着。这究竟是时代的悲剧还是作家的悲剧? 但无疑,是文学史的悲剧。

　　"青山遮不住,毕竟东流去!"沈从文的价值终究还是被世人明白了。历史,总体上是公平的,早晚之说。

　　但是,夕阳无限好,已经近黄昏。漂泊了一世的游子,那无处安放的灵魂,似乎听到故乡召唤的声音:魂兮归来! 1988年5月10日,沈从文与世长辞。

　　坐落在沱江岸边听涛山上的沈从文墓,是沈从文与夫人张兆和的合葬墓。从地图上来看,距离我歇脚的那家旅馆很近,一打听,果然。虽在雨中,沈先生是一定要去拜谒的。跟着地图的指引,找到了听涛山,但直到山前,却看不到先生的墓。沿山道寻找,最先闯入眼帘的是路边的一块石碑,上面刻着两行字:"一个士兵要不战死沙场便是回到故乡",是黄永玉先生的手笔。据说,石碑原是放在墓地的,兆和先生不愿张扬,石碑便移到了路旁,充作指引一样。往前,依着山势凿出了一面墙,上刻"沈从文先生墓地"几个隶体大字。说沈从文墓地,其实并不很贴切,沈先生没有墓,只有一块爬满绿

苔的天然五彩石矗立，算是标志。石头正面是沈从文自己手迹放大："照我思索，能理解'我'；照我思索，可认识'人'。"背面是张家四小姐充和女士的诔文："不折不从，亦慈亦让；星斗其文，赤子其人。"四句末字连起来恰是"从文让人"，算是沈先生一生为人处世的写照了。沈先生的骨灰撒在山石里，一如他的身躯与故乡山水融合在一起。山，就是沈从文的墓，沈从文的墓就是大山。

沈从文和张兆和

兆和先生也沉睡在凤凰，她陪沈先生日日看沱江水流，夜夜听林间涛声，也继续谱写那旷世情缘。

据说，张家给儿女取名时是有想法的，儿子名字一律有宝盖头，寓意要守住家；女儿则让她们走出去，给了她们两条腿，所以四姐妹名讳依次是元和、允和、兆和、充和。四姐妹走得还真是远啊！张家三姐，从烟雨江南袅袅走出的大家闺秀，永远地留在了边城。我望着雨中显得冷清寂寞的墓地，想起沈从文的话：美丽总是愁人的。

第三站,从中营到文庙。

我特别想踩着沈从文幼时小小的脚印,体会他夜晚从文庙外婆家听表哥摆龙门阵后回中营家中,路上胆战心惊的情形;特别想沿着他逃学的足迹,去看看城里的针铺、伞铺、铁匠铺、小饭铺、剃头铺、皮靴店,豆腐坊……特别想到黄永玉老屋去看看,那"青石板铺就的院子,三面是树,对着堂屋。看得见周围的南华山、八角楼……",南华山脚下是文昌阁小学——沈从文念过书的母校,黄永玉说,几里外孩子们唱的歌能传到跟前。于是,从沈从文墓地回来,我开始寻找黄永玉的家。旅馆小姑娘说黄永玉住在喜鹊坡,说《朗读者》来做节目,董卿采访他如何轰动,又说黄家不好找呢。不好找也要找,来都来了。结果就走呀走呀,早就走出城了,还没到。我觉得不对。我虽然路痴,但基本判断不会错。我牢记着黄永玉说的故事:

从文表叔五六岁时在外婆、舅舅家玩夜了,就得由他表哥、我的父亲送他回家,一路上大着嗓子唱戏壮胆。到了道门口,表哥站定试试他的胆子,让他一个人走过道门口,一路呼应着:

"走到哪里了?"

"过闸子门了!"

"走到哪里了?"

"过土地堂了!"

"走到哪里了?"

远远的声音说:"过戴家了!"

"到了吗?"没听见回声。过不一会远远的小手掌在拍门,门不久"咿呀"地开了。我的父亲一个人大着胆子回家。

沈从文家在"道门口边上往南门去的胡同里张家公馆斜对门",黄家住"近北门的文星街文庙巷",虽然一近北一靠南,但凤凰城并不大,且一个五六岁的孩子,晚上去外婆家听故事,然后由表哥送回家,这距离绝不会太远。一打听,果然,喜鹊坡的房子是黄永玉新家,老屋却是在城里。于是回过头再找。然而找到以后不免大失所望:这个地方其实已经反复经过几次了,可是,没有铺着青石板的院子啊,更没有长长的幽静的巷子,那"空无一人的古文庙建筑群"呢?"那长满了野花野草和森穆的松柏"呢?对于文庙来说,已经不是"故人已乘黄鹤去,此地空余黄鹤楼"的问题,是连"黄鹤楼"也不见了。取而代之的是街巷纵横,人头攒动,铺子挨着铺子,人挤着人,商铺里卖着东西,商铺外走着游客的繁忙景象。黄家老屋只剩下一幢两层陈旧建筑,挤在商铺之中。想要那一份从容,那一份寂寞,竟是不能够了。紧贴着黄家老楼后面,倒有一座小小神龛,供奉的神像经岁月剥蚀烟熏火燎已面目不清,不知是否为文曲星。座前有残留的蜡液香灰,提示该神仙时不时地还会有人惦记。这是文庙之所以还是文庙的唯一证据了。

可我心仪的凤凰是这样的:

　　早上,茶点摆在院子里,雾没有散,周围树上不时掉下露水到青石板上,弄得一团一团深斑……

　　三月间桃花开了,下点毛毛雨,白天晚上,远近都有杜鹃叫……

这是我的一点痴心。但世界总是在变。矛盾着我的问题,沈从文早就遇到了,他比我豁达。曾经"落日黄昏时节,(他)站到

沈从文笔下的边城已旧貌换新颜

行路吟
XINGLU YIN

那个巍峨独在万山环绕的孤城高处,眺望……这地方到今日……一切皆用一种迅速的姿势在改变,在进步,同时这种进步,也就正在消灭到过去一切"。是的,过去的消灭,可能是一种进步,不管你喜欢不喜欢。

走在凤凰,一丝怅惘慢慢爬上心头,我又想起沈从文的那句话,美丽总是愁人的……

2019.1.20

第三札

时间过得真快!还记得前年那个明媚的5月清晨,微雨新霁,我们去保健院接她回家,小小的她被装在在篮子里,清风吹拂,她双眼闭着,睡得正酣。

你好！安安（一）

等待安安

春末夏初,万紫千红,鸟语声喧,极其美妙宜人的季节。4月这才刚刚落下帷幕,5月已欣欣然走来。4月和5月不单是月份的更迭,更是两个季节的交换。今年我特别关心这两个季节,因为与一个特别的人有关,她叫安安。

安安是我们期盼已久的宝贝,她正在赶来与我们相会的路上。按"法定"时间,应该是5月7日,但这事哪有这么准时的,一般都或早或晚一点。我以为安安就是4月底5月初来,因为本该如此。如果她选择随爸爸,就是个春姑娘;但若是跟妈一样,则是夏天的女孩。都说男孩性急,往往早于预产期面世,安安的爸爸是遵循这个规律来的,他早产了十一天;女孩则稳妥持重,袅袅婷婷走来的步伐也是款款矜持的,安安的妈妈便如此,她晚降生两天。安安是夏天的宝贝——昨日已经立夏。安安等到夏天来敲门,刚刚好。

安安开始不叫安安,叫妮娜,安安是后来在若干名字中脱颖而出被她爸爸妈妈认可的乳名。

如今给孩子起名很难。以前听说相声的人诉苦,说相声受电视很大冲

行路吟
XINGLU YIN

击。一个好的相声段子也是千锤百炼在与观众的不断磨合中产生的,适宜小众化演出,那样一个段子可以不停地演,长久地演。上了电视则不同,一次演出,千百万人看了,然后电视台还可以反复播,一个再好的相声也演不了两次。现代化媒体就是这样,传播又快又广。我们正是处于这样一个时代。以前人起名字,只需考虑避长者讳、不与十里八乡的人重名即可,反正你也不到哪儿去,而当地的人只要提到那个名字就知道是你,没有任何不方便。现在则不然,十几亿人的身份证都在大数据里,上下几千年的古人名网络上一搜秒出,你本来以为你一个独立的人拥有独一无二的代号,可是一上学,你们班里;一上班,你们单位里;一出游,飞机上大巴里……总之,哪儿哪儿,比比皆是与你同名的人,你是感觉到你的权益受损了,可那还真不是你的专利权,还没法维权,于是只剩下不爽了。比不爽更糟糕的是不便,或是麻烦,不是你的错误让你背锅,寄给你的包裹发给了别人,诸如此类,都是重名惹的祸。这也还是小事。我父亲"文革"时在学习班里老待着不能出来,再怎么虚心检讨也过不了关,一直让他交代历史问题,而他又不知道自己有什么历史问题,就一直这么僵持着,后来才知道,是一个重名的人做过伪警察,这锅让他背了。幸亏后来搞清楚了。由此可见有一个只属于自己的名字是很重要的,但是谈何容易!汉字就那么多,中国人却千万倍于此,更不要说已经被数不清的人用了几千年了。尤其是,意思好声音好字形好的汉字,数量上还要打折;也得与你的姓氏和谐,万一谐音不好,或是声韵调不好听不好读,也不算好名字。所以,取名,兹事体大,不能掉以轻心。

安安的学名倒是早就取好了。说早,大约可以追溯到几年前,至于几年,也不确切了,算是妙手偶得吧。虽然不确定安安何时来,但早晚终归要来的,所以取名云云,既已放在心上,却也还没有压力,有时想到一个,过一段时间又否掉了。只是有一次,外子看书时,忽然想到《礼记·檀弓》中"人喜则斯陶"的句子,问我,"斯陶"二字如何?我一下子就喜欢上了,且念兹在兹,无日或忘了。等到安安有讯息的时候,我公布了这个名字,安安的爸爸妈妈一致接受。同时公布的还有安安的乳名,当然,当时叫妮娜。我其实喜欢妮娜这个名字,原因比较简单,就是因为我的兄弟姊妹外子的所有弟兄第三代的指标都用完了,清一色的光头,换一个花色品种竟是千金难求,所以我在等待属于我的第三世界时,曾经暗暗想了一个名字——一诺,就是暗含千金的意思,希望她是一个女孩。当她如约如愿而来时,不消说是令人欣喜满意的,可是叫一诺者太多,于是觉得"妮娜"二字挺好,占了两个"女"字,而且上口,意思也好,虽然被希腊一个女神叫过了,但是这女神代表成功、幸运,这是我所希望的。只是儿子、媳妇不容我如此功利,合力抵制。关键时刻还是爷爷(此刻还属于未来时),又从《礼记》中辑出一字——安,此字大有意趣。《礼记·大学》上说:"知止而后有定,定而后能静,静而后能安,安而后能虑,虑而后能得。"别的很好的意思就不说了,单单"静而后能安"就是极难得的,因为此女妈妈名静,事关版权,马虎不得,于是"安安"便顺理成章地取代"妮娜"了。至此,巩氏孙女正式名字为:巩斯陶,小字安安。

随着安安该来报到的日子临近,大家都紧张地期待着。据说昨日有些征兆,但是虚晃一枪。我开玩笑地说,上课都是两遍铃,第一遍是预备铃,第二遍才正式上课。我们在等待第二遍铃声。

2020.5.6

今夜我们不关心人类,只想你——安安

安安妈妈已经住进市妇幼保健院,做好一切准备,迎接安安了。疫情期间,不许多人前往,只能待在家里,但是脑子里都是与生孩子相关的东西。

第一次与生孩子这件事密切接触,是因为我姐姐。那时我在上大学,正在家里度寒假。新正月,初八那天,黎明,一家人都在梦乡呢,突然门咚咚咚被擂得很响,所有人都被这动静惊醒了,敲门的是我姐。问怎么了,也不好

好回答，只气急败坏地催促，快上医院。我和妈妈还有回家过年的妹妹都迅速穿戴好，在我姐的指挥下快速出门，出了门才看到，外面还站个垂头丧气的姐夫。

原来两个人因拌嘴过来的。

我姐怀我外甥，已经七个多月了，过年时她不知厉害，忙年忙得手不释闲，连日劳动不说，过了春节又满屋子拖地，然后还犒劳自己去看了电影。大约我外甥就不乐意了，夜半闹腾得厉害。我姐感觉不对，要上医院，我姐夫不肯，觉得她瞎折腾，毕竟离预产期还早着呢，况且，寒冬腊月，离开热被窝，堪比到南极出差，还是要点勇气的。然而兹事紧急，慢慢吵架是来不及的，我姐果断奔家里来了，因为家在前往医院的途中，又是稳固的大本营。姐夫虽然很不想出来，又怕孩子要来这事是真的，便不情不愿地跟在我姐后边。

天黑漆漆的，几乎看不到星星，怪不得说寥若晨星，凌晨时星星原来真少。倒也没有风，可是空气清冽得紧，是一种骨髓里往外的冷。我的冷也与紧张有关。这紧张一方面缘于我姐制造的气氛，一方面因为不懂得所以心生恐惧。家和医院距离很近，近到一些事情来不及搞明白就要到了。我姐吩咐我和妹妹去急诊挂号，我俩便撒腿奔向大门，门房亮着灯，也有"急诊"两个字闪烁，屋里却没人，这下便没奈何了，我和妹妹面面相觑，不知所措。说时迟那时快，我姐已经大步流星闯进来了，只见她直奔桌前，眼到手到，"欻"地撕了一张急诊挂号条，转身出门，又奔产科大楼去了。剩下我们四人，只愣了一下，也马不停蹄跟着去产科。

夜班医生在睡觉，护士值了一夜的班，显然已如强弩之末，懒洋洋地待着。我们一行人闯进来，让她们突然精神起来，问了一些情况，便安排我姐到病床上躺了下来。接下来我姐就厌了，先前是因为着急，忘记了痛，安定下来之后，产妇所有该有的感觉就都来了。她紧紧握住我的手，痛得龇牙咧嘴，手上力气却大得很，我都要坚持不住了。实在难以忍受，我问妈妈，医生都去哪儿了？她们什么时候安排生啊？我妈被我问得哭笑不得，说哪里是人家安排，得看她自己什么时候生啊。类似这样愚蠢的问题我以前好像也问过我妈。小时候医院有个相熟的助产士，经常来我们家，大家关系很好。老听说她是助产士，觉得她那么好的一个人，怎么只能当助产士，就不能升为主产士吗？很替她不平，也被妈妈嘲笑过。孩子的出生既然不能人为安排，什么时候生，就不好预料了。我的手且在我姐手里攥着呢！此时挣脱出来是不道义的，我只得挨着，心里叫苦的同时又暗暗庆幸："幸亏是女人生孩子！要是男人，这力道怕不要把人骨头捏成齑粉！"我胡乱想着，终于熬到护士送她进产房了。可怜我外甥出生时才3斤9两，出来就直奔保温箱，枉他妈妈那么大阵仗！

我生安安爸爸的时候，开始是很平和的。也是寒假里，那天早上，我照例7点起床，起来后发现儿子似乎跟我打招呼了。当时我爸在家，但是我侄女1岁多，归他管。我妈上班去了。我跟爸爸说，我可能要上医院了。我爸马上明白了，就给我妈打电话，妈妈问我可不可以自己去医院。去医院只需坐一站公交，我当时还没有任何不适，就说没问题。我妈说她在医院门口等我。

到医院后，找到熟悉的产科医生，我叫她余姨。我妈生我时，她还是小姑娘，是她领我来到这个世界。巧的是她同时做了我儿子的引导者。现在她是这个城市最好医院的产科大腕了。因为熟悉，我孕期产检一直是她做的，知道孩子是臀位，所以说先做个彩超看有没有顺过来，可是彩超室没电。那就先住院吧。其时还早，该出院的人还没有办好手续，恰好医院的一个职工该出院了，就没等她办手续，护士先把床位收拾好，我住上了。虽然是严冬，但那一天太阳确实很好，我的床靠近窗户，阳光泼泼洒洒满满地照在洁白的床单被褥上，我整个人被暖阳包裹着，惬意得很。11点左右，查房的尾声，已经退了休的王老太太带着一群实习生，前呼后拥地来了。王老太太是资深专家，已经不上班了，只带学生，每周查房一次，今天让我赶上了。其实如果正常住院，我应该下午才有床位，但就是巧了。如果今天不是周五，我也遇不到王老太太。缘分！王老太太慢腾腾地过来给我检查，只一眼，马上说，准备手术，胎儿胎粪下来了，晚了会窒息。就她这一句话，我宁静的待产时光结束了。病房里立刻忙碌起来，我就是那忙碌的中心。两只胳膊都用上了，皮试，量血压，各种检查。然后，我就被推进手术室了。

正是交接班时间，产科手术包用完了，从外科借来一个。麻醉用的两根皮条，一根不通，又换了另外一根。手术室里站满了医生、护士，个个举着消过毒的双手，等着麻醉师。折腾了一两个小时，儿子才出来。儿子出来时，大约不高兴，确实有些耽误他了，便不肯吭声。护士小姐不客气，对闹脾气的孩子照例是倒提着两脚打屁股，儿子便哇地大哭起来。

安安，每一个小朋友来到这个世界，都挺辛苦的，不经过这道辛苦，来不了。你现在觉得妈妈的子宫很舒服，可是你长大了呀，小房子就要住不下了，所以你需要离开。每一个人住妈妈的房子是有一定期限的，到了期限，就应该搬出来。你已经住满了你的时间，虽然你妈妈不会收你滞纳金，多要你房租，但人应该有契约精神。昨天夜里，你搅动妈妈不安生，凌晨3点，爸爸妈妈为了你，去了医院，可是你却打退堂鼓了，胆小地躲在自己的小房子里。你的爸爸妈妈等你，其实也很辛苦的。安安你不要害怕，虽然这个世界不十分完美，但是值得你来。尤其是，安安你瞧你的名字——家里的女孩，是说这儿有个家在等着你，有很多人等着爱你疼你宝贝你。安安，感谢你选择了我们家，既然选择了，就坚定不移地来吧，你要相信我们不会辜负你的。

又到了夜晚，安安你今夜会来的，是吧！

套用一句我们大家都很喜欢的诗送给你：安安，今夜我们不关心人类，我们只想你！

2020.5.8

太阳出世

5月9日6时45分,伴随新的太阳的升起,安安,你终于来了!你是走过漫漫暗夜,迎着第一缕霞光,和着第一声鸟鸣,来拥抱新的世界的!辛苦了,安安。

安安你就是今天升起的太阳,我们家的小太阳!

我现在能平静地坐下来写我的感受,感谢安安。

刚过去的这两天,其实挺煎熬的。打从媳妇住进医院,我这心就一直没放下过。8号中午,1点多,看了一会儿手机,刚睡午觉,儿子打电话来了,且说昨夜凌晨3点,已经住进医院,那一刻起,我的心就绷在弦上了,明知生孩子也不是一时半刻的事儿,但就是分分秒秒地等。心里计算,从发动到接到电话,也十多个小时了,如果一直腹痛,人怎么受得了?但说到了医院就不疼了,反而没动静了。又轮到担心安安了,小家伙怎么回事?已经爽约两天了,且已经放了她妈妈一次鸽子。瓜熟蒂落,该出来不出来也不对。熬到晚上,10点41分,儿子终于发来一张图片,媳妇进产房待产了。市妇幼保健院是无痛分娩,输上液人就会好过多了,心稍安。11点15分,又传来一张图片,产房前的提示牌,告知仍在待产状态,胎儿胎心好,放心。接下来便没有消息了,又开始焦躁。耐着性子等到9日早上,6点,我给儿子发信息,询问即时状况,没有回音。直到7点5分,才传来一张图片,仍是产房前的提示牌,内容已经更换了,安安妈妈的那一栏写着:已经顺利分娩,母婴平安,产后观察两小时,请家属耐心等待。紧接着是儿子的报告:6点45分,历时8小时5分钟,母女平安。且说安安体重3860克,身长52厘米。一颗心终于放下来了。此时还有什么比一句"母女平安"更让人激动欣慰的呢?不久又上图,安安的第一张照片,是在产房里拍的。小家伙长手长脚,身上肉乎乎的,头发尽管湿漉漉的,但乌黑,已经为今后的"长发及腰"提供了可靠依据。

我便忙着通报消息,毕竟大家都很关心。升级做了爷爷的巩先生早已忙碌起来,自己盥洗完毕,做好早饭,收拾好,催我赶紧上医院。昨日已经在家庭群里得到指点,产妇喝"三红汤"比较好。所谓"三红"指的是红枣、红豆、花生米,时间紧,一时没法准备齐全,幸好有含此成分的营养早餐,便带上,又煮了一些鸡蛋,都是方便食品,可以即时补充能量。尽管儿子一再叮嘱医院里什么都提供,不要送食物,但想到完成了这么大工程,媳妇一定疲惫得不得了,七八斤重的安安出来了,腹中必是空的,时时饥饿,医院哪会时时有吃的?所以还是有备无患的好。再说,大人孩子都需要照顾,儿子一人也忙不过来。临出发前,我给儿子打个电话,儿子说不要来,我说你一人也照顾不了两个人,这时儿子方吞吞吐吐地告诉我,安安不在他们身边,要集中观察24小时方可回来。我忙问怎么回事,然后知道了一个多月以前发生的事情。

媳妇35周常规孕检时做B超,发现胎儿侧脑室宽度临界。侧脑室增宽在胎儿发育时期是正常的,一般在28周到32周时侧脑室宽吸收加快就会到正常值,也有的胎儿是到后面才开始逐渐吸收。安安显然是属于晚吸收的。然后到38周再检查,情况却仍旧没有改观。所以出生以后要医学观察,24小时后做脑CT检查。

儿子说之所以没有早告诉我们,是怕我们着急。这之前他已经多方询问过,都说这个数字没有大问题,我们自家的医生更是说,这种情况在他们医院,根本就不会报告。市妇幼保健院如此做,是出于谨慎,对孩子更负责任。儿子小心翼翼地解说,生怕吓着我,我却知道,作为孩子的父亲,他比我更担心,而且已经这么长时间了,真不知他们是怎么扛过来的。

我的心情顿时从欢乐的巅峰跌到了谷底,想想安安这么小,前途未卜,就受不了。按说安安妈妈从妊娠一开始,该注意的都注意了,该做的检查一次没少,而且以前所有的结论都指向健康,不应该有不对的地方啊!心疼儿子媳妇,担心安安,等待中的24小时太煎熬了。

  10日早晨,我忍着不给儿子打电话。想8点以后医院才正常上班,所有检查才可以开始;检查是需要时间的,尤其是需要检查的可能还有别的小朋友;检查以后出报告也需要时间;再说,出了报告护士也不会第一时间告诉你,还有别的很多事要做,很多孩子要照料……我想了很多理由解释儿子迟迟没给我消息的原因,艰难地过着一分一秒。

  恰逢母亲节,我强打精神,收拾心情,给老母亲发了节日祝贺。想到媳妇刚刚晋升母亲,才过第一个母亲节,尚在医院,忍着自身的不适,还要担心宝宝,真是难为了,也给她发了祝贺语。至于自己,虽然也是母亲,若是往年,早早便收到孩子的祝贺了,今年赶在这时候——这都是小事了,哪里还去计较这个?媳妇迅速地回复微信,且发了一个笑脸,我心里稍稍松了些,可是不敢问结论,等着他们说。9点25分,传来安安照片,媳妇说是"前线发来的",就是说儿子此时可以看到安安,但安安还没有回到妈妈身边。看安安"梳洗打扮"过的照片,睡得很香甜,眉毛弯弯,眼线很长。这样的孩子,怎么会有问题呢?不多想了,我且给媳妇包点饺子,等会儿送医院去,尽管不让入内,让儿子出来接一下总是可以的吧。我权且当作送外卖的不行吗?

  洗手、和面、剁馅,做媳妇喜欢吃的豆角猪肉馅。水洗过的四季豆,绿中泛白,整齐地码在筐中沥水,我一边做着这些,一边竖着耳朵等儿子电话。直到11点,电话终于来了,消息大好,安安很健康!安安在母腹中的最后两周完成了逆袭!健健康康地来与我们见面了!

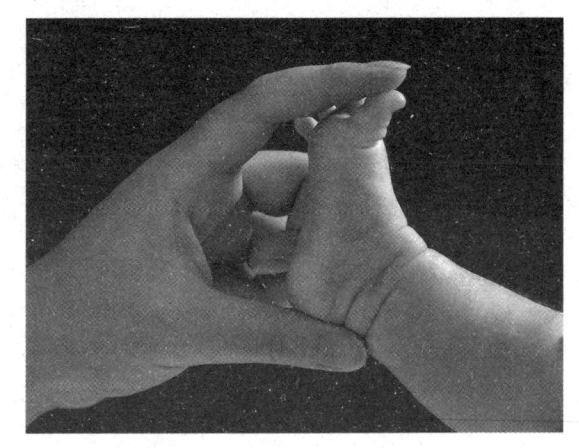

父与女

安安,感谢你!

精神松弛以后的我,觉得累极了,恶狠狠地睡了一大觉。

此刻,我又坐到了电脑前,可以平静地码字了。安安,谢谢你。

2020.5.11

初见安安

安安因为妈妈妊娠38周孕检时,侧脑室宽没有吸收到标准指数,出生后要再次测量,看最后两周吸收的情况,所以一生下来就被护士抱走了,送到婴儿监护室观察,24小时后做脑CT检查。检查的结果很好,安安本来就可以回到妈妈身边了,但是好事多磨,偏偏检查中看到了她颅内有些出血。胎儿在分娩过程中,由于产道挤压,大都会有这种情况,婴儿自己会慢慢吸收。所以一般都不用检查,安安是检查侧脑室宽,正巧发现了,那就留下来再观察观察,用点药加快吸收,一般这个过程是5到7天。所以,安安住"集体宿舍"5天。安安5月9日出生,到14号,我们才去接她。

1. 排队领孩子

"领取"新生儿的程序是这样的:先办理出院手续。前提是,新生儿各项指标良好,管床医生同意,签字画押后,关于孩子的资料分两部分输出,检查、护理、医疗等在住集体宿舍期间做过的项目,由财务部门换算成费用,送到前台,家长在付款后可拿到医生开的出门证明,否则,是出不了门的。毕竟,也发生过偷盗孩子的事情(一想到孩子也有人偷,就觉得又奇葩又可恶),医院不敢掉以轻心。第二部分材料,是关于孩子的物理数据、信息,新生儿护理要求等,也有详细交代,既有针对该新生儿的,也有具有普遍指导意义的,很全面。这部分东西在分发孩子的医护人员手中,领孩子的时候,面对面交接。家长得凭借若干身份证明,验明正身后,方可领取。

  领孩子的地方有些小热闹,但忙而不乱。忙的是家长。只要有可能,接孩子没有单枪匹马的,不说是几世同堂一起出动,关心者及相关人员总会都到场的。这些人属于无事忙、瞎激动,一看到自己排队在后,前面还有若干人,尽管这"若干"数字并不大,"领孩子"的过程也不算长,但是心里急呀,只要加上心理因素,这个等待的时间就不是一般的时间了,会被放大若干倍。护士那儿其实是有条不紊的。先叫号。被叫到的家长有些小激动,颠颠地带点小跑就过去了,其实没有两步路,早就在边上候着呢,但就那两步也没有谁四平八稳迈着方步过去的。把早已准备好的婴儿衣服、褓褓呈上。说"早已"准备好,不只是说从家里带来的时间,更包括胎儿尚在母腹时,亲人带着憧憬、期待、关爱去准备这些给孩子的礼物的时候。然后医护人员进去给孩子换装。这之前,所有孩子接受的都是准军事化管理,统一制服,统一床铺,统一尿不湿。只有出院的时候,才可以换上个性化的服装和褓褓。这也是个争奇斗艳、展示母亲审美的场合。莫非,人生的竞争从这一刻就开始了?都说"投胎是一项技术活",也许竞争开始得更早。再然后孩子就出场了。吃饱喝足换过新的尿不湿的孩子,穿着家里精心准备的服装,包上专属自己的包被,睡在专用小车里,被护士阿姨推出来了。接着放在台子上。台子很长,像所有柜台,隔开工作人员和"顾客"。台子的一端矮下去一截,铺着柔软的褥子,垫上一次性小单子,新生儿被抱到这儿,医护人员与孩子家长交接。先给孩子的相关资料,再交代接下来要注意的事项,然后正式交孩子。打开褓褓,核对脚环、手环。这两样东西孩子一落地便戴了上去。巩先生曾经不放心地问我,安安也会有吗?我说,笑话,我们安安现在也是"有牌"的女人了!(都是看小品闹的!)手环、脚环一式两份,另一份在妈妈那儿。这就如同古代的虎符,两只相符,所谓"合符",表示验证通过。医院采取这些措施,是想确保孩子不会抱错。说实话,宝宝初生时,个性特征还没

行路吟
XINGLU YIN

有出来，一律红乎乎水乎乎的一个肉团，护士哪里分得清？可不得标记好？不要说护士面对那么多孩子，我们家安安前面那个孩子，差点就被我认错了。因为已经"宣"了安安家长，推出来的孩子我想当然就认为是安安了，可是心里到底狐疑，一是太黑了，二是装备太难看了，但是，只要是自家的孩子，这些计较什么呢？这时若说就是我们安安，那我也得接受呀。还好，有人上前认领了，要不，我差点摆了个大乌龙。（安安对不起，不是成心的。）待把一切该指证的都核对好，该交代的都交代完毕，该询问的都得到放心的答复，签字画押，然后，安安就归我们了！

我小心翼翼地抱过安安，把她轻轻放在小提篮里，爸爸把提篮捧在怀里，带她回家。看安安的"小窝"很舒适，且便于携带，一个不知哪个孙子的奶奶羡慕地对我说："这个好！"我既骄傲又谦虚地笑着嗯了一声。

2."女大十八变"

安安的第一张照片是在产房里照的。湿淋淋地带着水汽，紧闭着眼睛，张大嘴巴，让人仿佛在画面外就能听到嘹亮的哭声。两只小手握成拳头，小腿自然弯曲，一如所有新生儿在母腹里的习惯姿态。她似乎从苍茫的远古走来，带着大自然的气息，肆无忌惮地宣泄原始的生命动力。

第二张照片拍摄于安安出生第二天，已经穿上衣服，是市妇幼保健院新生儿统一制服，鹅黄色宝宝衫，右衽，典型的汉民族服装。护士阿姨不太讲究，安安的衣领没有整理好，垮垮地露出半个胸脯。安安在娘胎里营养比较好，胖乎乎的，二下巴若隐若现。此时的安安睡得很熟，是感觉到有人拍照吗？好像有些不耐烦，眉头微蹙。我见照片第一眼就想笑了，这是姑娘吗？我怎么像是听她抱怨："叵耐那厮，扰了洒家好睡！"

第三张照片，已经回到家里了，便是换上自家服饰的"定妆照"了。照片一经发布，引来无数赞美，关于额头，叫"天庭饱满"；关于脸蛋，叫"面如满月"；淡眉如轻烟，细细伸展，眼睛虽然闭着，一弯弧线很长，被夸为"眉清目秀";鼻梁和人中也有赞词,据说"预示着未来的高颜值";更有一对笑靥,舅奶奶直接冠以"许晴一样的笑窝"……这些来自至爱亲朋的赞美,自是饱含温度的,但确实比前两张照片好看许多。这就是传说中的"女大十八变,越变越好看"吧!照这个速度,安安前景美好。安安,你就等着乐吧!

3. 回家是多么开心的一件事

临来医院前,早看了天气预报,知道有雨,带了雨具。从地下车库出来时,就开始下了,反正我们有准备,不担心。带着安安出来时,却是也无风雨也无晴,刚被雨水打湿的飞絮,沉落到地上,天地一新,空气洁净得沁人心脾。好雨知时节,是专为安安准备的吗?

我们是一行四人来接安安的,爷爷、奶奶、爸爸,还有月嫂小徐阿姨。外婆此时在家烧饭,妈妈呢,还是产妇啊,自然是要坐月子的,但准备工作,事事亲躬,心意自然也来了。巩先生骄傲地说,安安须得他亲自来接,不知是突出安安的重要性还是他自己的重要性。但总之,安安是被顺利地接回来了。

安安的小提篮装在车子专用安全座椅上,稳稳的。安安在提篮里安静地酣睡,发出轻微的呼吸声。襁褓有些堵着她的脸了,我给她往下窝了窝,她浑然不觉,一副岁月静好的模样。

回到家中,安安睡到自己的小床上,小床并不大,但此刻对于安安来说,算得上是"幅员辽阔"了。我站在旁边,静静地观察她,她仿佛感知了似的,努力想睁开眼睛。先是左边眼皮一动一动的,但眼皮似乎很沉重,像一扇开启费力的门,不容易打开。在上眼皮微挑的一刹那,呈现出清晰的双线,不消说是双眼皮的姑娘了。而后又合上,又微动,如是再三,终于,左眼睁开了,虽然是微睁。再然后,右眼跟着就睁开了,似乎没有左眼的纠结和犹豫。安安两只眼睛全部睁开,用时十几分钟。

我以前并不知道新生儿何时睁眼。安安的爸爸生下来时是统一归婴儿室管理,每天固定几次由护士抱来和母亲互动,印象中每次来时都是睡着

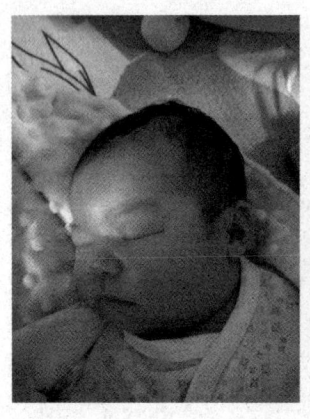

行路吟
XINGLU YIN

| 1月安安 | 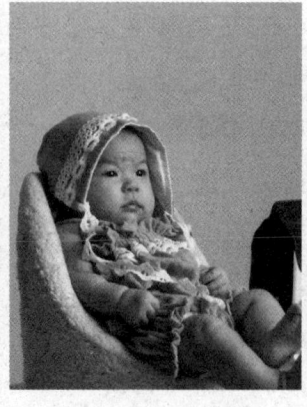 安安100天 |  安安1岁了 |

的,何时睁开眼睛看世界,我真不知道。我出院时已是第九天了,回家看到他睡时闭眼醒来睁眼,很正常,并没有多想过。小动物不是生下就能睁眼的。我们家以前养过一只猫,每年生一次小猫,一次生四只。小猫们的眼睛都是外婆替它们打开的,一般在出生一周以后。小孩子睁眼据说有早有晚,早的生下来就睁开,晚的几个星期也不理你。但都属正常。安安选择回到家里跟亲人见面时睁开眼睛,表示对亲人的尊重和热爱,安安是个善良、有礼貌的小姑娘。

　　下午,我们离开了儿子的家。晚上,媳妇传来照片,是安安睁开双眼的照片。俄顷,儿子又发来一张,安安和妈妈一起躺在床上,虽然闭着眼睛睡觉,但笑靥如花,那夸张的笑容叫人又惊讶又想笑,想不到刚几天的孩子能笑成那样。大家都说,什么事儿这样开心啊!以安安现在的年龄、能力,当不会有意识地表情达意,但那笑容一派天真,真是满足的欢欣。也是的,还有比回家、回到爸爸妈妈身边更开心的事情吗?

安安，你好（二）

安安快两岁了，我一直想写写她，却一直也没有写，不是不想，是老写不成。每次见到她，都会看到大的进步，都会激动感动，还没来得及写，再见她时又进步了，原先的那个进步光芒就被掩盖了，似乎不值得说不值得写了。就好比汩汩流淌的小溪，你刚想为一朵激起的浪花欢呼，后面一朵更大的马上就取代她了，于是又觉得该为新的浪花欢呼，而新的更大的浪花不断涌现，结果一朵朵都错过了，这让我觉得很对不起安安，我不能因为她的优秀就不记录她的成长了，这不好。我这样反省，我于是想弥补，可是记忆力大不如前了，安安以后要怪我了，说我偏心，她爸爸小时候的事儿我几十年都记得，到她这儿，几天前的事儿倒忘记了。可是，我也不想啊。

说说我还记得的事吧。

十六个月的安安开始叛逆了。

她本来是被围挡在一个圈子里的，能直立以后常扶着围栏向外看，眼里写满寂寞和渴望。然后开始尝试翻越，踮着脚尖，另一条腿掰成"一"字往上攀，当然，还是出不去。但是，锲而不舍，屡战屡败，屡败屡战。再后来，知道踩着围栏中间格子上去了，这就危险了，于是撤掉围栏，安安靠着自己的努力，终于成功"出圈"了。

行路吟
XINGLU YIN

　　但活动范围限制在垫子上。垫子上有的是玩具，安安原本也是满意的，同意在垫子上"安居乐业"，和玩具娃娃、米老鼠、粉红豹之流都可以相安无事、和谐相处。可是有一天，她的娃娃不小心掉到地上了，从高处跌落在地的娃娃样子很狼狈，和平时的端庄一点也不一样。安安像发现新大陆一般，原来娃娃还会这样啊！立刻就兴奋起来。安安大约觉得，娃娃平时乖得像别人家的孩子，老是衬托得她不太好意思，好孩子居然也有不淑女的时候，只能说这家伙平时太能装了。安安此时很有一种差生巴望学霸犯错误的幸灾乐祸心理，于是干脆抓起娃娃直接摔到地上，看到自己制造的事故现场，安安开心地大笑。再然后，她索性得寸进尺，把娃娃直接摔到垫子外面，然后看着我，大声喊："奶奶！"我知道她想挑事，意思是，看，娃娃不乖，不在垫子上，然后让我把它捡起来。我不想让她阴谋得逞，便不动身，针锋相对地喊："安安！"安安以为我没听懂，又喊："奶奶！"我再喊："安安！"四五个回合之后，我觉得安安应该黔驴技穷了，等着看她如何收场，岂料她一个利索的转身，走了！小子真坏！鲁迅说，"最高的轻蔑是无言，甚至连眼珠也不转过去"。安安是懂鲁迅的，当时就这样做了。我于是很没趣，我像堂吉诃德那样可笑了，不，还不如，人家好赖还有个风车做对手，我这直接就是对着空气作战！好吧，你赢了！我乖乖捡起了娃娃。

　　我以为战斗到此结束，不料，小丫头又发起第二波攻势。她站在垫子上，把自己的一只脚慢慢慢慢向外移动，眼睛盯着我。我不知道她打的什么鬼主意，便不动声色，静观其变。她也不作声，眼睛仍盯着我不放，身子不动，脚继续移动，移到垫子边缘时，停了下来，然后，猝不及防，整个人一下子跳到垫子外面，只穿袜子就站到地上了，同时得意的脸上像开了花一般。我这才明白，她把娃娃扔到垫子外面只是火力侦察，想看看娃娃的"出轨"行为会受到什么样的惩罚，待看到娃娃平安无事，她自己才以身试法。这个狡猾的小狐狸！

安安喜欢美食，拒绝不喜欢的东西。安安的正餐经常是饺子、馄饨、面条、米饭，从她会说话起，外婆给她做饭时会征求她意见，开始时词汇量有限，不知是不会说米饭还是真就偏爱面食，总之，经常的选择是"皮子"，这大约是安安的发明，可以概括所有面食的称呼，也算是抓住特质。不过她的"皮子"发音重点落在后一个字上，而且读音变成了"jì"。我观察她读颜色"紫"没有任何障碍，可是词缀轻音"子"，一律音变成"jì"，比如"狮子"读"xījì"。所以，如果不熟悉安安，这个时候是需要翻译的。现在安安长能耐了，可以直接"点饭"。上周六我在安安家，外婆做晚饭，问安安吃什么，安安说"馄饨"。外婆正要煮馄饨，又多了一句嘴，说安安最近喜欢吃面鱼，正忙着玩玩具的安安听到了，好像得到提醒似的，立刻改口："面鱼！"于是晚饭改成面鱼。前两天儿子发来一段视频，特意嘱咐不许转发，我一看，是安安吃饭视频。安安当时吃米饭，餐盘里除了米饭，还有三个菜。但只见，安安挑起一块肉，送到嘴里，小嘴立刻被肉味感动了，于是喜形于色且摇头晃脑，夸张地咀嚼，身子也前后摇晃，大约表示对肉肉的热爱兼对外婆手艺的褒扬。然后，勺子挑起的是一块香菇，正常送入口中，感觉有异，随即香菇同调羹一起从口中撤退，放在眼前端详一下，判断不出何物，又送进口中，但几乎没有停留，香菇以更快的速度从口中滑落，调羹接住，放回盘子里，从此以后不再光顾。香菇于是被屏蔽了。喜欢吃肉，这一点安安像爸爸。但是，我记得她爸爸上小学之前是吃素的，吃肉是长大以后的爱好。安安跳过吃素阶段，直接跟爸爸长大后的习惯对接，进化快得出人意料。

像拒绝不喜爱食物的坚决一样，安安维护喜欢的食物态度也很鲜明。曾经有一次，妈妈从外面买回刚出炉的烧饼，把粘着芝麻粒的外层面皮揭下来给她吃。那时安安还没吃过外面的食物，只一尝试，便热爱上了。次日清早，爸爸上班，准备以烧饼作早餐，安安见了，大叫一声，"安妮！"——安安一直叫不出自己的名字，也许这两个字连起来确实不好发音。这次出于保卫食物的紧迫感，她情急之中第一次喊出了自己的名字，只是很奇怪，她叫自

行路吟
XINGLU YIN

己"安妮",到现在也没有改过。这让爷爷有点感慨。这个名字是爷爷起早贪黑辛辛苦苦起的,小丫头擅自改了,连声招呼都不打。但是想想孩子也不容易,从没开口喊一声自己,为了保卫一片烧饼皮,硬是开了金口,还能让人怎么样啊!

安安臭美。无论谁的鞋子,只要脚离开一会儿,就成她的了。曾经爸爸的新鞋子刚打开鞋盒,她迫不及待地就过去了,那么大的鞋子,她也不怕累着脚,晃晃荡荡,每抬一次腿都很艰难,她愣是坚持一步一步走了很远。爸爸的鞋只是重,倒也罢了,妈妈的高跟鞋,穿起来难度更大,安安照样克服困难,穿上一穿。新鞋子她试试也还好说,图个新鲜,可是别人正穿着的鞋子,只要脚出差了,哪怕一会儿,鞋子也成她的了,也要穿上走一圈。甚至玩具,只要有空隙能塞得下脚,她也要试试。有一次她正玩像俄罗斯套娃一样的几个大小不一的小圆盒,忽然心血来潮,硬往自己脚上套。塑料的东西,滑溜溜的,吭哧吭哧好不容易套上,稍微一动,脚就出去了。饶是这么困难,安安到底在两只脚上都套上了小圆盒,且成功地站了起来,并且向前挪动了两步。这次试穿的鞋子大约给安安留下的感受并不美好,安安后来放弃了。

我以为安安只是对鞋子一往情深,小瞧她了,但凡穿的戴的,没有她不感兴趣的。我去年8月从北戴河回来,给她带了些贝壳,有加工好的钥匙扣,圈圈上吊着小贝壳,很精致。递给她,只是好玩而已,结果到她那儿,开发出新用途了。她那时刚过1岁不久,还没掌握说话技能,也不知她怎么想的,拿起钥匙扣,不声不响,直接就往耳朵上挂,她把钥匙扣当耳坠了,不过倒也像噢。家里没人耳朵上有饰物,电视又不许她看,小东西出去机会也不多,她在哪儿看到何时记下来的,都是个谜,可她就是恰到好处地用上了!这让我惊讶极了。所有新买来的衣服帽子之类,她都一一试穿试戴,不会走路时,乖乖耐心地由你摆弄,会走路之后又加了一个内容,还要照照镜子。别的镜子她也够不到,客厅的电视被她利用上了。我以前不知黑的东西也可以做镜子用,常看到一些小姑娘对着手机整理头发什么的,我还挺纳闷,看手机时摆弄头发干什么? 安安这么小就发现屏幕的额外功能,也是超出我的想象了。

在衣物方面,安安很有些帝王思想,古代君王主张家天下,所谓率土之滨莫非王土,普天之下莫非王臣,安安就是这样认为的,她认为所有的衣物都是她的。有一次外婆试一件衣服,安安看见了,明明跟她半毛钱关系没有,她在垫子上伸着脖子喊:"安妮!"她这样喊

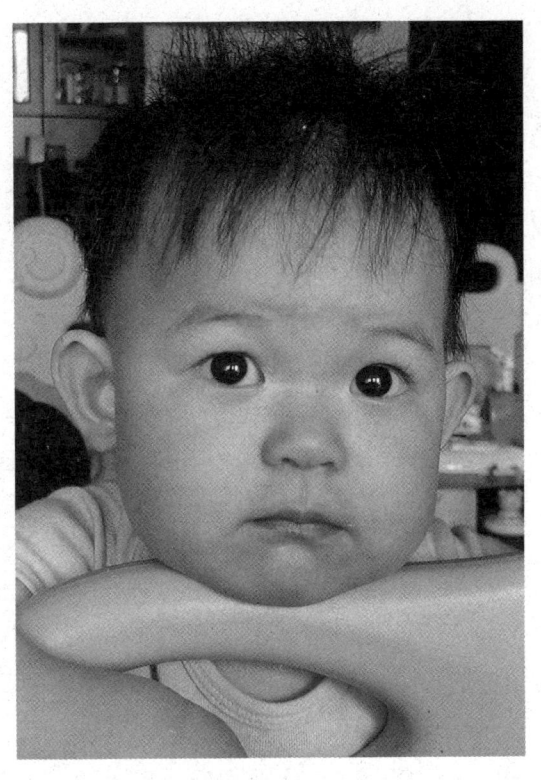

"圈子里"的安安渴望外面的世界

时,往往意味着宣示主权。有一次我的围巾解下来放在沙发上,正在她的垫子旁边,她顺手拿过来,在脖子上费劲地绕来绕去,我的那条围巾有点长,她不遗余力地绕。我随口说,这是奶奶的围巾,结果她说:"安妮!"我以为我听错了,又强调一句:"是奶奶的。"岂料她更加坚定地说:"安妮!"我去! 一霎时我都有点怀疑人生了! 我说:"安安,我们还能更无耻吗? 奶奶刚从脖子上拿下来,怎么就成你的了呢?"安安也不解释,像没听到一样,脸都不红。

安安有一个明显的优点,做事尽责。我有一次上洗手间,刚在马桶上坐下,门动了,只听爷爷在外面说,奶奶上洗手间,你不要去。就是说,开门的是安安。安安没有理会,还是进来了。我说,你不需要进来,可以出去。安安不作声,自顾自拖了一只小板凳出来。我以为她拿了板凳就出去了,结果

她往我跟前来了。我连忙让她打住,一个劲地喊"哎哎你不要过来!",安安还是不理会,在我腿边,小板凳放好,稳稳地坐了下来,然后仰起小脑袋,笑眯眯地望着我。看到她在这儿安营扎寨了,我一时不知所措,便跟她商量:"安安,你在这,我什么事儿都做不成,你出去吧。"安安但笑不语。我知道她还不会说话,但她听得懂啊,可她就是"风雨不动安如山",我就没有办法了。我们俩相对尬笑了一会儿,气氛很友好,只是我已经忘了我进洗手间的初衷了,结果无功而返。

我后来猜想,安安这个如厕守卫者的身份是外婆赋予的,因为此时安安已从四脚兽进化到可以直立行走,成了行走的麻烦制造机,保险起见,外婆如厕时也把她安排在身边,便于管制的意思。小子错会了意,以为是她的新职务呢!但是,可不可以不那么认真啊?

安安自己的"五谷轮回所"随身带着,就在尿不湿里,所以她其实没有亲见人类排泄物是什么样子。安安二十个月的时候跟着"巧虎"学习行为规范,配合学习,每期都有实物可以练习。安安根据教程操作,给巧虎把衣服拉下来,让他坐到马桶上,然后起身,冲马桶,洗手,所有环节环环相扣有序进行。可是这些做完之后,安安又让巧虎坐一次马桶,而巧虎起身时,她故意不冲马桶,然后指给我看。原来马桶里显现的是巧虎的"排泄物"——两条深咖色的塑料便便。小子一脸坏笑,似乎巧虎出糗的现行被她抓个正着。

安安这样的恶作剧也不止一次。有一回家里来了个小弟弟,妈妈同事带来的。小弟弟不知为什么哭了。安安自己平时也哭,但别人哭了,她还是瞧不上的,于是不怀好意地模拟,张嘴,闭眼,嘴里发出呜呜的声音。被制止以后,又从自己的小书架上抽出一本书来,书名就叫《谁哭了》。安安如此明显地嘲讽,换个人也受不了,谢天谢地,还好,小弟弟是个文盲,要是认识字,又要气哭了。

我有一次夸奖安安,说"安安什么都会",安安说"妹妹也会"。这个妹妹是安安的"闺密",小她一个月,经常一起玩。我便愈加夸奖,说还是安安大

家有小女初长成

度,并举例说豆豆这么大的时候,专说丁小宝坏话,什么坏事都推在丁小宝身上。自己裤子尿湿了,说是丁小宝尿的。和妈妈一起坐出租车,车座上有瓜子壳,妈妈说谁这么不讲究,他说是丁小宝。坐爷爷的车,座椅靠背上被谁抹了巧克力,他端详了一会儿,虽然心虚,仍大声说,这个不是我干的,我不可能把屎拉到这个地方!又要栽赃丁小宝。安安就不是这样。结果妈妈和外婆一起说,夸早了。话音未落,安安不一样的话就出来了,果然变成了"妹妹不会"。唉,安安安安,你好赖多坚持一会儿,别这么早露馅呀。

小丫头说话不算早,真正能说算得上"话"的,已经过了1岁半了。元旦那天,安安大约觉得新年新气象,不有点进步不太好意思,所以开口就说了

行路吟
XINGLU YIN

"爸爸抱抱"之类的句子。万事开头难,等到安安知道这就是句子也就是所谓的"话"之后,就不客气了,后面主语谓语就任意组合了。最近爱上了副词"好",还跟我凡尔赛,积木拼搭,说房子"好高好高哟"、火车"好长好长"哟、积木"好多好多哟"……后来干脆"这个兔兔好可爱哟",港台腔都出来了。

因为进步比较快,所以感觉太好,安安很不谦虚了。到和园门外"郭家大院"吃饭,地铁呜呜开进南大站,爷爷指着说"火车",安安立刻纠正"地铁"。吃饭时上来一道菜,里面有鱼圆,夹给她吃,告知是"鱼圆",她说"鱼蛋",然后又说"egg",用英文加固一下。为了迎接新年,家里阳台玻璃上贴了"福"字,"福"字图案里有"恭喜发财"四个字,在外婆辅导下,安安都记住了。同时还学会了"接龙",你说"新年",她接"快乐";说"身体",就接"健康",诸如此类,一直接到"红包拿来",一大串子都会。所以过年时老是表演,见到"福"字就大声念出来——"福jì",尾音还拖得很长,同时配上一句"恭喜发财",两只小手相握,拜菩萨似的一摆一摆。我见她有表现欲,想投机一把,说,安安我教你背诗,你说"鹅鹅鹅",安安马上就学会了,然后当着别人面,我一说安安背诗,安安张口就来"鹅鹅鹅",我们俩配合得很好,很可以骗人。我觉得不能老是这样虚伪,得来点真格的,就教她《关雎》。可以说

"森林"小精灵

"恭喜发财",不能说"关关雎鸠"吗?我这样想。于是她就食而不知其味地"关关雎鸠,在河之洲"……知道安安可以学一些东西了,外婆教她儿歌《数鸭子》,又教了歌曲《新年好》,都学得有模有样。但是说着说着就偷懒了,"门前大桥下,游过一群鸭,快来快来数一数,二四六七八",念得飞快,还直接把两个"快来"省略一个。数数字也是,嘴里呜噜呜噜就过去了,不肯耐心地一个一个字地说。那意思似乎这些都是小玩,不值得太认真。

安安大约就不是一个谦虚的小孩。春节她和我一起待了几天,我们常玩一些动物玩具,有拼图的,也有镶嵌在图形框框里的。每次拼成一个动物,安安就会说:"这个安妮见过。"(她每次都把"考拉"念成"烤鸭",让我很替考拉担心!)动物图形不下十几种,差不多每一个她都这样说。我知道她去了两次动物园,据说有一次还睡着了,能看见多少动物?所以我有些不太相信。你说见过狮子老虎猴子大象我信,咱怎么着也是个地大物博的国家,就是熊猫稀罕些,弄几只给孩子看看,动物园也是舍得的,

踩落叶的声音真好听

"再穷不能穷孩子",中国人都这样想。再有像河马、袋鼠之类,虽说不是国产,现在都地球村了,也就一个航班的距离,也不是问题。再说,都什么年代

了,满街跑的都是外国人,给动物办个中国绿卡也不是什么难事。但是,你一个小人家,见一面就记得了? 看一次能记得几个? 但她一直说"这个安妮见过",我还没法验证,动物园这地儿我得有几十年没去过了。后来见到了青蛙,她倒是认识,但终于说"这个安妮没见过"。小样,我以为没有你没见过的呢。

再有一个多月,安安就2岁了,时间过得真快! 还记得前年那个明媚的5月清晨,微雨新霁,我们去保健院接她回家,小小的她被装在篮子里,清风吹拂,她双眼闭着,睡得正酣。我小心翼翼地捧她在怀里。现在的她,跟我过家家,跟我做游戏,跟我对话,缠我讲故事……看着日新月异健康成长的她,不感动也由不得你呀!

2022.3.23

安安的故事

我要我觉得，不要你觉得

2022年5月9号，安安两岁生日，虽说趁周末空闲时已为她庆贺过了，但今天是"正日子"，我们还是过去陪陪她。午觉醒来，我们带她在秦淮河大堤上玩耍，蹦蹦跳跳、嬉嬉笑笑，不知不觉两个小时就过去了。回到家外婆和妈妈正在厨房里烧饭，妈妈因为疫情，最近居家办公。不一会爸爸也下班了。外婆特意做了长寿面，一家人开开心心吃完了饭，然后继续饭前的讲故事。安安听故事没有个够的时候，总是一本书讲完了，又拿来一本书。

安安两岁啦

行路吟
XINGLU YIN

一本书一本书,就又到了洗澡睡觉的时候。外婆放好水,喊安安"入浴",安安不情不愿,装作没听见,还是一个故事接着一个故事。两天前给她过生日,玩得有点嗨,夜里不知做了什么梦,闹得外婆连觉也没睡好。喊了几遍没有响应,外婆便立规矩了,大声宣布:"以后喊什么就要做什么!喊吃饭就吃饭,喊洗澡就洗澡。"安安正听故事呢,好似没听见一般,不料外婆话刚落音,她就接上了:"喊讲故事就讲故事!"我一下子就乐了,故事也讲不下去了。

我后来想,小子是顺着外婆的思路举一反三,进行罗列,只不过是把自己想的加了进去,算是为自己谋点私利,亏她想得快呀!又一想,难道不是一种"反抗"?凭什么"喊的"都是要我做的,而不是我要做的?某明星那句著名的上了热搜的口头禅是怎么说的?"我要我觉得,不要你觉得!"多霸气!没准安安顺着外婆的话就偷梁换柱了,把"外婆觉得"变成自己觉得也未可知啊。再者,焉知外婆的规定不是不平等条约?若是,还不许人反抗啊?自由是天性,小孩也如是啊!

2022.5.10

我可以……吗?

从两岁开始,安安语言中问句多了起来,有表示谦虚好学的"这是什么?"。这样的句子太多了,因为她随时都会遇到不认识不熟悉的东西,你跟她在一起,就好像初学英语时有一个时段老练习"What is this?""This is …"。有时候句式也会倒过来,变成"什么是……?"。这种情况往往发生在她听别人说话时。若话中出现了她不知道的词语,或者你给她的解释中有陌生词语而你没有加注释,这个词甫一出现,她就捕捉到了,紧接着就是"什么是……?"。就像经验老到又特别敬业的猎人在等候猎物,抓捕行动堪称迅捷、准确。

还有一种问句也是常用的,就是"我可以……吗?"。这种句子是用来提要求的。安安不说"我要……",而是很淑女地问"我可以……吗?"。最"惊悚"的一句"我可以……吗?"是在一次吃晚饭时突然出口的,那句话是:"巩奚若,我可以用筷子吃饭吗?"安安虽说也在学英语,但还在"打酱油"阶段,只限于单词,所以她不光是汉语文盲,也是英语文盲。直呼父亲大人名讳在西方人可以,在中国就是禁忌。她什么时候西化了? 我还真没有心理准备。安安已经基本上可以用勺子自己完成用餐了,还没尝试过用筷子,大概看别人用高难度工具吃饭,安安对自己不满足。安安在吃上一向高标准要求自己。筷子的问题第二天就解决了,说也神奇,第一次使用筷子的安安,可以准确地夹起所有盘中物,无论是片状、块状、条状的。每每看安安吃饭,我都会想,幼儿园不知哪位烧了高香的老师以后会遇见安安。又想,安安可能是替她爸爸报恩或曰还债来的,她老子当年在幼儿园吃饭,不知气疯多少老师。附带说一下,安安的教育背景基本上是"外婆教大",专业最好成绩都跟食物有关,能分清三明治、面包、蛋糕和汉堡,区别粥和豆浆,能说出各种常用蔬菜名称,特别舌尖功夫了得。一次吃饭,外婆说错一种菜名,她居然纠正说:"不是马兰头,是菊花脑。"马兰头等等,连我都分不太清,安安太有吃货潜质了。

言归正传,安安特别礼貌的"我可以……吗?"句式,其实很有杀伤力。最近气温特别高,每次去看安安,安安几乎都会自言自语似的念叨:"可以出去玩吗?"安安喜欢户外,一次讲书上故事,我指着一幅图说"小房子",她马上指出是"帐篷"。她很喜欢在野外扎帐篷,可以玩得比较尽兴,一连好几个小时,午睡都免了,往往等不及晚饭,就困得打盹。安安在浓浓睡意中吃饭的样子,实在让人忍俊不禁。有人看了拍摄的视频,说发到网上,安安肯定就成网红了。前段时间上海解封,大人议论这事,小人儿听见了,发表意见说:"解封了就可以出去玩了。"这两周听安安念叨"可以出去玩吗?",但是太热没法出去,心里很觉得欠了安安的。补偿行动在计划中。

2022.6.30

行路吟
XINGLU YIN

补记：

我说了安安"可以出去玩吗？"的愿望，巩奚若异常气愤："她哪天没出去玩啊?!"上周末我们开车亲自带她出去，吃了午饭回来。午觉醒后，在家玩了一会儿，安安又念叨了："可以出去玩吗？"原来这小子不是没出去玩，而是她觉得出去得还不够，怪不得她老爹觉得委屈！

7.9（今天安安26个月了）

"咕咚"来了

有一个比较经典的现代童话，叫《"咕咚"来了》，说的是小白兔在河边散步，树上的木瓜熟了，轻风一吹，"咕咚"一声掉到水里了，小白兔以为是什么怪物来了，吓得拔脚就跑，一路上遇到许多小伙伴，告知"咕咚"来了，小伙伴们就惊慌得和小白兔一起胜利大逃亡，直到遇上稳重沉着的牛伯伯。牛伯伯带着小朋友回到"案发现场"，又一只轻风摇曳中的木瓜掉进水里，发出"咕咚"的响声，原来，"咕咚"是木瓜呀。这个故事的寓意就不说了，我讲给安安听的时候，也没有期望她去理解。果然，安安被反复出现的"咕咚"成功地带偏了。她把手中的书扔到地上，书自由落体发出了响声，但不是"咕

小骑士

咚"。"啪嗒!"安安准确地模拟出来,然后就大叫,"啪嗒来了!"然后就大笑,然后再重复……

一日,到秦淮河大堤上遛弯。堤上芳草萋萋,树木葱茏,这儿也是鸟儿的天堂。麻雀在草丛中觅食,跳来跳去的。灰喜鹊在枝头上唱歌,叽叽喳喳的。斑鸠、白头翁,一会儿树上,一会儿树下,不知在忙些什么。河面的天空,蔚蓝、空旷,有白云悠悠飘过。在苍天白云之间,鹰,在盘旋、翱翔。还有鸥鹭,长长的洁白的翅膀,不时轻掠水面,倏忽又弹起。此时,有一片鸟羽从空中飘落,我指给安安看,羽毛飘飘荡荡的,也在做着自由落体的动作。在鸟羽落到水中的一刹那,安安突然就喊了一嗓子:"咕咚!"然后就是"咕咚来了"!这一声"咕咚来了"没有吓着小白兔,把我给吓着了:活了这么久,第一次听到羽毛"咕咚"掉到水里了。

2022 年冬日

"哎为嘛?"

"哎为嘛?"是安安的口头禅,是她与别人对话的连接方式——既是对对方解释或答案的总结,也是开启下一个问题使谈话得以继续的话题,有时候也是一种态度,以作为连词使用为多见。

"哎为嘛?"一般情况下是有疑而问,多是针对名词和各种现象。恐龙家在哪儿?为什么灭绝了?猫头鹰为什么值夜班?除了蝙蝠、小老鼠和蚊子,还有什么动物夜间活动?哪些动物身上没有毛?鱼和青蛙为什么没有毛?人为什么没有尾巴?老鹰是怎么睡觉的?这类问题都有很多分支,比如蝙蝠怎么睡觉的?猫头鹰怎么睡觉的?小鸡小鸭小猫小狗等等。总之,安安就是"十万个为什么"本尊,没有她不问的。而紧接着这些答案后面,就是安安经典的"哎为嘛?"。知其一知其二不可能知其三知其四,面对扑面而来的

行路吟
XINGLU YIN

"哎为嘛?",应答者理屈词穷成为最后的常态。

"哎为嘛?"有时候用于拒绝,有时候用于被拒绝之后。"安安来刷牙。""哎为嘛?"她不想做的事情,即使再常规,也要问:"哎为嘛?""你可以陪我玩吗?""不可以。""哎为嘛?"一般这种问题是单选题,只能选"可以"。

"哎为嘛?"经常也表示一种态度,往往出现在谈判之中。大致是"安安你如果不如何就不能如何",安安此时会在第一时间质疑:"哎为嘛?"比如,"安安你如果不洗手就不能吃某某东西""安安你今天表现不好取消明晚的看电视时间"……视利益被损害程度,安安的"哎为嘛?"在音量大小和音节长短上会给以反应,以示安安本人情绪严重程度,或是强烈质疑,或是抗议。春节期间,爸爸妈妈商量出去玩,其中说到常州恐龙园,考虑安安太小,可能春节不适宜,妈妈小声说,也可以两人出行。说"两人"并未确指哪两人,安安却在妈妈话刚出唇还没掉到地上时就激烈反应:"哎为嘛?"她的直觉告诉她,被抛弃的一定是她,于是出离愤怒。妈妈的叛徒没当成。

两岁半的安安

安安把自己的"为嘛"唱成了一首歌,曲词为:

$$3\ \dot{6}\ |\ 3\ \dot{6}\ |\ 3\ 3\ |\ 4\ 3\ |\ \dot{6}\ -$$
为 嘛　为 嘛　为 为　为 为　嘛

奶奶很笨,不会在电脑上写简谱,只能文字说明,这是一支 2/4 拍的曲子,曲风欢快,安安唱的时候心情不错,会连续不断地重复若干遍。

2023 年,农历正月初五

安安形状录

  过家家,动物运动会,小老鼠赛跑第一,奶奶给小老鼠发了奖牌,然后递给小老鼠一个杯子,名曰喝庆功酒。安安急忙制止,说:"喝老酒小老鼠会'倒也、倒也'的。"说明,"倒也,倒也"源自《水浒传》"智取生辰纲"的故事。

  安安连打了几个嗝儿,告诉她不要再"疯了",她说已经好了,话音刚落,又打了一个,自我解嘲道:"我打了一个中嗝儿。"

  安安小便后,说衣服好像有点湿,奶奶说洗澡换衣服吧。安安不乐意,说好了。奶奶说哪有这么快?安安自圆其说:"只有一点点小的湿了。"

  安安自称小猫咪,但苦于没有尾巴。奶奶安慰她,不是所有动物都有尾巴的,她要求举例说明,奶奶说:"比如青蛙。"安安释然,于是原谅自己:"有尾巴的毕竟不多。"

  搭"彩窗积木",爷爷摆了几个数字,安安要求摆成一个"2"字。看看很多积木摆成的庞大的"2",安安很感慨:"'2'字确实不好搭。"

  以积木代替蛋糕,装了一盘,很欣赏地说:"五颜六色的蛋糕啊!"看着其中一块,"这是方形的蛋糕哦,而且是味道很好吃的哦!"

  早晨起床,太阳从阳台上照进来,安安心情大好,赞了一句:"阳光灿烂啊!"

  晚上睡觉前,嘴里不停地碎碎念,数自己的手指:"大拇指,食指,中指,无名指,小指。"数到另一只手时,概念用完了,由"无名指"生发出一个新的名词:"六名指。"安安理所当然地认为,"'五'名指"后就是六名指。

给小羊开生日派对,安安说自己有很多朋友,因此要请很多客人。问:"一百个客人我们家住得下吗?"得到否定回答后,说:"那让他们一个接一个进来吧。"

过家家,拿着玩具车做开车状,口中念念有词:"幸福小鸡去游玩了。它可能永远不会回来了。"爷爷问:"为什么?"安安马上说:"它也可能马上就会回来。"安安还没读过《边城》,但好像很懂沈从文。

看春晚,《百鸟归巢》中赖多俐吹的乐器,奶奶没看清,说:"是箫吗?好像短了。是笛子吗?又是竖着吹的。吹的是什么呀?"安安接道:"吹的是竹竿子。"安安这是要幽默吗?

早饭时,安安坐在饭桌前,突然开口"布道":"吃青草的有四种动物,小羊、小马、小牛、小兔子。小兔吃两种食物,一种是胡萝卜,一种是青草。"思路清晰,表述得体。

午饭,安安夹起一片藕,端详了一下,自信地说:"'鹅鹅鹅'就是这个藕。"("藕"安安发音是"鹅")。

安安自言自语:"毛,杧果的 máo。"

安安出去玩儿,坐在爷爷的车上,悠闲自得,偶发诗性,随口念道:"一去二三里。"然后思绪拐弯,"一,衣服的一。二,H 的二。"

安安一天夜里醒来,忽然醍醐灌顶一般激动地说:"我全都想起来了。前面后面左面右面都想起来了!"然后从头至尾唱了一遍英文字母歌,26 个字母,不论是排列纵队还是横队,一个没跑掉。在此之前,安安唱到"LMN",就开始含混不清,大有蒙混过关的嫌疑。这次是精诚所至,睡梦中把问题解决了。

一次午觉,在漫长的睡前奏接近尾声时,安安大声一个字一个字地朗读,犹如普通话水平测试第一项读单音节。奶奶听了半天,一个字没听懂,

行路吟
XINGLU YIN

就是没有一个音节可以用汉字标注。问:"你念的是什么?"回答很傲骄:"英文。"很有假洋鬼子对阿Q式的歧视。

睡前自由式唱歌:"卖汤圆,卖汤圆,小二嫂的汤圆圆又圆。"听起来,小二哥的汤圆商标被小二嫂注册了。

跟爷爷过家家,问:"我们这是在喝下午茶吧?"爷爷未置可否。奶奶在一旁插话:"我们家好像没有这样洋气的习惯吧?"安安立刻老实地说:"我也没有喝过下午茶!"

一次很多行为被爸爸干涉,安安很不爽,奶奶教她:"下次爸爸再这样,你就说:'子非鱼,安知鱼之不乐?'"爸爸早上起床,安安第一句话就送上:"子非鱼,安知鱼之不乐?"搞得工科生爸爸一头雾水。二十多日后,爷爷午饭时说安安喜欢吃什么,不喜欢吃什么,安安突然来一句:"子非鱼,安知鱼之不乐?"爷爷虽然专攻中国古代文学,也被安安吓了个冷不防。

和奶奶去杜夏图书馆

安安学背诗,听了辛弃疾的《清平乐·村居》,问:"8句?"奶奶说是。她很不满意:"哎为嘛8句?"安安得奶奶真传,奶奶上学时就曾经为着《北征》《自京赴奉先县咏怀五百字》讨厌杜甫。(难怪安安说"我是奶奶变的")

听了奶奶的《西游记》系列故事后,安安最喜欢、最崇拜的人就是孙悟空了,时不时地就会比画着从耳朵里掏出如意金箍棒,口中念念有词:"变变变变——变!"她说,"奶奶你也是小猴子(安安总是把小猴子念成小盒子),你这个小猴子没有金箍棒,只有我一人有。"宣示她是正宗,是真传。问:"奶奶,孙悟空是你的好朋友吗?"奶奶违心地说是。又问:"你是孙悟空的好朋友吗?"这一次奶奶不敢高攀,就说:"孙悟空可能不认识奶奶。"安安安慰奶奶说:"孙悟空认识你,他说奶奶。"安安给奶奶认了个孙子。

手机里的"白龙马之歌"百听不厌,听久了嘴里经常就冒出几句:"西天取经上大路,一走就是几万里。"对"几万里"会格外强调。因为听的《白龙马之歌》是别人手机里的,安安有一次突然悲从中来:"我的手机里什么都没有!只能打电话。"奶奶很同情她,所以不忍心告诉她,她前半句话是对的,她手机中确实什么都没有。而且,她认为的唯一的打电话功能,也是没有的。

安安特别反对别人看手机,因为一般看手机时,就是忽略她的时候。晚上,奶奶讲了若干故事使尽浑身解数后,安安仍不睡觉,奶奶便会装睡不理她。安安此时往往自动复习学过的东西,就是像圣人教导的那样,学而时习之,把会的不会的熟的半生不熟的诗歌童谣一个一个不停地念叨。一天叨叨了"唐僧骑马咚啦个咚",然后说:"奶奶,我唱了很长的。"没有得到回应,又一遍一遍喊"奶奶——奶奶——",还是没有回应,突然改变了频率,变成一字一顿的,"王——一——涓——你、看、手、机、了、吧。""王——一——涓——你、看、手、机、了、吧。""王——一——涓——你、看、手、机、了、吗?"奶奶那一刻惊悚极了,简直觉得角色互换被人耳提面命了。

晚上上床以后是讲故事时间。安安的一套《幸福小鸡》,讲的都是幸福小鸡的幸福生活,诸如"过圣诞""去游园""逛超市"等等。夜间,安安突然哭了,痛心地说没有去游乐场。彼时白天过家家的内容几乎都是做蛋糕请小朋友做客甚至是开派对,热热闹闹的。奶奶说:"我们不是天天上游乐场吗?"安安委屈极了:"我去的都是假的!"一句话让奶奶崩溃到怀疑人生,跟这么清醒的小朋友过家家,究竟是谁哄谁啊?

安安跟外婆睡觉时,睡前故事是外婆照书上讲的。到奶奶这儿,奶奶很

行路吟

XINGLU YIN

快乐标准照　　　　　　　　安安三岁啦

骄傲,说故事都在肚子里,不需要看书。安安便拉着奶奶的衣领要把故事掏出来,被拒绝之后,让了一步:"我就看看。"故事讲了若干天后,奶奶说:"你听了我那么多故事,都装到你的肚子里了,该你讲了。"安安狡猾地说:"我把故事掏给你,你来讲。"说着做了一个拿出来送给奶奶的动作。奶奶问:"这是什么?"安安说:"《塞翁失马》。"讲完后,又"掏"出一个送过来,说,"《幸福小鸡》。"奶奶变成点读机了。

即将坠入睡眠的安安,比较容易伤感,尤其是当天的睡前故事营造的氛围不是那么幸福的时候。一天,安安非常忧伤地:"我们家也没有小提琴,没有钢琴!""我去游乐场没有票,我也没有钱!"说得她家穷得不得了。一次白日里说了爷爷的书房,晚上又伤心了:"我们家没有书房!"奶奶说:"胡说,你们家怎么就没有书房了?"安安仍旧伤心:"没有和这一样的书房!"奶奶说:"以后让爷爷给你买。"安安仔细交代:"要外面大书房屋里小书房的。"奶奶不负责任地答应了,安安方才放心睡去。

安安的睡前问题经常是很哲学的:"小老鼠年为什么过去了呀?"奶奶说:"因为小朋友要长大。""小白兔年也会过去吗?"得到了肯定的回答,安安又问:"太阳为什么会落呀?"奶奶说:"因为太阳有脚啊,她要走到地球另一边去了。"安安在床上辗转反侧:"我睡不着啊!"奶奶也是第一次跟一个两岁半的失眠者对话,不知如何安慰她,便武断地下命令:"闭上眼睛!闭上嘴巴!"

2023.1.26

儿子的幼儿园

儿子3岁了，得给他放到江湖上学学规矩了，我跟我们院的颜老师约好，把孩子送到不远处的煤炭学校幼儿园。其实也不知这个幼儿园好不好，只是觉得近，一条直路，方便。尤其是该校的孩子都在我们学校上学，两个单位算"关系户"吧。

上幼儿园那天，刚开学不久，2月末的天气，挺冷的。我给儿子穿戴严实，就带他出来了。第一次离开家，我不知他能不能适应，有点担心。颜老师说，不要紧，他跟毛毛总是熟悉的。毛毛是颜老师的女儿。颜老师说毛毛以前上过托儿所，习惯了，有她领着，贝贝不会害怕的。听颜老师这样说，我心里安稳一些。确实，一路上儿子跟毛毛有说有笑的，情绪不错。到了幼儿园，把两个孩子交给老师，我和颜老师就回来了。

中午一放学，我到底不放心，骑上自行车就奔煤炭学校去了。还没到幼儿园，就听到儿子的哭声了，声音里透着恐慌、绝望。赶到跟前一看，儿子扒在幼儿园紧闭的大门上，抓着铁栏杆往外看，哭得像难民一样。我扔下车子，扑过去，隔着铁栅栏，抱住儿子，儿子立刻就不哭了。老师听到动静来开门，忍不住控诉我儿子，说开始还好，突然就哭起来了，怎么也哄不好，非要回家，大门出不去，就扒在门上不离开，老师也不是只管他一个孩子，还有别的小朋友呢。老师说得有道理，我只能替儿子道歉，谁让他不遵守纪律呢？

但我知道儿子只是胆小,环境陌生,人陌生。我忽然想到毛毛,不是还有毛毛吗?老师说:"别提了,人家那小朋友本来好好的,你儿子老是哭,结果把人家也带哭了。"悲痛是可以传染的,毛毛一个"老江湖",本来是负责坚强的,结果倒被我儿子带偏了。教子无方,我只有惭愧。

孩子的皮肤终究是嫩,敌不过凛冽寒风,只一上午,儿子的脸就皲裂了,喉咙也哑了。我想,能听得下去一个第一次上幼儿园的孩子在寒风中哭这么久而无动于衷,怎么说,这个老师也不算善良。我于是终结了儿子与第一个幼儿园的缘分。

邻居婷婷妈妈在管道二公司上班。管道是输油管道,具体做什么我不知道,但是个很大的单位,也有自己的幼儿园,婷婷就在那里上。婷婷爸爸是我的同事,跟我说贝贝可以上管道二公司的幼儿园,于是我的儿子二进"江湖"。

大约有了一次经历,觉得幼儿园也不过尔尔,并不十分可怕,或者觉得哭也没用,总之,这一次去接儿子时,地不动山不摇的,没什么出格的动静,儿子很平静。小孩子其实最会察言观色,我弟媳妇说她外孙豆豆,因为任性哭个不停,外婆说,哭也没用!豆豆说:"有用,爷爷笑了。"豆豆从爷爷的笑脸,看出事情并不严重,看出自己有同情者,知道再坚持一会目的就能得逞。如果我弟弟也是黑着脸,他就知道没有希望了。想来贝贝是接受以前的教训了。我牵着儿子的手回来时,问他中午在什么地方睡觉的。他手指楼上,说,两楼。把二楼说成两楼,也是别致。

儿子在管道二公司幼儿园里的形象,我大脑里始终有一个定格:是夏天,穿着针织短裤,不知是因为没有"腰",肚皮圆滚滚的,留不住裤子,还是他本身过于懒散,那裤子穿得总是像差一把力气,挂在屁股上,随时要罢工的样子。我见到他的第一件事就是帮他把裤子恢复到正常位置。跟他反差很大的是婷婷,到底小姑娘认真,人家那裤子,如果不是裤裆限制着,直接就拎到脖子了。看着贝贝的裤子觉得危险,看着婷婷的裤子又觉得难受,他们俩就不能中和一下吗？我那时常有这样的感慨。

儿子在这个幼儿园有两件事我记忆深刻。初冬，那天突然寒凉，我给他穿上了薄棉裤。棉裤的穿法有些复杂，有双肩背带，大小便时须打开屁股后面的一片，平时这一片是用松紧带做成的纽襻挂在腹前的一颗纽扣上的。因为临时找棉衣，耽误点时间，我又粗心，没有教他掌握新技术，其结果是，我下午下班去接他时，裤子尿湿了。儿子抱歉地对我说："我坚不持住了！"我没有顾得上纠正他的语法错误，只歉疚地说："妈妈的错，妈妈的错！"老师过来说："我说呢，今天几次带去小便，他一次也不动。"老师也是细心，她都注意到我儿子一天不曾小便了，她只需再多做一点点，我儿子裤子就不会湿了。

另外一件事是元旦演出，幼儿园动了真格，把孩子们带到大会堂表演。真的舞台，真的灯光，真的音响，气氛好嗨！儿子参加了两个节目。一个是舞蹈，孩子们戴着小蜜蜂头饰，蹦蹦跳跳、热热闹闹的。一个是表演唱，全是男孩，军装，大檐帽。其时儿子头上有我给他买的另一种军帽，有点像日本军官帽。他固执地护着自己的帽子，无论如何不换，我也在后台，帮着老师劝他，没用。老师倒很宽容，说就这样吧。为了舞台效果，临时把他调到"C位"，也算差强人意吧。演出结束后，谁家的孩子谁领走，可我儿子不愿离开舞台，他当时穿一双厚底高筒牛皮棉鞋，走在木地板上铿然有声，他自己说咔咔，很威风。我想笑，小孩子也有表现欲啊。

在二公司的幼儿园待了一年，我给儿子转学了。得陇望蜀，人之常情。我知道了管道总公司还有一个更好的幼儿园，稍微远一点，但是路好走。二公司的幼儿园地理位置很高，需要爬一个大坡，我把单车蹬上去很费劲，下坡则比较危险。曾经我们学校一个年轻教师从坡顶放车下来，刹车太猛，直接翻了一个跟头，跟他一起做"大回旋"的还有一袋鸡蛋，黄黄白白摊了一地。我带着孩子呢，敢做这样的高危动作？

管道幼儿园是个示范幼儿园，是哪一级示范，我不清楚，从来就没认真

第三札

看过那牌子,但幼儿园真不错。一个班级几乎算一个独立王国,一间硕大的教室,中间隔开,里面是午睡的寝室,外面为活动室,吃喝拉撒都不用外出。每班配备三个老师,一个专管生活,另外两个负责教学。我喜欢管道幼儿园不光因为这些硬件,我喜欢这里的每一位老师。儿子刚去时还在小班,小班的那位老师已是接近退休的年纪,我曾经看过她教孩子们洗脸,方法、步骤讲得很清晰。尤其重点说到如何洗眼角,连我都受启发。我这样一个大而化之的人,把洗脸当成擦玻璃一样,坑坑洼洼处从不区别对待。老师告诉孩子们,毛巾向左的方向,洗右眼的内眼角和左眼的外眼角,反方向时洗另一边。这是我从来没注意过的。期末汇报演出时,别的班级一个一个节目,每个节目几个人,本本分分的。唯独他们,所有孩子全上,就有些乱哄哄的,节目水准就差了些。该老师说:"我不要获奖。这么小的孩子,水平高不高无所谓,就是让他们每个人都上去感受一下,让每个孩子都快乐。"这种有教无类的教育思想,我很赞同。

中班和大班时也发生过两件比较特殊的事。一次是午饭后贝贝吐了,我去接他时老师告诉我,然后分析一下原因,说中午吃小笼包,是不是贪吃不消化的缘故,一边跟我说一边又问我儿子:"中午吃了几个?"儿子说两个。老师忽然声音就高八度了:"人家都吃六个,你怎么只吃两个!"那样子比自己家孩子挨饿还着急。老师大约看我儿子虎头虎脑又是个男孩,想他吃饭肯定不成问题的。我知道自己孩子的德行,平时吃饭喂都喂不进去,指望他自觉,简直不可能。从那以后,儿子就被老师重点看着,吃饭不达到一定数量就不放过他。可是看他吃饭是需要非常耐心的,不只是速度慢,那态度尤其气人,吃饭跟吃药似的。给儿子喂饭,连我都往往不耐烦,真难为老师了。

还有一次,我去接儿子时,在教室没有见到他,老师把我领到寝室,儿子围着被子坐在床上呢。说今天玩得太嗨,忘记去小便了,结果,尿裤子了。也是冬天,老师正在暖气片上给他烘鞋子和裤子呢。都还没有干,穿是不能穿了,老师干脆用被子把儿子包起来,用带子扎好,放到我自行车的小座椅上,儿子就这样被"打包"带回来了。

　　回忆起管道幼儿园的老师,年老的、年轻的,甚至是还没结婚的姑娘,个个都有慈母般的情怀,回想起她们,总能感到一种温暖。岁月漫漫,我连她们姓什么叫什么都忘了,也可能当时就没有记住,但是,儿子幸福健康成长的那一阶段,幸亏有她们,这是没齿难忘的。

2018.8.30

第一次旅游

第一次旅游,已是三十年前的事了。

1987年4月,我妈妈光荣离休。我不知现在怎么样,反正那时离休人员是享有一笔旅游经费的。有了额外的一笔钱,我妈就想专款专用,用在旅游上。到什么地方去呢?那时没有旅游业这一说,也没有哪个地方特意把旅游当回事去做,想选个旅游点、跟个旅游团,都是痴人说梦。旅游攻略自然得自己做,不想"自助游"也得自助游。爸爸妈妈商量的结果,是去四川,其路线是,徐州—西安—成都—重庆。选择这样的旅游地点,我想是出于两点考虑:一是本栋当时在西南师大读书,去重庆一举两得,顺带探亲了。其二是,除我之外,其他孩子没有空闲,而我因为是高三老师,此时正是高三学生毕业考试,接下来是复习迎接高考。这中间有个阅卷时间,学生放假,算是有些空闲,可以陪老爸老妈出去。于是爸爸妈妈和我一行三人在五一前夕从徐州出发了。

第一次长途旅游,一点经验没有,周围的人也没有任何经验可资借鉴,当时资讯又不发达,外面的情形也毫不清楚,稀里糊涂地就上路了。我们在徐州买了直达成都的卧铺,因为卧铺票难买,所以尽量买远一些,那时火车票有三天的改签时间,我们准备利用这个时间在西安玩玩,然后继续去成都。在西安火车站签票,队伍排得很长,几乎可以和春运时比肩了。尤其不

行路吟
XINGLU YIN

巧的是，西安火车站在维修，原来应该在大厅里进行的事，挪到了露天。刚进五月，也不知太阳怎么那么厉害，火辣辣地暴晒。那时人也不娇贵，竟没有一个人采取防护措施，个个敞着头直接承受阳光的炙烤。不过是排个队，也不是什么重体力活，却是人人汗流浃背。天越热，心越躁，好不容易排到跟前，却被告知票可以签，但是无座，卧铺作废。车票改签卧铺作废是铁路一直的规矩，可是我们仨没有一个人知道这规矩，好说歹说，算是照顾离休老人，给了一个座位，可是进不了卧铺车厢了。

再次登上列车，那情形就大不一样了，我们就像几条沙丁鱼，自愿挤进了沙丁鱼罐头。我们三个人，只有一个座位，推算一下，车厢超员该有多严重。除了人，更占地方的是行李，那时的人也不知哪来那么多行李，两排行李架肯定不够，走道里、座位底下，能塞的地方都不闲着。有经验的"老江湖"，上车后，灌满一大杯开水后，在座位底下铺张报纸，直接就躺进去了。我还是第一次看到自制的"卧铺"，再看不知从哪儿多出的腿啊脚的，就知道，也是物有其主的。我2004年去韩国，乘坐火车从釜山到首尔，车厢里上座不过五六成，因是短途（韩国也不会有什么长途），没有什么行李，显得很宽敞。多是年轻父母周末带孩子出行，衣着整齐干净，神态安详。小孩子吃的零食做成了管状，很像航天员的食物，便于吸食，周遭环境很整洁。乘务员的着装当时很令我惊奇，与空姐相类。其实现在我们动车上的乘务员也是这样了，但二十多年前我第一次看到时，羡慕得不得了。她们微笑着向乘客征求服务意见，我想，哪里还会有意见？你们这么好的工作环境，自然心态很好，要是也在人和行李之间挤来挤去，撕破喉咙地维持秩序，你还笑得出来吗？但以前在中国乘火车就叫挤火车啊！我爸是躁脾气，我妈说，姊妹几个，就我的脾气最像我爸。我们仨都没经过这阵仗，我爸第一个耐不住了，说，回去！我立刻响应，回去！就我妈比较冷静，已经出来了，半途而废总不好。而且，说声回去容易，但哪里出得去！上车固然不易，下车似乎更难。中途在一车站停靠时，我爸想下去买点饮料，愣是挤不下去。不过，有

第三札

比较才有鉴别,从四川返回,经历了从南京回徐州的行程才知道,这一段还算好的。

从西安去成都,好赖还有一个座位可以轮换着坐一坐,还有一个地方让你在那儿站着算得上理直气壮。从南京回徐州可就没这么幸运了。因为从重庆到南京走的是水路,慢慢腾腾,四五天工夫,我们早已不耐烦了。到南京火车站买票时,正好有一班马上就开的车,虽说是晚上,但是归心似箭哪,这时真的确认,在哪都不如在家。实在不想再在外面待一宿了,我们仨都很决绝地决定,连夜回家。这么晚买到票,自然是没有座位的,好不容易挤上车,好不容易等到车门关上了车开始行走,总算松了一口气。因为根据经验,这时应该稳定下来,虽然仍是挤,起码不要摇来晃去了。可是,厄运才刚刚开始。这么拥挤的地方,人与人之间根本没有空隙,居然还能挤出可以塞下人的空当。制造奇迹的是小商贩。他们或举或挎着装小吃或者饮料的篮子(从符离集站上来很多卖烧鸡的,篮子一律油腻腻的),艰难却不折不挠地绕过行李挤开人群,一个车厢一个车厢地兜售。挤过去一个,又来一个,你被他挤得难受,看他挤人更难受。好不容易过去得差不多了,然后,最早过去的那个,又转回来,新一轮挤压又开始了……一个五十多岁的妇人,侧面开衩的裤子扣子被挤掉了,敞开半边,我特别担心她裤子掉下来,那就糟大了,可愣是没掉下来,得亏人挤人,没有缝隙地球引力也没招啊。我心里特别希望她挤出去时能把裤子整理一下,省得我替她捏着一把汗。可是转了一圈,她又回来了,裤子还是那样敞着。她是那样忘我,竟然没发觉,裤子竟然也没有继续掉下去,我是白操心了。没有一刻安宁的车厢里,温度越来越高,气味也越来越不对劲了,浑浊的空气里弥漫着越来越浓烈的鱼腐了的腥臭味。原来有贩鱼人把鱼运到车上来了。装着鱼的麻袋,被人踩过来踢过去,烂鱼的汁液渗出麻袋,流了满地,走动的人踩上去又带到别处,使得气味一阵一阵被播扬得更浓烈。我们就在这样的环境中,坚持了七八个小时,我都不知道自己是怎么坚持下来的。到徐州下车后,真有逃出炼狱的感觉。

行路吟
XINGLU YIN

现在,每当坐在宽敞舒适的动车里,望着窗外疾驰而过的景物,心旷神怡之际,有时回味起以往的乘车经历,以为是做过的噩梦。

今年初在全国范围掀起一场厕所革命。这听起来像个笑话,可真是一件天大的好事。想起那次在西安找厕所的经历,至今不寒而栗。我这人胃浅,一点异味闻不得,脏的厕所更去不得。火车到达西安的时候,天色已晚,我们就在火车站附近找了一间民宿。那一带家庭旅馆很多,靠近车站,得地利之便。但是只能住宿,方便要去公厕。黑灯瞎火,人生地不熟,找公厕也不容易,我想天明再说,就忍着了。第二天清晨,我和妈妈一起找到一间公厕,却是人满为患,没有空位不说,队伍还排了老长。厕所里味道很冲,我拼命地掩着鼻子。待到终于轮到我时,刚踩上蹲坑的凳子,手一离开鼻子,立刻被氨气刺激得要吐出来,眼泪不由分说也汹涌而出,顾不得排长队等来的坑位,我立刻冲了出去。我妈担心我憋出病来,逼着我再进去,但说什么我也没有勇气了。

在西安还有一件事很好玩。那天中午在一家饭店吃饭,又热又累,爸爸要了一瓶啤酒。吃完饭结账时,爸爸说啤酒瓶退掉,收银台的姑娘就为难了,说从来没有给顾客保存过空酒瓶,然后看了看我们,狠狠下了决心一般,说:"看你们是外地的,不方便,你付两毛钱吧,我把瓶子收下来。"这一下轮到我们目瞪口呆了。出门以后,我们笑了半天,说西安人真奇怪。

在西安去成都的列车上,闷热的车厢里,很多人忍耐不住,都把脚拿出来"呼吸空气",不消说,味道很可以。我在鼻子深恶痛绝的同时,其实心里很羡慕,羡慕那些自由的脚,我的脚此刻也闷得难受。我来时穿了一双旅游鞋,觉得旅游嘛。岂料在这样的车厢里它怎么那样不合时宜!我不止一次下决心,到成都第一件事就是买鞋子。后来,我转了成都若干商店,竟然买不到一双38码的鞋子,营业员听说38码,都很惊讶,好像我是女版姚明。成都女人长得实在太玲珑了。

成都人也很时髦,后来风靡全国的健美裤,我是在成都先看到的。当时觉得很新颖,就给兄弟姊妹的孩子各买了一条。挑拣好衣服,我掏出钱来付账。我这人不喜欢带钱包,乱七八糟的钱都塞在口袋里,所以一把掏出来拍在柜台上,然后在里面找合适的面额给营业员。我的这种没有钱也很粗放的做法,有点属于作,因为引来了几个小痞子。三四个20来岁的大男孩挤到我和妈妈中间,吵着闹着也要营业员拿衣服给他们看,又不买,只是互相调笑。我的钱已经摊在柜台上,就等着营业员收呢,可她期期艾艾的很不得要领,半天也没有完成规定动作。我就不耐烦了,先来后到,你得先把我打发了吧!再说,那几个是正经买主吗?但是没有用,一直到那几个男孩一哄而散时,营业员才搭我的话。不光是我面前的这一个营业员,周围好几个姑娘这时都围拢过来,叽叽喳喳,鸟语一般,一句也听不懂。比画了半天,终于听明白一句,刚才那几个男孩偷了我们的钱了。我很纳闷,我站在这儿好好的,钱也没少啊。又比画半天,说我妈的口袋被掏了。原来那几个人演闹剧是为了转移我们的注意力,真正的目标是我妈的口袋。听说遭遇小偷了,我妈开始有些紧张,知道只有西服外套口袋是目标,她又放心了,她真正的"细软"被她放在自制的"旅游短裤"口袋里了。放松以后,我妈的职业病就犯了,她教育那几个女营业员,应该与坏人坏事斗争,怎么能眼看着人民群众利益受损而不闻不问呢!几个营业员的态度非常一致,她们认为,我们是游客,可以一走了之,她们可是天天在这儿吃饭的,小痞子再回来怎么办?这次成都购物,颠覆了我以往对小偷的看法。其一,我一向觉得小偷这行当是秘密工作,适合一个人悄悄地做,有点不见天日的味道。像这样集团作战有组织有分工的,其实是进步了,这也从一个全新的角度印证了一个道理:团结就是力量。其二,小偷的行为一般是不被认可的,在南京,有一次在公交车上听有人指责小偷,话说得很难听,却没人分辩一句。因为人多,我没看见小偷本人,但听说车一停靠站台,小偷立马下车走人了。可见小偷也没觉得自己的行为光彩,而且,他们也是要面子的。成都的小偷,居然不是这样的?

行路吟
XINGLU YIN

  回程走水路,一是休息休息,二是沿途看看三峡风光。船到武汉,在这个大码头停住了。时间比较长,可以下去遛遛。老爸老妈都不想动,我一人上了岸。也不敢走远,怕误了船,就在码头上转转。看见一些水果摊,动了心,于是在一个卖香蕉的那儿停住脚。摊主是个女人,30多岁,妆化得太浓,黑的太黑,红的太红,五官一律被夸张强调了,真实的面目倒不清楚了。其时一对知识分子模样的老夫妇正在买香蕉,我就在旁边等,女人把称好的香蕉递过来,老太接着,老头从衣袋里掏出一只小弹簧秤,准备再称一称,不料女人突然冲了过来,一把抢过香蕉,然后发了疯似的推搡老人,一嘴噼里啪啦的污言秽语,难听极了。我被这一幕惊呆了,两条腿像被孙大圣施了魔法定住了一般,一动也不敢动。待到两位老人被人拉走,我到底买了女人的香蕉,才敢离开。我后来想,跟我有什么关系?难道还会迁怒于我?可我当时就是不敢走,生怕得罪了女人,那个场面就有那样的威慑力!附带说一下,我买的香蕉,经同客舱旅友评估,起码缩水四成。

  我以前看英国小说《吕蓓卡》,男女主人公相遇相识相爱的那个酒店,真让我着迷。吃饭时,到餐桌前坐着,就有彬彬有礼的侍者端来饭菜;吃完就走,碗盘都不用洗;要出行,车票船票什么的就送来了,马车接到门口。我对不做饭可以吃到饭,吃完饭竟不需要收拾,出行那么方便轻松,真是心驰神往啊。但这是资本主义国家贵族的专利,可望可想不可即啊。可是改革开放,也就几十年的工夫,"旧时王谢堂前燕,飞入寻常百姓家"了,昔日王公贵族的特权,已经成了我们这些平头百姓的寻常事了,念兹,幸福感油然而生。

2018.6.10

带老妈游台儿庄

暑假中,老妈打来一电话,电话中很委屈,说妹妹一家自驾游去台儿庄了。我说:"你想去就跟他们去嘛。"回答说,不行,车坐满了。我说:"你让哪一个下来,他们不得乖乖地让你?"妈说:"我没说。"我心想,也真不能说,车里有两个娃呢,两个加起来不到10岁,都得照顾,再加个老人家,谁来照顾这一车人呢!便说:"有什么大不了的,也值得委屈?我带你去。"说完,看看外面白花花的日头,一下子就打退堂鼓了,忙说:"现在不行,国庆节我回去,专门带你去台儿庄。"

过了8月到9月,说着说着,国庆节就要到了,担心假日景点人多,便提前几日回去。带老妈出去,凑"热闹"是万万要不得的。去年她要去潘安湖,也是国庆佳节,结果景区几里路开外车子就走不动了,车水马龙,水泄不通,更不要说停车。好不容易开到门口,我和妹妹用轮椅把老妈推进去,外子将车停在离景区八竿子打不着的地方,然后坐等我们游览结束再开车过来接人。那次外子白白去了一趟潘安湖,因为车子停得太远,去景区徒步来回基本上时间就过去了。我们虽然进了景区,日子也不好过,景区很大,近处游人如织,远处脚力不及,虽有电瓶车往返,买票上车也折腾得够呛,尤其还带着轮椅。尽管累得够呛,老妈也没玩好,走马观花而已,而且观到的更多的是人头。有了那次教训,这次我们特意把活动安排在假期前。

行路吟
XINGLU YIN

外甥因为才去过台儿庄，提前发来住宿、用餐等信息，介绍的酒店就在台儿庄古城南门外，条件不错，出入方便，价格便宜，操作方便，在携程上预订即可。外子拿起手机，不一会儿便预订成功，但显示房间价格多了100元，随即打电话向携程询问，告知临近假日，价格上浮。放下电话不久，酒店来电话确认，确认后发现入住日期写错了，提前了一天。工作人员态度很好，帮忙退了。外子重新操作，付款时发现价格又涨了，这次有经验，不需再询问了，自然是因为离黄金假期更近，所以价格更高。市场调控，价格随需求浮动，也合理，谁让我们非赶着黄金周呢？

到了台儿庄，其实一切都好，旅游硬件设施不错，服务也很暖心，尤其是还有很多优惠，比如，65岁以上老人免门票，徐州因为与台儿庄不知什么样的亲密关系，独独可以享受特别低的门票待遇。但这些优惠都不包括我。我对卖票的小姑娘说我的身份证号码是徐州的，小姑娘说我的住址是南京的，我想我虽然离开徐州二三十年，但从未背叛过徐州，于是笑着跟小姑娘开玩笑："我对徐州是做过贡献的！"小姑娘也报以微笑，说："那也不行！"尽管没有享受到徐州人的优惠，但行程是愉快的。我们在酒店小姑娘的指引下美美地享用了一顿山东美食：栗子土鸡，都是当地土产；特别新鲜的鱼，就生长在门前运河里；特别地道的羊肉小鱼汤；极具山东特色的蒜泥鸡蛋、老豆腐；还有武大郎炊饼。武大郎炊饼虽是蹭热度附会的，口感、味道却都极佳。附带做一句广告，那家饭店名叫"鸡谱"，以烹饪鸡闻名，就在古运河边上。饭后出来溜达，当地人告知，跨过运河桥，不远处即是台儿庄大战纪念馆。正要找它呢，于是散步过去。

长虹卧波似的拱形桥，相隔不远就有一座，虽说有些破坏古运河的大观，但是方便啊。过了桥沿林荫路行走不远，即到了闻名遐迩的台儿庄大战纪念馆。纪念馆建在一片开阔地上，四周苍松翠柏被修剪成园林模样，两边草坪上各放置一架飞机，还没来得及看飞机的来历，老妈便自觉地站过去与飞机合影。我原来想台儿庄大战时可能没动用飞机，当不是战利品或者武器装备，放在这个地方只是为了增添一种威武，一种战争氛围。其实我错了，攻打台儿庄时，日军是飞机、坦克、大炮齐上的。展览馆主体建筑比地平面高出许多，在三十八级台阶之上，威严壮观。三十八级台阶，寓意大战时间为1938年。此时正值国庆前夕，展馆内到处五星红旗飘扬，在"台儿庄大战纪念馆"馆名的鎏金大字下面，有巨型横幅，上书"庆祝中华人民共和国七十周年"，喜气盈盈，似在告慰烈士英灵，"这盛世如你所愿"。展览馆内有影视馆，我们先进去看影视播放。当年战地记者拍摄的纪录片《台儿庄战役》循环播放，不曾中断，所以我们尽管从中间观看，也不影响了解全貌。影片从大战缘起说起，着重展现作战场面。1938年春，南京、济南已相继沦陷了，日军坂垣师团沿胶济线南下，欲占领徐州，从而贯通津浦。台儿庄位于苏鲁交界处，是山东的南大门，也是徐州门户，战略地位非常重要。当此时，坐镇徐州的是国民党第五作战区司令官李宗仁，镇守台儿庄的是孙连仲部，于是在以台儿庄为中心的鲁南地区进行了一场大规模战役，历时一个多月，歼敌2万余人。战役进行得十分惨烈，中国军队投入24万余人，李宗仁亲临台儿庄指挥，5万热血男儿为国捐躯。但此一役，严重挫伤了日军的气焰，振奋了中华民族的抗战精神，坚定了国人抗战胜利的信心，其深远意义，远非战场上数据所能涵盖。看完电影，我们顺着展室的顺序开始参观，第一展室主要介绍大战前的一些外围战斗；第二展室为核心内容，展出台儿庄大战主体战斗和辉煌战果；第三展室则揭露日军侵华暴行，展示我国军民同仇敌忾共御外侮以及台儿庄大捷的巨大影响。

考虑到老妈89岁高龄，从展览馆出来我们便驱车回宾馆休息，反正接下来是要游览古城，都说古城夜景更美，那就傍晚时分再行动吧。5点多钟，我们出发去古城，因地利之便，几乎一座城门之隔就进入景区了。彼时夕阳西下，余晖满天，散霞成绮，古运河水面闪烁一层柔柔的粉红。古城长街鳞次栉比绵延不绝的仿古建筑，檐下红灯，门楣红旗，洋溢着节日的气氛。相比白日所见血与火的惨烈场面，眼下真是太平盛世。不多会儿，华灯初上，渐渐地，古城建筑的轮廓便悄悄隐没，取而代之的是灯红酒绿金碧辉煌。台儿庄是名副其实的古城，据说"肇始于秦汉，发展于唐宋，繁荣于明清"，乾隆皇帝钦赐"天下第一庄"。台儿庄的繁荣得力于古运河的漕运，因为运输便利，所以汇聚了四面八方的人流物流，获得了商贸契机，促进了经济发展；因为需要管理漕运，所以设立官府兵署，从而提升了台儿庄的社会地位。台儿庄于是成了镇守鲁南、拱卫徐州的战略要地和汇通南北、商贾辐辏的水旱码头。台儿庄大战以前，台儿庄古城有城门六座，其中东、南、西、北四门各建有两层门楼，"高约7米，上有岗楼，下为通道，可行大车。护城河离城外9米，河宽10米，深2米，周长5.7公里""古城内共有8条街道，13处码头，437个港口，5000户人家，20000间房屋"。但是兵燹让台儿庄变成一片废墟焦土。如今按旧貌复建的"古城"，始于纪念台儿庄大战胜利七十周年的2008年，短短十年时间，几乎是沧海桑田的变化，一座崭新的"古城"在原址上原汁原味地矗立起来，不光成为远近闻名的旅游景点，更是全国第一个"国家文化遗产公园"。行走在古城街道上，心中满满的沧桑之感。

  古城街道一律青石板铺就，平整、舒适。但石板之间的频频接缝，让坐在轮椅上的老妈很痛苦，据说"震得头疼"。于是老妈干脆下来自己行走，以轮椅作为支撑，这样便出现了奇观，本来是我们推着老妈、背着包包，现在变成老妈推着轮椅，轮椅上放着包包，我们成了甩手掌柜。我说，这样我们好像有虐待老人之嫌，老妈却说怪不得院子里的老太太都推着车子走路，敢情是省力啊，我还笑话人家，回去我也这样。所以奇迹啊，古城是老妈自己用脚量过来的！

  出了古城，妈妈对台儿庄之行很不满意，我以为她累了，其实不是，她说"台儿庄怎么这样啊"！我说应该哪样？她说与她想象中的台儿庄差得太远了。我问她想象中的台儿庄应该是什么样的，她理直气壮地说，不该有打仗的地方吗，比如地道、碉堡之类。我们便大笑起来。晚上弟弟来电话，问老妈情形怎么样，我把老妈的不满意告诉了弟弟，又惹得一场笑。

第三札

　　夜里，我躺在床上，睡不着的时候忽然想起妈妈的话，静静想了一下，觉得是有点不对，妈妈的感觉并非没有道理。对于她，对于我们，对于现在的大多数人，知道台儿庄，了解台儿庄，对台儿庄产生兴趣，不就是因为八十年前抵御外侮奋起反抗的那场战役吗？但如今似乎喧宾夺主，游客大都聚集在古城，展览馆里的参观者并不多；整个台儿庄好像关于那场惨烈激昂的战役的元素也少了些。我于是决定次日再仔细寻找战争的遗存和昨日的影子。

　　天明，我对外子说了夜里的想法，用完早餐之后，我们便驱车寻访，其实，没费什么工夫，便找到了"台儿庄战史陈列馆"。台儿庄战史陈列馆依托台儿庄大战烈士陵园而建，陈列馆前的开阔地面为"英雄广场"，广场正中矗立着一座高 31.8 米的纪念碑，碑的正面是毛泽东手写体"人民英雄永垂不朽"八个大字，背面碑文为张震将军撰写，碑文较长，所以字迹较小，阳光下看不很清楚。陈列馆基座也比较高，有坡度较陡的台阶从侧面上去，一排三间展室，都不相连，每一间都需上去下来，这对于腿脚无力的老妈其实不容易，但是她坚持全部走到看完。陈列室里除了有图片、文字说明以外，还有雕塑实景再现，老妈看得很认真，看了之后说，这还差不多，意思是与她想象中的台儿庄庶几相似了。我也暗暗庆幸，如果看过古城就走了，这趟就等于白忙活了，老妈肯定不领情！

　　返程的车上，我问老妈："你见过日本鬼子吗？"妈妈虽说是离休老干部，这"老"是现在说的，抗战开始时，她才六七岁，打鬼子是不可能的，但看她如此崇拜抗日英雄，痛恨日本鬼子，所以我问。"虽然没见过，但是跑过日本人的反。"妈妈说我们老家沭阳城里就有日本人据点。日本鬼子扫荡，老百姓抛家舍业地躲避，当地人叫"跑反"。妈妈说印象最深的一次，是日本鬼子扫荡后返回沭阳城，经过她们那儿。听说要过鬼子，村民都吓得逃出村子，跑得动的就躲得远远的，可是我外婆小脚，小舅舅还不会走，长得又胖，抱起来很吃力，所以就躲在离村子稍远的麦田里。妈妈说伏在麦地土沟里，一动也不敢动,还特别担心小弟弟哭,紧张得透不过气来。还好,日本鬼子过去了。但是,鬼子走过去这一趟,相邻的几个村子都有人被祸害。刘圩一个小女孩被糟蹋了。半庙街头一个姓刘的老汉,精神有些失常,没有躲开,被日本人老远一枪打死了。本村一个本家叫宋功利,出来探听情况,看鬼子过去没有,恰与日本人相遇,鬼子随手一刀砍在宋功利脑门上,并把他推到路边的小水塘里,然后扬长而去。待大家回来时,水塘里血红一片。妈妈说,跑反也有跑真的,也有跑空的,但不论鬼子有没有真来,紧张害怕的心情是一样的,那种时时刻刻担惊受怕的日子真难受。"跑反"这个词我小时候就听过,我外婆说的。还记得外婆说跑反时那种匆忙慌乱,说曾有人抱着孩子跑出门,停下来时才发现抱了个枕头,孩子反而丢在家里了,然后就像疯了一般。当时年幼,听着觉得好笑,如今设身处地地想想,丢了孩子的母亲,惊魂甫定那一刻,发现孩子抱错了,找又不能回去找,不找孩子就是个死,那一刻,母亲的心怕不是要撕裂了!

没来台儿庄的时候,我对妈妈对台儿庄这类地方(顺便说一下,她原打算还要我带她去沂蒙山找红嫂,时间不够没去)情有独钟很不理解,问她,倒讲了一番"不忘初心,牢记使命"的大道理,我(觉得她打官腔,)想,一个退休几十年的老太太,我不比她知道得多?但一番台儿庄经历,我想,她那一代人,和我们,终究还是不同的。

2019.11.3

春天很好，只是想你

春天终于来了,在梅树寒枝上那一点血痕,在褐色冻土上一抹似有还无的淡绿,在杨柳梢头薄如蝉翼的轻烟,在越来越多调试新声的鸟鸣……

今年春天来得似乎格外地慢,格外地难,蹒跚迟钝的步履,和着新冠肺炎病毒的节奏,盼着"拐点",盼着"新增确诊"清零,盼着度过病毒传染周期的十四天,两个十四天……春天是一小时一小时、一天一天数着熬着盼来的。

终于有一天,凭着出入证明可以走出小区大门了,可以凭借提前报备批准进入校园了,于是欣喜若狂,坚决冲出去。那一天是3月11号,春风和煦。记得有一年冬天去大理,心急火燎地要找三月街,当地人说,3月未到,街上什么也没有,好生失望,三月街怎么会什么也没有呢？金花、阿鹏不是在热闹的三月街上邂逅相爱的吗？年年三月街上会演绎出多少金花阿鹏的故事啊！"大理三月好风光,蝴蝶泉边好梳妆",春风沉醉,泉水清亮,白族女孩那个漂亮劲儿,真真难描难画！可是细细思忖,也是,没到三月,哪来什么"三月街"？男欢女爱的节日是独独属于春天的。"不愿三月下扬州,只想三月能下楼","新冠"把人的愿景降低了,但是难度加大了。千难万难,三月竟真的能下楼了,阿门！

3月11日,外子开着车,我们出了小区,进了校园。先去校医院,拿药。

行路吟
XINGLU YIN

近年来新添的毛病,稍不注意胃就不舒服,需要兰索拉唑陪着,虽说寒假前囤了一些,没想到假期太长,早已断货,赶紧来补充些。然后去"阿玛尼"。两个月没光顾理发店,头发也如原上草之离离,没个模样了。但也两个月没见外人,反倒不习惯了,心里还是惴惴的。好在,理发店也是刚复工,店里也没顾客。我和理发小师傅各自戴着口罩,虽然彼此相熟,也不多话,在沉默友好心照不宣的氛围中,完成了顶上工程。然后在校园里徜徉,就应了杜丽娘的感慨了:不到园林,怎知春色如许!早梅已经谢了,唯余地上落英。杏花也不在盛期,半开半落,疏疏朗朗。玉兰却开得正好,紫的高贵,白的清洁,绿的纯粹,个个风流。黎照湖畔一带细竹,青枝碧叶,精气神十足,也是好的。特地穿过化学楼,造访"香雪海"。这是仿苏州园林的一处景观,虽然小巧,却是小桥流水、水榭游廊,该有的意思都到了。几处太湖石旁点缀的贴梗海棠,铁干虬枝上一簇簇小火苗,烧着了一般。我猜想怡红院里那棵"女儿红",不过如此。回来后发了很多照片,全是江南春景,题曰:"若到江南赶上春,千万和春住",是把两月来积郁的烦闷,狠狠地宣泄了一把。

3月25日驱车回徐州。

26号是老爸十年忌日。一直想写点什么,却什么也写不出,一怀心绪乱糟糟的。又恰逢农历三月初三,上巳节,终日细雨纷纷。想着古人选这一天"祓除畔浴"有点奇怪,河水不凉吗?是彼时天热,抑或古人耐寒?再或干脆就是一冬天没洗澡实在憋不住了?现在的上巳节只怕没人理会了。徐州却有个莫名其妙的禁忌,这一天出了嫁的女儿不能回娘家。昨日晚上妹妹已经警告我了,今儿一天蛰在自己小屋里没出门。晚上,雨仍悄无声息不紧不慢地落着,妹妹在群里召唤出来给老爸送纸钱。找了一处路边,点燃事前备好的纸钱,虽是雨中,火苗一蹿一蹿的,燃得很旺。弟弟说,一早,老妈就在案几上摆好老爸的相框,恭恭敬敬摆上菜肴、水果等供品,然后招呼弟弟他们去磕头。弟弟很孝顺的,无不遵从老妈的旨意。妈妈跟我说过,她是无神论者。可是在爸爸这事上却怎么也绕不过,年年节节,她没有一次忘掉,总是早早就准备祭品，交代子女去墓地看望。今年因为疫情，公墓也不开放，但是人性化地搞了"云祭奠"，素烛白花，悼念心语，静穆严整，聊以解除忧思。我一向不赞同火化纸钱一类的行径，今晚也去了，一时倒也忘却素日的怀疑不屑，只静静地体验仪式带来的感动、心安。

4月4日，清明，天安门广场降半旗，举国默哀，共寄哀思，为抗击疫情牺牲的勇士，也为被病毒夺走生命的无辜百姓。2020年清明，承载了太多的痛苦太重的思念。

连日天气尚好，老妈想出去透透气。对于她来说，宅居可不是两个月，她是西风乍起便不出门的人，比别人多宅了几个月呢。在徐州十来天，只要天气允许，我们几乎每天带她出去遛弯两小时。云龙湖、小南湖、娇山湖、大龙湖、彭园、云龙公园、泉山森林公园、汉王拔剑泉……春光潋滟，却原来姹紫嫣红开遍！徐州到底纬度往北了一些，我们把一些南京看过的花，到这儿又复习了一遍。迎春金灿灿的，开得一片一片的，蜜蜂嗡嗡嗡忙得不行。紫荆一团团一簇簇紧紧贴着枝干，有气势，却不招摇；叶子也发出来了，新鲜的绿，衬着盈盈的紫，恰到好处。藤萝也是紫色，攀援在架子上，瀑布似的垂下来，阳光下深深浅浅、闪闪烁烁，地上铺着斑斑驳驳的影。碧桃开得浓艳，与结果的桃花不同，这一种大约只为观赏，花瓣一层层紧密挨着，花朵肥厚得很。碧桃我在南京只见过一种，暗红色的，由此想到碧血丹心，是同一种颜色。徐州的碧桃却是怪异，多出了粉红、乳白，还有大约杂交出来白中带红，或是一树之上有白有红，如此绚烂多姿的碧桃，也算不辜负春天了。

妈妈说她夜里做了个梦，梦中一个相熟的同事，手里握着一沓自行车票，给了这个人一张，那个人一张，不停地分发着。也给了她一张，是可以购买"26小架车"的票，她开心得不得了。相同的梦，妈妈给我讲过一次。重复做一样的梦，说明这是她心中的一个结，从来没解开过，或者曾经是她特别的渴求盼望。妈妈大半辈子在基层工作，交通工具要么是一双脚板，要么是自行车。乡间小路，听着有诗意，走起来却难，尤其是雨雪天，驾驭一辆28男

行路吟
XINGLU YIN

式车,殊为不易。当然,我说的是我妈妈这样身单力薄的女人。大约26女式自行车就是她相当长一段时间的"中国梦",可是一直没实现。先是"财务"上艰难,经济允许了,市面上却很难见到女式车了。想来不生产女式自行车大约也是有原因的,28大架车,后边结实宽阔的书包架,不光可以带人,更可以载物,而前面"大杠",通常也不闲着,那是儿童专座。相较而言,女式车子,前面的斜杠等于废物,"小体量"又不载重,好不容易买辆车子,谁要这中看不中用的劳什子!所以,妈妈那时的理想有些理想化了。进城以后,差不多就坐公交车上班了,再以后她离休在家,还要车子做什么?对于妈妈的遗憾,我其实很想补偿她,现在一辆自行车算什么?哪个孩子没有几辆玩具车?可是,她已经90岁了,还能骑车子吗?有些事情,过去就过去了,回不来的。

  我夜里也做了个梦,梦到爸爸了。好像那时我们都还小,妈妈带着我们,站在一幢二层小楼底下,妈妈往楼上一个房间喊话,让爸爸下来,爸爸从房间里走出来,隔着楼道栏杆对我们说,开完会就下队,急着走。我们都仰着脖子往楼上看,听了爸爸的话,似乎也并没有失望,爸爸"下队"(就是到公社的生产大队去)是常态,习惯了。醒来想起多年前的一件事,大约春末夏初的样子,那天,学校宣传队排练节目,我要出门的时候,被爸爸叫住了,他指着盆里浸泡的一双布鞋,让我把鞋子刷了。是爸爸的鞋。他那时经常穿手工做的黑布鞋,又经常下基层,常常是到了哪个地头场边,就停下来,看到农民干什么活就自动加进去,一边干活一边唠嗑,很多工作就是那样做了,问题就那样解决了。所以他的鞋三天两头就得刷洗。当然,这事轮不到我做,毕竟我才十三四岁。现在把"超纲"的事情交给我,带有故意性质。此前他带领全县农业技术员到某地参观"小秧落谷",那时他在苏北这个地方实验"旱改水",就是试验种水稻,"小秧落谷"大概是第一道技术节点。大家乘坐大卡车,浩浩荡荡地去,浩浩荡荡地回。他最后一个登上车厢时,挡板挂钩开了,他一米八的个子,重重摔在地上,腰椎受伤,只能回家老老实实躺在硬板床上。他惦记着水稻试验,又不能动弹,心里多少个不耐烦。我猜他看我自由自在地跳里跳外,羡慕嫉妒恨呢,想着法为难我,交给我这样一件事。那时我很怕他呀,虽然心里着急,也得耐着性子做。从来没做过这么难的事儿,鞋大,手把不过来,鞋底上针线缝里渍满了泥土,结结实实,怎么也刷不净。我以我提高了的标准,刷好了鞋子,送去检查,却不过关。然后又继续着苦差,怎么通过检验的,已经忘了。那个时候的爸爸,我是仰视他的,威严,有力量!也过去了!

自徐州回宁,中途在盱眙停了下来,与同学相约,拟在天泉湖小聚。月余之前发出倡议时,皆欣欣然跃如也,特想再现"暮春者,春服既成,冠者五六人,童子六七人,浴乎沂,风乎舞雩,咏而归"的一幕。读书人动辄想有个书童跟着,无非希望端茶倒水有人伺候,跌份儿的事情有人代做。这事搁以前好办,现在就不行。恍惚记得黄永玉与沈从文计划重回凤凰畅游山水时,也是讨论到"童子"问题时搁浅了的,实在找不出哪家可以贡献一个童子充当服务人员。那还是他们那一辈。我们这一代,"童子"可是金贵得很,都是倒过来服侍,所以"童子六七人"就免了,只留"冠者"便可。天泉湖是个有山有水的地方,湖光山色一样不缺,又恰值暮春,天时地利齐备,可是有人害怕疫情打退堂鼓了,终究没能"浴乎沂,风乎舞雩,咏而归"!

我独自在本"养生养老社区"周游。清明刚过,家家忙于"农事"。住在一楼的每户庭院,都在种瓜点豆,新翻的土壤颜色明显地深,湿润润的,被开成整齐的沟垄,才栽的秧苗立于垄上,小小的身躯在微风中轻轻摇曳,兀自绰约。篱笆棚架已经搭好,想不久将有瓜豆攀爬而上,开花结果。"昼出耘田夜绩麻,村庄儿女各当家。童孙未解供耕织,也傍桑阴学种瓜",范成大看到的这些就发生在当下季节吧。住厌了水泥森林的人,把对田园生活的那点向往,获得泥土的那种亲切,都发泄在侍弄花木、点瓜种豆上了。

我爸也是喜欢泥土,一辈子工作有三分之二时间是跟土地打交道。我在铜山中学时,住着带院子的房子,院子几乎都铺成了水泥地,只在中间甬

行路吟
XINGLU YIN

道两侧留了点土地。一侧已被学校事先种了树,剩下一侧也就两三平方米。老爸隔三岔五过来看我时,经常变戏法一样,带来些不知从哪儿淘换来的菜秧,或是几棵辣椒,或是几棵西红柿,蒜苗、小葱也种过。我那时一人带着孩子,工作又忙,做饭敷衍得很,白白辜负那些红的绿的菜蔬了。

出走十几日,再回来时,明显觉得春已深了。

傍晚出去散步,走到香樟树下,阵阵香气扑鼻。香樟是常绿乔木,一个冬天叶子也不曾凋落,春季到来,原先的绿叶悄悄变成暗红色,然后在脱落旧叶的同时,新叶已然长成,不知不觉间便完成了交替。香樟在这个时候,花就开了,小小的不易发觉,但香气四溢,香樟于这个时候方才名副其实。东边桂山上长满了野生的洋槐,已经绿莹莹一段时日了,忽然间像一夜北风过后落了一层雪,整个山头都白了,槐树开花就这么牛!洋槐花也是香的,能够吸引人抬眼遥遥看去的,真不是洋槐本尊,而是那不绝如缕带着甜味的花香。以前看过浩然一篇小说,名字就叫《六月槐花香》,槐树花香是铁定无疑的了,只是六月开花的不是洋槐,所谓老槐树,指的都是本槐,我小院篱笆外面便有一棵。本槐是个慢性子,生长速度慢,开花长叶迟,窗外这棵,现在还没抽芽呢。但是本槐是长寿的树,能活千秋万代呢。我曾经在太原看见一棵,据说是唐槐,如果不假,可不一千多年了!槐树花大都是白色,只花托处是清浅的绿。小区里却有几棵开紫色花朵的槐树,我从树叶、花穗形状推断它是槐树变种,查了百度,知道此为"紫穗槐",原来多为灌木,园林上以单株种植,也能长成乔木。作为景观树,是不错的选择。

回到家里,绿意满窗,房间都暗了许多。当初来和园,特地选了一楼,为的是给老爸留个院子,等他过来时,高兴高兴。可是他没等到。

春天注定是个思念的季节,远在天堂的老爸,可还安好?爸,我想对你说,春天很好,只是很想你。

2020.4.18

听爸爸讲那过去的事情

父亲王耀（1927.8.27-2010.3.26）

我能安安稳稳静下来听爸爸讲一些陈年往事，机会很少。我小时候爸爸很忙；他闲下来时，我很忙；如今，我倒是空下来了，爸爸早已离我而去了。几次有限的机会，都是在爸爸住院我陪他的时候。爸爸讲的这些事情，有的我知道一点，更多的根本就不知道，但我想，对我爸爸而言，应该都是他印象深刻的、在他生命中留下轨迹的、构成他完整人生的片段。这些他回忆中的吉光片羽，于我，是认识爸爸、了解爸爸、理解爸爸世界的窗口。唯其知之不多，更觉弥足珍贵。所以，我把它记录下来，算是家族的一种传承，让后代略微知道一点——如果他们还有兴趣的话。

旧时风景

爸爸生在苏北农村一个富裕农民家庭,说富裕,是因为他出生时,家里尚有一二百亩土地,但我妈妈说——她也是听我爸爸说过——其实生活并不富裕。我爷爷是独子,没有学过种地,他一生的事业,就是给人看点小病,他不是真正的医生,显然没有真正学过医,他只是读书时在书本里看到一些有关医学知识,偶尔记住一点,乡村自然是缺医少药的,遇到头疼脑热不很严重的毛病,他大约可以凑合一下,临时救救急。依靠这点本事吃饭,是万万不成的。爷爷更多的时间喜欢出去"听书",大约也会在自家讲给孩子们听听。我之所以有这样的猜测,是因为有一年我二姑妈来我们家,住了一段时间,她只来我们家一次,但别的亲戚基本没来过,所以我记得她。她是一个高高胖胖的老太太,在我们家时,没事就会歪在床上,长时间地又说又唱一些奇奇怪怪的东西,她说的是方言,我听不懂。也可能是唱的其实也不好听,翻来覆去的旋律比较单调,我不耐烦听。后来说到二姑妈时,我妈称赞她很聪明,不识字,却会唱书,一本一本的长篇都记得清清楚楚。我联想起来,她那怪腔怪调,原来是唱书。以前的姑娘家,不可能抛头露面出去听书,想来都是从爷爷那儿听来的。爷爷没有谋生的能耐,却生了一堆孩子,整整需要两只手才数得过来。生这样多孩子,在现在就是天方夜谭的怪事,但那时似乎也不奇怪,我中学时还有不少同学叫小九、小十的,只是她们家里实际上没有这么多孩子,早夭的比较多。按说我爸爸那个时候,孩子成活率是比较低的,可他们家是个特例,生一个活一个,我所有姑妈、叔叔,一个个挨着顺序排下来,中间没有一个缺的。这么多孩子都得吃饭,尤其是爸爸上面有五个小脚姐姐,她们除了在家做针线活儿,一点别的事——比如说地里的农活——都做不了,所以妈妈说爷爷家实际生活并不好。爷爷能坚持到解放时还剩下一些土地,起码证明他没有吃喝嫖赌这些富家少爷的坏毛病,因

第三札

为除了一家人的吃喝用度,他还有一笔不小的开支,就是把我的这些姑姑体面地嫁出去,如何体面我是不可能知道详情的了,我所介意的,是这些姑姑出嫁给我带来的礼物,在那个"阶级斗争年年讲,月月讲,天天讲"的年代,每次面对表格上"社会关系"中一大片"地主",我都难堪得要死。这也是我们家和老家的亲戚几乎不来往的原因。造成爷爷家实际生活水平并不高的还有外在原因,就是那个兵荒马乱的社会。从爸爸出生,到新中国成立前,一二十年光景,我爷爷、我爸、我二叔分别被土匪绑架过。我爸被绑架时还在幼年,十几天时间,天天眼睛被蒙起来,双手被细麻绳捆着,手腕上的勒痕长大后还清晰可见。他晚上被扔在乱坟地里,能感觉到野狗在周围逡巡,爸说那时心里害怕极了。每一次赎人,都需要多少斗麦子几条枪。除此之外,整个村子,两次被烧,都是日本人干的。

  我见过爷爷,面貌清癯,两只眼睛特别有神,所谓目光炯炯、目光如炬,大概都是用来形容那双眼睛的。我们家流传他的故事。据说,我六妹出生时,他领着我弟弟说,走,去看小弟弟。别人告诉他,是小妹妹,他立马转身,对我弟弟说,回去吧! 我妈自然是知道这件事的,说时笑笑而已,她才不会为这样的事笑话或记恨公公。爷爷到我们家来是治病的,什么病我也不太清楚,但我知道他是生病了才来的,以往他没来过,我爸解放后也没有回过老家,我爸从离开到再回故乡,已经是二十多年以后的事情了。我知道我爷爷在我们家期间治过病,已经到了"文革"时。爷爷在我们家终究也不可能待很长时间,那是三年苦难时期,我们家孩子多,但都还小。那时粮食供应标准是按年龄定的,我们姊妹几个的口粮大都十几斤、二十斤这样,副食品又极少,根本不够吃,想省出一个成人的口粮几乎不可能。爸妈的工资都用来买所谓的黑市粮,到了那个时候,有钱也买不到了。所以后来爷爷还是回老家了。回家后不久爷爷去世了,大约在1960年年底或者1961年年初,据说是饿死的。爷爷回去跟二叔一家生活,爷爷的去世让二婶背了一辈子骂名,都说她对爷爷苛刻。我相当长一段时间内,虽然没见过二婶,但对她印象颇不好，原因于此。当然后来我可以理解她了，巧妇难为无米之炊，何况她也有一堆嗷嗷待哺的孩子。爷爷去世的消息传来时，我爸正在县里开会，不知是批"右倾"还是什么，总之火药味很浓，我爸都没敢请假回家奔丧，是我妈妈回去给爷爷买了棺材，让爷爷入土为安的。关于我妈替我爸回家处理爷爷后事的细节，我特意在家庭微信群里进行询问，结果有趣的是，二姐说她和妈妈一起回去的，当时坐火车没有位子，站在过道厕所门口，那个味道让她怎么也忘不掉。但她的说法马上被反驳，小妹说，她才是那个陪妈妈回去的人。这一点比较可信，大家都多次听说过这事，虽然她当时尚在母腹，但确实全程参与了。争论不休时，还是妈妈回忆起来，二姐也确实回去过，但带她那次是接爷爷来治病的。妈妈说爷爷得的是糖尿病，当时所谓"消渴症"。为了爷爷的治病和安葬，我们家大约借了公家一些钱，接下来的几年还没有还清。我记得"文革"一开始，我爸交代的罪行之一，就是欠了医院126元医疗费。我想我爸检讨这件事时是充满屈辱和无奈的。欠账还钱，理所当然，没什么好说的。但他那时就是还不起啊！所谓一分钱逼死英雄汉。那是个均贫的年代，你再努力，再有能耐，也不能多挣一分钱。我爸妈在同僚中工资还算高的，从实行工资制定级以来，到20世纪90年代，将近四十年，我爸就没长过一级。每次涨工资时，他作为领导总是退让，别人觉得他工资高自己便也得之安然。我妈后来说起这些事时，很有些愤愤不平，她说，每次调级时，就像领救济似的。意思是谁工资低指标就给谁，工资高的就永远也轮不到。我说这些，是想说，此时，我们家尚且如此，更多的人家就不消说了。但这事给我爸带来了伤害，是一定的。我爷爷去世时，才60多岁。他名讳安久。他肯定不会料到自己的后半生既不安也不久，尤其是，居然死于饥馁。

  我奶奶于我，就是个传说了，我妈也没见过她。根据我爸爸兄弟姐妹的身高，我妈推测她的婆婆一定是个"大个儿"，推测而已。奶奶去世比较早，就50多岁。这样说来，奶奶这一辈子就忙着生孩子了，毕竟生十个孩子是要

第三札

时间成本的。日伪时期,沭阳城是住着鬼子的,我爸家离城很近,日本鬼子抬脚就到。一次扫荡中,奶奶被鬼子惊吓病了,而后伪军又过来,因为儿子是共产党,奶奶又被二鬼子打了,连惊带气,一病不起。这事发生在1944年或1945年,按照18岁成年的标准,我奶奶走时,我爸还没成年或者刚刚成年。他那时在读了几年私塾以后参加区联防队了。他在准备回家奔奶奶丧时,被区委书记拦住了。果然,敌人在附近候了我爸几天,终究没有得手。

1946年八路军东撤,我爸有一次参加正规军的机会,但是他自己没有把握好。在行军途中,突然腹痛,竟至不能走路。当然,也是接到了城东区委的命令,让他留下。只是,他到底与正规军擦肩而过了。那时的热血男儿,谁没有浴血疆场的英雄梦呢?爸爸的梦想止于很不合时宜的腹痛,也许我这样说是不厚道的,因为妈妈坚持说,主要是组织命令。我不跟她争,她那代人组织就是上帝。

1948年淮海战役的时候,爸爸已经长成21岁的小伙子了,这个年轻的支前股长,率五百多名民工,推着小车运粮、挑子弹,给前线部队做后勤。战斗打响后,也运送伤员。在战役进行的两个多月的日日夜夜里,很多事情给爸爸留下了难忘的记忆。他说,有一次埋锅造饭,饭好了还没吃,敌人机关枪打来了,子弹打漏了饭锅,一锅的玉米面疙瘩汤啊(爸爸的原话是"棒疙瘩"面须汤,我们老家玉米不叫玉米,叫"棒子")!我爸说,炊事员一点都不怕,紧赶慢赶把饭打出来了。爸爸说,跟着二纵行军,他向参谋要了十几支枪,清一色都是"中正式",是那时最好的枪,老蒋五十大寿美国人送的礼物,部队的战士都羡慕得不得了。爸说他挑了一支最好的,可是从前线回来后,不打仗了,枪也没用了。爸说区委书记在路上接到调令,去淮阴土产公司当经理,自己手里的盒子枪、警卫员身上挎的步枪,几十发子弹,一路上都被他打光了。因为淮海战役结束了,从此没有仗打了!爸还说,从前线回来,过运河,枪、衣服、鞋子,他都举在头顶,踩水过了运河。我在翻阅我记录的这段材料时忽然有了疑问,淮海战役是1948年底到1949年初,正值隆冬,如何下得了水？我妈反驳我，说打仗时还管冬天夏天？说她哪次如何如何，我便无语了。

2020.5.21

新世界

1950年前后，我想对于我爸来说，应该是悲欣交加的几年。

新中国成立了，劳动人民翻身做主了，虽百废待兴，但生机勃勃，这种气氛我在文艺作品里能感受得到。作为新政府里的工作人员，我爸这时是忙碌的。但我想，新世界与旧家庭的矛盾，多多少少会投影到爸爸的心底，一点水花没有，恐怕不现实。但就像那个时代的众多革命者一样，他们推翻的旧世界，其实也包括他们的家庭，因为那就是旧世界的一个组成部分，这一点，他们应该意识到的，也是可以接受的。但接受的过程、接受的程度，我没有听爸爸说过，爸爸大半辈子一直讳莫如深，缄口不提。可是从他晚年对待老家亲戚近乎赎罪性质的关爱补偿，我想，即便当时他认为理所当然，对其长期以来造成的后果，恐怕不无愧疚。

爸爸作为家中"千呼万唤始出来"的第一个男孩，是在众多姐姐的关爱、呵护下成长的，他对她们不可能没有感情。大姑病危时，拉着三个年幼女儿的手，对前来探病的十七八岁的弟弟说："大舅舅，我只撇不下这三个眼泪债……"后来，大姑父带着小妾和后面生的儿子逃走了，三个表姐年幼失恃，最小的一个终至饿死，另外两个顶着"流亡地主"子女的名头，没有生计，最终也走上了流亡的道路。亲见甥女受苦而不能施援手，失信于临终托孤的大姐，爸爸心中能不愧疚？

二姑夫是纨绔子弟，一生游手好闲，不务正业，自为人人自食其力的新社会所不容，被逮捕入狱。但抓捕，是由爸爸执行的，当然是上级的命令，抑或是考验。二姑夫那样的人，是经不起牢狱生活的，不久病死其中。二姑自此一人带着三个孩子,还要奉养年迈的婆婆,又是在被剥夺了生产生活资料的情形中,后来的日月可想而知。孀妻弱子,生计惨淡,是自己亲手造成的,爸爸心中能不愧疚?

四姑父是人民解放军,由学生而当兵,于革命,他有功;于村民,他没做过坏事;但是他有地、有钱,财富即罪恶。没有任何生活来源时,四姑曾经讨过饭。有趣的是,受过她家恩惠的村民,晚上悄悄把食物放在门外,等四姑去取,却关门闭户,担心四姑难为情。爸爸这一代人的信仰是实现共产主义,人人平等,按需分配,并不是让一部分人有饭吃,一部分人饿肚子,所行之事背离了初衷,爸爸心里能不愧疚?

……

矛盾的事情还有,爸爸自己的家庭。虽然有些土地,妈妈说过,其实生活并不富裕。家中年长些的都是女孩,吃饭人多,干活没人,需要常年雇人劳动,雇人就要支出工钱,自家人的日常生活是很节俭的。尽管爸爸很早就参加革命,三叔也是解放军干部,但家里还是被划为富农。富农就是革命对象了,这一点颇为尴尬。我上中学时,为了填表时避不开的成分,专门问过爸爸,能不能填写"革命干部"。爸爸已经历若干次运动,心有余悸,生怕哪点不忠落下口实,成为下一次运动检讨素材,不同意我"往自己脸上贴金",但对给我"富农"这个出身也不很好意思,于是挖空心思想辙,想起自己小时曾过继给同宗大爷,大爷家的出身是"小土地出租者",可不可以换成这个?我对这个莫名的"小土地出租者"很生疏,直觉也没什么好印象,爸爸因为自己一向填表实事求是惯了,猛然间孩子再冒出个新花样,到时再说不清,犹豫良久,终于还是让我委屈地填写上"富农"。出身由不得我选择,也由不得爸爸选择呀,尽管他选择了革命道路,兢兢业业小心翼翼地走着,但是他赎不了原罪,与根正苗红的人相比,他自觉欠了革命什么,而那是他无论怎样努力都无法弥补的。

我之所以特别提出1950年,是因为这一年,我爸爸遇到了我妈妈。

行路吟
XINGLU YIN

我妈出生在一个富裕中农家庭,家中人口很简单,她出生时,就奶奶、爸爸、妈妈。还有一个分了家的叔叔、婶婶和一个堂哥。妈妈做了十二年"独生子女",然后有了小弟弟。叔叔家虽然不断有新的孩子出生,但最终,还是只剩下那个堂哥。所以,妈妈在家中地位之高可想而知,用现在话说,也算是得"团宠"了。外公叫宋立仁,他是识文断字的,在当地很有些威望,说他是"乡绅"比较合适。但不合适的是,他有了这威望、这能力,乡间所有的大事小情都请他出头,八路军来了是他接待,家里常来干部、战士,还有很多文工团的团员,妈妈受他们影响,在学校里就参加了宣传队,宣传鼓动革命,然后直接加入了革命组织。但是日本人来了也得招呼,否则老百姓遭殃啊。中央军来了,同样如此。我妈说,中央军祸害老百姓,一点也不比鬼子少。到了1948年,我妈18岁,我小舅6岁,这一年有个什么清算运动,虽然属于"左"倾过激,已经被否定并纠正了,但终究,外公在这次运动中永远离去了。在相当长一段时间,外公的离去不光是给家族带来精神创伤、经济损失,尤其还变成政治污点,深远地影响其后人。外公离世时,我妈已经参加工作,其后,代替外公抚养小舅赡养外婆的,就是我妈妈了。

1950年新中国刚成立不久,很多在战争环境中耽误成家的老干部,处理"个人问题"这时都迫在眉睫了。作为年轻漂亮而且还有些文化的姑娘,妈妈这时也逃脱不掉干扰,但妈妈不愿把婚姻交给老干部。恰在此时,有人介绍了我爸。我爸相貌堂堂,年轻时绝对帅哥一枚。两情相悦,这事就算成了。但是,以往虽说基本没有什么恋爱的过程,我爸还是太潦草了。我听说,我爸找到我妈,直接说:"把私章给我!"就是拿着我妈的私章就可以办手续了。这种没有任何仪式感的求婚,让我妈耿耿于怀。当我们姐妹知道这件事时,便常拿来取笑,经常会当着我爸妈的面,故意重复那句"把私章给我"!

爸妈结婚次年,我第一个哥哥出生,当时爸妈在两地工作,爸爸又特别忙,尤其他是工作第一的人,对小哥哥疏于照顾,几个月时生病发烧,当时医生技术又差,退烧药给多了,出汗虚脱,小哥哥就这样夭折了。再次年第二个哥哥出世,脐带剪短了,感染细菌,不治而亡。两个哥哥的相继出生、离世,给妈妈带来的情绪波动,堪比乘坐过山车,大起大落,妈妈一辈子身体不好,是从那时开头的。少年时代,我得知曾经有过两个哥哥,看到人家妹妹有哥哥保护,很羡慕,会说,我哥要是还在,就如何如何。妈妈一直不接这个话题,但有一次也说,那还有哥哥打妹妹的呢,你就不怕他揍你!她把我对于未曾谋面的哥哥们的幻想打破了。但妈妈不止一次说过,第一个哥哥真漂亮,超过我们姐妹任何一个。两个哥哥接下来就是我们姐妹了,我妈怀四妹时,我爸在北京政法干部学校学习,当时北京可以实施计划生育了,我爸想做手术,征求我妈意见,妈说只要你不后悔你就做。我爸就犹豫了。四妹之后,弟弟来了。弟弟之后,又是两个妹妹。我爸那一辈就姐妹多,我们这一辈又是。我妈会说,我们家老姑奶奶也多,少姑奶奶也多!"儿多母苦",我妈生了这么多孩子,没有一次完整过完 56 天产假,每次都要拿出好多时间来张罗保姆,我们姐妹也都是只吃一个月母乳,便移交给奶娘了。所有这些,似乎都与爸爸无关,他只属于工作,属于他治下的百姓。

2020.5.22

行军打仗的节奏

爸妈在新中国成立初期的工作频繁地辗转了很多地方,如果以中国历史来比拟他们的一生,这段时间堪称"五胡十六国",头绪纷杂。我每每听他们讲到这一段,那繁多的地名搅得我头大,让我如同进了八卦阵,再也绕不出来。

爸爸妈妈结婚以后,同时被调到淮阴农村工作团,集中学习了三个月。此时全国性土地改革即将开始,他们这三个月学习的应该是关于土改的工作政策和方法。学习结束后,即下沉到各县搞土地改革。去的地方依次为新沂县、邳县、睢宁县、宿迁县和灌云县。五个县一共待了一年多时间,很有些"打一枪换一个地方"的味道。不过土地改革本就是一过性工作,一个地方结束了,打起行囊,就奔赴下一个地方。这种行军打仗式的工作形式,持续到1951年底,淮阴地区土地改革工作结束。然后所有的工作组成员都回淮阴进行学习总结,然后重新分配工作。我爸我妈此时被分配到邳睢县农委工作。但只三个月,我爸即转到邳睢县法院,我妈则到妇联工作。我爸从事法律工作,在他一生中算是昙花一现,我妈的这一工作定位,基本上维持了一辈子,直到她从铜山县妇联离休。

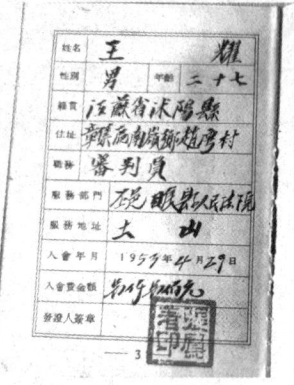

老爸短暂法律工作生涯纪念

1953年5月行政区调整,邳、睢两县分开,爸爸妈妈被划到睢宁,从此彻底离开了淮阴——他们两人的老家。划到睢宁县最初我爸在张集区任副区长,紧接着张集并到魏集,我爸做魏集区副区长,我妈一直做妇女工作。1954年我爸到睢宁县法院任法庭庭长,年底调到徐州地区检察院。1956年到北京中央政法学校学习,1958年又重新调回睢宁县。

这一段时间真是够乱的,理清头绪极为不易,好在我妈的头脑还比较清楚,她激情燃烧过的"峥嵘岁月"可以清晰再现。但是这一时期具体的事情我知道得不多,唯一的印象来自一次恶作剧。"文革"时无意中看到一张老照片,集体合照,十来个人的样子,冬天,穿棉衣。照片右边的一行字,有"土改工作组""土山"等字样,应该是土改工作结束后的合影纪念,工作地点在土山。我当时很无聊,给照片上很多人画上了眼镜和胡子。做这事的可能也有二姐,毕竟十几个人,每人一副眼镜一部胡子,也不是小工程。但究竟谁是始作俑者,记不得了。人脸上本来留白也不多,我们的手法又不细腻,添上这两样,基本上就满了。是用圆珠笔画的,也不能擦,擦了便皴染一片,更加面目模糊,但试图擦过,最终放弃了。照片上有我妈,对她当然手下留情。好像没有爸爸,这说明当时他们俩还不在一个工作组。(按:人的记忆真不可靠,我以为我记得很清楚的这件事情,突然发生了逆转,我妈看了我这段文字,提出了一个有力的反证。前些年某日她看报,看到了在邳睢时期工作的同事的信息,我说的这张照片上也有他。他提供的照片我妈重新发给我看了,是在土山,但不是搞土改时,也不是冬天。照片上的字是"临别留影,一九五三·五·二十,于土山"。可能因为大家穿的都是深色制服,我妈的明显是当时流行的双排扣"列宁服",我的印象便以为是冬天了。也有我爸,我竟然对他"视而不见",也足以证明他在我的成长中是经常缺席的。既是"一九五三·五·二十",既是"分别留影",当是邳、睢两县分开之时。重重更正。)

1953年5月行政区调整,邳睢两县分开,分别留影纪念。前排右一是妈妈,后排右一是爸爸。这张照片不是爸妈原来收藏的那张,那张已经被我再"加工"过,面目全非了

行路吟
XINGLU YIN

大约因为这一时期各种运动一个接着一个,积压的案件特别多,所以我爸在法院这段工作异常繁忙,称得上是夜以继日。我这里用了"夜以继日"这个词,是因为我可以引以为证的两件小事,都与夜间有关。例证一:我爸说过,那时的物价真便宜,他与我大表舅两人每天的加班费凑在一起就可以买一只老母鸡,天天夜里炖一只鸡吃。我大表舅叫王晋,是我外婆娘家侄子,当时与我爸在一个单位,晚上一起加班。印象中爸爸说过的"加班费"好像是一毛五分钱。说到当时物价便宜,还有一个旁证,我妈说生我的时候,鸡蛋就一分多钱一个,为了我,散了好多喜蛋。三毛钱买一只鸡,也许当时是可以的。例证二:与我有关。我爸加班的那段时间,我还是个婴儿,但是人们最讨厌的那种"夜啼郎",一到夜里就哭,哭的时间就选在爸爸下班回来刚刚睡熟的时候,我爸困得煎熬,我哭个不停。然后他就起来了,我的屁股上就会挨一巴掌。打过他又心疼,就随手摸块冰糖塞我嘴里,不知是因为疼还是因为甜,他这招治我很管用。我长大以后屡次听到这个关于我的故事,有时会暗暗为自己担心,如若冰糖卡着喉咙,我是不是就呜呼哀哉了?所幸没有,我现在还能坐在这里敲键盘。能让一个父亲急得"不择手段",采取"非常规"手法,我那时是多么令人讨厌!从另一个角度说,爸爸那时累成什么样子了!

在徐州检察院工作期间,爸爸被选调到中央政法干部学校学习,时间有一两年的样子。回来时"反右"斗争开展得如火如荼,领导找我爸谈话,询问对运动、对单位、对人的看法,鼓励他积极参加运动。我爸被土改以来的家庭包袱搞得很惶恐,对运动不知持什么样的态度算好,尤其是他对人整人的事深恶痛绝,客观上他又离开单位很长时间,便不置可否。当然,运动还是要参加的,人在江湖,身不由己,只是还不知怎么参加。但特别巧的是,他一觉醒来,看到自己已经被别人贴了大字报了,说他是资产阶级生活方式。其实就是他在北京期间买了一双皮凉鞋。那双被批判的鞋子我见过,棕红色,爸爸穿了很久,还是挺好看的。但是当时被提意见了。这张大字报很及时,让我爸那颗被领导鼓动起来准备参加运动的蠢蠢的心重新自卑起来,然后在整个运动期间,不论什么都跟他没有关系了。

爸爸在北京学习留下的痕迹不多,因为1958年以后他就彻底改行了。除了皮凉鞋见证他在首都待过以外,还有就是跟随了他一生的爱好,喜欢戏曲,尤其是京剧。他自己说在北京看过梅兰芳、马连良、李多奎的戏,确实听他没事时也能哼两句马连良的唱段,只是很不专业。又说李多奎当时年事已高,演戏时索性连装都不化,扎条围裙就上去了,人是真难看,可一张口,就把骚动的人声压下去,很快带人入戏了。爸爸一生展示爱好的时候不多,忙的时候顾不上,闲的时候没心情。能够证明我爸在北京学习过,还有一点蛛丝马迹是我发现的。"文革"时停课在家,没有书看,我把一堆落满灰尘的故纸打开了,是爸爸上学时的讲义,至今还记得一个案例,说一个姑娘挑着担子行路,遇到歹徒欲行不轨,姑娘反抗时,扁担误伤了歹徒,但是歹徒死了,问如何判刑。我是从那儿知道"防卫过当"这个词的。

(按:我六妹看到这一段时提供了一个重要信息,她说,爸爸在北京时有一张巨照,几千人的,你怎么忘了?一语惊醒梦中人!我怎么能忘掉那张照片呢?那是一幅高约20厘米,宽近2米的集体照,镶在一个绿色的玻璃镜框里,我小时候它一直挂在妈妈房间东墙上。妹妹说几千人可能有些夸张,不过确实人很多,多到没法数,也估计不出,起码小时候估计不出。这张照片之所以令人难忘,除了大、人多,最关键处在于,上面有毛主席。毛泽东主席坐在前排中央,身着灰色呢大衣,头戴解放帽,与大衣同色。但是找不到爸爸在哪儿,一是因为人多;二是可能当时以我们的身高,需要踩在凳子上看,比较艰难,所以从来没找到过。也是因为从记事起照片就在那儿,引不起兴奋,没有认真去找。后来镜框在搬家时碰碎了,没有及时装配,照片就卷上收了起来。再后来比较频繁地搬家,终于看不到了。照片是爸爸的毕业照,还是学习中间因为别的什么事情照的,不知道了。照片上肯定有字,可惜当时没注意看过。唯一能肯定的,那确是爸爸在北京时照的。照片挂出来的

行路吟
XINGLU YIN

时间比较早,六妹当时还小,难为她还记得。)

"反右"斗争结束后,一纸调令,我爸到睢宁县人民检察院任职,当时叫"下放"。刚到睢宁,下车伊始,检察院便有工作人员来接,我爸却在此时又接到县里的一个通知,参加支援农业工作组,下到基层,一同去的有十余人。检察院人员说宿舍已经安排好了,背包先放过去吧。我爸说回来再说。可是这一去,我爸再也没有回到法律战线,从此彻底改行了。

锻炼的地方在朱集乡,一共待了十天。锻炼期满,次日即将回城的时候,我爸接到了就地任职的调令,从检察院检察长改任朱集乡乡长、乡党委书记(公社成立以后任公社党委书记)。锻炼的这十天里,有个小故事,被当地人说笑了多少年。我爸具体劳动的地方叫袁店,袁店后来是一个生产大队,当时是什么组织层次我说不上来。那儿的"地方首领"觉得我爸是外来锻炼的,大约犯了什么错误发配来的,也就是所谓的"戴罪之身",便很不客气,恶作剧似的"惩罚"我爸。那个时间可能是冬天,农闲时搞水利——挖河。挖河是跟水跟泥打交道的,浸透了水分的泥土格外有分量,一般是身体好的青壮年做的事。该"首领"就安排我爸做这事。这也正常,我爸当时也是青年。作怪的是,他总是把重中之重的活儿安排给我爸,施以特殊照顾,比如说推土时,给你的筐里堆得很尖;抬土时把重量都搁在你的那头,诸如此类。我爸做事从来认真,不惜力,不藏奸,也不计较,累就累点,倒也从未说过什么。很尬的是,十天过后,我爸是这一方"诸侯"了,且直接就是这人上司,把这人吓坏了。我爸当然不是小肚鸡肠的人,他不计前嫌,仍旧重用那个人,任用他为大队书记,工作中配合很好。只是这个小插曲,给当地人添加了茶余饭后的谈资笑料。

去朱集的这一年,我爸30岁了。30岁是个而立之年,我爸在他的而立之年将要做些什么呢?我们曾经问过爸爸,从检察长改任乡长,从城里到乡下,是不是一种惩罚或曰贬谪?我爸仔细想了想,说,不好这么说。单纯一个部门的工作相对好做,全面负责一个地方,是考验能力的,毕竟这个地方的百姓的吃喝拉撒都靠你了,命都交给你了,不是信任,不可能让你做这个事的。当然,如果为了生活舒适、方便,那就另说了。我想我爸说得有道理,纵观他的一生,他的辉煌、他施展为政抱负,大都在他主持一方的时期。

2020.5.22

朱集,朱集!

　　终于写到了朱集。这是个令我难忘的地方,曾经魂牵梦绕过。都说最难忘是故乡,因为那儿是根,是成长的摇篮,是承载最初记忆的地方。每一个人都应该有故乡,我把朱集算作我的故乡。我从三四岁懵懵懂懂的娃娃到那儿,离开时已经是十五六岁的亭亭少女了。我对那个地方的熟悉,一如那个地方的人熟悉我一样,我是听着他们叫我乳名长大的。说来好玩,因为父母工作地点的变换,我们姐妹成长的"舞台"也不尽相同。前几年姐妹几个曾经故地重游,到了朱集,提到我和二姐,熟悉的大有人在,"风头"没有小妹的,我骄傲地说,这儿是我和老二的地盘,没你什么事儿。你且早着呢。果然,到了龙集,老四的天下;到了官山,老六老七如鱼得水。老五是到了朱集以后生的,尽管那时太小,但因为是我们家唯一的男孩,知道的人还是挺多的,只是那时远没有到他活跃的时候。

　　也是那次重游,我们找寻了记忆中的许多地方,却已然面目全非,也在意料之中。以中国现在的发展速度,一日不见如隔三秋,何况几十年没有来过?但还是见到了魂里梦里的"大礼堂"——我儿时的伊甸园。"大礼堂"如今已是破败不堪了,据说已经卖掉,等待拆迁,可是开发商还没有足够的财力,所以我们还有重见一面的眼缘。

　　"大礼堂"由三部分组成,前面是1米多高的木地板舞台和侧面的化妆室。后面是大门、过厅及办公室，这一段是二层结构，楼上面是一间间隔开的房间，是开"三干会"（"三级干部会"的简称）时路远些的大、小队干部以及县剧团来演出的演员的临时住所。虽然住人，但是没有床铺和任何设施，每次散会或演出过后，我再上去玩时，会见到没打扫净尽的麦草之类，是临时地铺的痕迹。舞台上没有地毯，小时看演出，喜欢扒在台口，锣鼓敲起来震耳欲聋不说，最糟糕的是，演员翻跟头、龙套跑圆场，震起来的尘土纷纷扬扬，此时台口的小孩就是一台台吸尘器了。尽管有种种不便，每次小孩仍旧围得层层叠叠的。我上小学以后，时不时地会上去演出。到"文革"中，中小学宣传队很活跃，到台上演出更是家常便饭。礼堂中间就是真正称之为礼堂的所在了，宽阔、轩敞，两侧排着高大的玻璃门窗，尽管里面空间很大，也不觉得沉闷阴暗。我不知这个礼堂能容纳多少人，但知当时除了县城礼堂外，没有哪个公社有这样高大的建筑物；而朱集本身，我几十年以后再去，"大礼堂"尽管破败，却是"瘦死的骆驼比马大"，周围的建筑物仍旧无出其右者。

　　我比较详细地叙说"大礼堂"，这是我能看到能感觉到的物化了的我爸在朱集时期的政绩。我称之为"政绩"，因为它在相当长时期内给当地百姓开会、集会、文化娱乐提供了比较好的场所，不光是电影放映队、各个演出团体喜欢到的地方，更是当地人的骄傲和自豪。

　　我爸在朱集还有一件"有物为证"的事情，也值得一说。当时由于缺少肥料，土壤贫瘠，而使用化肥，成本高又造成土壤板结，损害土壤质量。我爸率先在一些大队试验种植绿肥来改良土壤，取得了很好的效果，然后推而广之。这个成绩，使得我爸成为先进农业代表，出席了江苏省表彰大会，并荣获会议奖章。种植绿肥改良土壤，是一条行之有效的途径，我们中学"农业基础知识"课本上也推广这一经验，不过我爸做这事时是20世纪50年代末或60年代初，应算是开风气之先了，是科学种田的先行者。

　　我爸这辈子的工作大环境，很多时候都是"以阶级斗争为纲"，但我在我

第三札

1961年为王伯伯调离朱集送行时拍摄。左三是爸爸,他脚上沾满泥土的皮凉鞋就是1957年被贴大字报的那双皮鞋本尊,从某种意义上说,它使老爸没有滑向更尴尬境地,算是我们家"恩人"

爸身上,从来没看到那种剑拔弩张整人的样子,对家人他确实严厉得不近人情,他的温情都给了他身边的工作人员,给了老百姓。

听爸爸讲过一件事。朱集公社有个农业技术员,叫刘锦波。这个人我记得,我叫他刘叔,长得有点像演员王志文,只是眼睛大一点,嘴唇厚一点,背略驼一点,书卷气却像得很。他因为治疗痔疮,请假去镇江,迟迟没有回来,我爸让人捎信给他,他便回来了,回来时面黄肌瘦,原来得了肝炎病,就又让他回家治病。这一去就是半年时间,也没有音信。我爸在县里开会时,遇到刘叔的爱人黄姨,黄姨跟刘叔一样,也是农业技术员,在梁集公社工作。我爸便问起刘叔,黄姨说被开除了。因为要开会,来不及细问,黄姨说回去写信。一周以后信来到了,说因为没有跟县农业局(农技员是双管干部)请假,被农业局开除了。这确是不该有的疏忽,但毕竟是治病,不是无故旷工,就这样把人开除了也不妥,尤其那时有文化的人还是稀缺的。我爸便让人通知刘叔回来上班,让财务股长借几十斤粮票和钱给刘叔,先解决吃饭问题。于是刘叔安心工作了。某一日,到县里开会,在街上闲走,遇到农业局长曹士忠,我爸告诉他:"刘锦波被我找回来了。"曹就急了,拉着我爸就去组织部,抢先告了我爸的状。我爸说:"假是我批的,病好了,回来上班,有什么错?农业局处理的事,也没打招呼。"部长沉吟良久,说:"回来就回来吧!"曹说:"档案已经寄回他老家了。"部长说:"那就再寄回来吧!"出了组织部,曹说:"我搞不过你!"我爸说:"欠人家的工资补给人家吧,何必呢?"曹说:"好吧!"我听我爸说这段往事时,觉得那时人还都好,工作作风也是实事求是,不会为了个人面子而坚持错误不改。

还有一件事,也是关于人的。朱集粮管所所长秦某犯有男女作风错误,公社党委给予秦某开除党籍处分。但所里的一个职工,将此事报告给县里粮食局,粮食局局长又汇报给分管副县长,然后将秦某抓捕,准备判刑。我爸觉得处理太重,便逐级反映,据理力争,终于使秦某免了牢狱之灾。我向妈妈求证这件事时,妈说,当时开逮捕现场会,林县长亲自来的,场面很大。我妈作为妇联主任,被指定在大会上发言。我问,你发言了?我妈说,不然呢?再说,他确实也损害了妇女利益。秦某被释放后调到魏集公社粮管所继续工作。

确实,犯有男女作风错误,当时所谓"腐化",会被比较严厉处理的。我记得公社当时有个工作人员,有几天关在屋子里写东西,我进去看过,问他为什么不出去,他说不能出去。我后来隐隐约约听说,他大概就犯了那样的错误,关禁闭写检查呢。看来我爸对犯了错误的人,从来都不是"一棍子打死"。但他这样做,我后来也怀疑是不是有东郭先生之虞呢?我这样说,就是亲眼看到这个当时犯了错误只关了几天禁闭写了几页检讨的人,到了"文革"中,突然就神气起来,似乎过去那个龌龊的人不是自己似的。我爸当时已经调走两年了,是他带着一群中学生,步行一二十里路,到县城把我爸

"揪"回来批斗的,如此不忘"前嫌",焉知不是为了报当年关禁闭写检查的一箭之仇?

2020.5.28

"文革"前后

我把爸爸的这几年归在一起来写,是一种无奈的做法。原因是这几年爸爸的事情我知道得不多。还有一点,大约属于选择性回避,我要忽略过去。

现在经常听到一些当红明星面对采访时说,感觉工作时间多了,愧对家人,对家人陪伴太少;努力方向则是争取多抽时间陪伴家人;有孩子的更要说不愿错过孩子的每一个成长阶段,要多陪伴;等等。每每这样说时,大众都会很同情。可是以前人不是这样的概念。我们从小受到的教育是"我是革命一块砖,哪里需要哪里搬";是"做革命的螺丝钉",哪儿需要就拧在哪儿。我们的父辈就是以他们的言行让我们牢固地树立这样的世界观的。如果说到陪伴,我们姐妹的成长几乎没有父母陪伴,爸爸更是差不多错过了我们成长的所有阶段。在爸妈两地工作时,家毫无疑问地安在妈妈那儿;即使两人调到一起,所谓"团圆"了,只是说明爸爸的住处落到了家里,但是几乎见不到他的身影,那工作的繁忙程度,岂是现在被吐槽的"996"可以涵盖的!

1964年,全国范围内开展"社会主义教育"运动,又称"四清运动"。这次运动的形式,延续我党一贯的做法,派工作组或曰工作队,抽调大量的干部,大约也有其他人员,主要是没考上大学的知识青年,这是我的想法,因为我认识的两个大姐姐,都是没有工作的高中毕业生,都在这时被选调进"四清"工作组了。我之所以觉得"社教运动"规模很大,是后来听无数的人说起经历时会说到参加过"社教",也会谈到"四不清下台干部"这样的词语。据

行路吟

说运动的对象主要是生产队的队长、会计、保管员之类,我由此悟出,每一次运动其实都不盲目而是有目标的。参加工作队的队员,要求也很严格,要与当地最穷苦的农民一起,同吃同住同劳动。我小学课本,也或者是当时报刊,有一篇"诗歌",我一直记忆到现在,"诗"曰:"小斑鸠,叫咕咕,我家来了个好姑姑。同我吃的一锅饭,同我住的一间屋。白天下地搞生产,回来扫地又喂猪。"我想说的应该就是社教工作队队员们的生活。如此看来,不论是搞运动还是被运动的人,都不轻松啊。我爸妈当时都被抽调"搞社教"去了。我妈在县里的工作队,去了张圩公社;我爸参加的是地区工作队,到了新沂县。他们俩都很久不能回家,其间,妈妈因为比较近,我见到过她一次,那次不知什么原因她可以回来抑或是路过几个小时,也是想孩子了,不顾我和姐姐正在上课,把我们从课堂上叫出来,带我俩到供销社,给每人买了一支小钢笔,整个过程不到一节课时间。钢笔粉绿色,小巧,显然是给孩子设计的,没有笔挂,笔帽顶端有一条粉色丝带,可以挂在脖子上,那是我和姐姐的第一支钢笔,可惜挂了几天,只剩笔帽,最主要部分不知什么时候掉了。妈妈还有刷存在感的一次是,用零碎毛线织了许多双小手套、小袜子托人带回来给我们姐妹。至于爸爸,一去就杳如黄鹤,不过我们早已习惯,也感觉不到有什么异样,更谈不上想念。

"四清"结束后,我爸调到县农业局工作,这段时间他主要抓了"旱改水",尝试在睢宁种水稻。

而后不久,"文革"开始,前期和所有"走资派"一样,被批斗,写检查;后来是遥遥无期的学习班。直到1970年底,算是有了"结论",然后由军宣队宣布"解放"。那年冬天,我爸回到家里,脸上露出久违的笑容,全家人心情也轻松许多。我那时很有些不知世态炎凉,觉得爸爸"解放了",就是没有什么问题了,获得党和人民谅解了。所以爸爸回来时,我竟然真诚地欢呼:"欢迎王耀同志回到毛主席革命路线上来!"我爸面对我这样缺心少肺的时代少年,听后,唯有苦笑而已。

第三札

从1966年"文革"开始到1970年底"解放",三年半的时间我爸没有工作。转年元旦,刚刚"分配"工作的爸爸,马不停蹄地上任去了。这次去的是龙集公社,担任革命委员会副主任,不参加党委工作。这当然是降职,但是我爸不在乎。我爸有一个奇怪的理论,他说,以自己这样的出身,还能受到信任,让你工作,还有什么不满足的呢?他觉得被赋予工作权利是一种恩惠。这让我想起我中学时在纺纱厂"学工","三八节"时厂里组织"大会战",厂长在动员时就是这样说的,她说,当年美国芝加哥的女工靠斗争才争取到八小时工作,我们应该珍惜这来之不易的权利。纱厂厂长也是个老革命,大约她也是我爸那种看法,或者他们那一代人就是这样的看法。

我爸在龙集三年多,这段时间我和姐姐妹妹弟弟已经上中学,为了不中断学习,我们几个没有去龙集,所以爸爸的情况我几乎不了解。但是知道,在我爸离开龙集时,父老乡亲准备敲锣打鼓欢送,被我爸特意赶去劝止了。老百姓用最淳朴的话说:"王主任这一走,红五星就走了。""红五星"是扑克牌"争上游"玩法中最高级别的王牌,超过大小王。我爸那时哪里是龙集的一把手,但他是老百姓心中的"红五星"!听说我爸在龙集那段时间,也是集中精力搞"旱改水",而且卓有成效。在祁路大队蹲点搞试验,从"小秧落谷"到稻穗金黄,他吃住在大队,经常是冷馒头就着水井里的凉水。我小妹一个同学后来嫁给了一个龙集人,婆家恰在祁路,她说到了婆家常听到我爸的故事,家人说看我爸手里的馒头都干裂了,不忍心,再三请我爸到家里吃饭,我爸始终不肯。这我相信,不扰民是他一贯的做法。所谓公仆,所谓"先天下之忧而忧,后天下之乐而乐",说的不是我爸这种人吗?

1974年秋天,金风送爽,播种麦子的时候,我爸离开龙集,调往官山,重任党委书记。

2020.5.29

冷暖官山(上)

我在写到爸爸这一段经历时,心情极为复杂,爸爸在官山时期把他的为政理念做到了他这一生的顶峰,但是极短的辉煌之后也经历了他一生最寒冷的冰河时期,所以,官山是他的天堂,也是他的地狱。

唯一能看到的老爸工作照

1978年初夏,我大学生活的第一个学期,刚进校不久就学农,在农场劳动了近一个月,即将结束时,我姐约我回家,我便请了假,同她一起踏上回官山的路。路上,她告诉我,爸又挨整了。这让我很惊讶,因为"文革"已经结束,我爸这时正带领官山老百姓埋头搞生产、搞建设,他既不找事,也不惹事,怎么会在这时挨整呢?

经过一条笔直的人工河道,长长的两端都看不到尽头,河水清波粼粼,平静如镜。河两岸整齐的白杨树,挺拔,茁壮,绿叶婆娑。放眼望去,蓝天下平畴万顷,刚刚收割过的麦田金光灿灿,其间沟渠纵横,绿树成行。这是官山公社著名的"万亩丰产方",是我爸带领官山人几年奋战的成果。

官山又叫"官山洼",是有名的低洼地,年年遭灾,年年歉收,群众靠吃救济过日子,解放二十多年,一点也没有改变。这种情况我爸以前就知道,在县农业局时了解得更清楚。调他到此地,他是抱着啃硬骨头的决心来的。来了以后,他开会调查,下队走访,跟技术人员探讨,向专业人员请教,大胆地提出综合治理的思路,将土地集中起来,整体规划沟渠河道,抗洪排涝,沟边河岸大力植树,保土保湿。在深入调查研究基础上,我爸和技术人员制订了详细的沟渠林网配套治理方案,然后耐心细致地做各大、小队之间沟通协调工作,动员群众,组织群众,进行了一场大规模的协同作战。当时我妹妹在官山工作、上学,参加过当年的支农活动,她还记得当年的口号,叫作"万棵一条线,隔棵看不见",说的是植树绿化。妹妹说,平整土地那个场面,确实壮观。那无数个日日夜夜,我爸全身心地扑在这件事上,他知道,这对官山百姓是功在千秋的大事,是改变官山积贫积弱面貌的关键一仗,不能掉以轻心。经过连续几年的综合治理,效果非常显著,大片连起来的土地适合大机械耕作,提高了工作效率;解决了抗洪排涝的土壤,粮食产量提高了,老百姓有饭吃了;而且环境好了,树绿了,水清了,天蓝了,官山变得漂亮了。省农业厅为此在官山召开了规模宏大的现场会,厅长王恒山在会议上大力宣传表扬了官山,并向全省推广官山的经验。说起这事,还有一个花絮,王厅长在批评某地做得不好时,对那个地方官员说,你也是沭阳人,官山也是一个沭阳人做的,人家怎么就做得这么好!你怎么就不行!我们听了觉得很好玩,那个沭阳人好冤哦,跟我爸也不认识,只因为是同乡,被拿来作对比,挨了一顿奚落。

在官山我爸还有一件事也被传播得很广。公社医院有个外科大夫,叫张家骐,医术很好,但是一次手术中,由于麻醉不当,病人死了。这次医疗事故,本来责任在麻醉医生,可是张的家庭出身不好,责任就推到了他身上。

行路吟
XINGLU YIN

我爸听说了这件事,了解事情真相后,便着手为其翻案。因为是陈年旧案,早已定论的事情,翻案难度非常大,经过了上上下下反反复复的调查、甄别。县组织部办案人员问张家骐,书记是你亲戚吗?张说不是。那书记为什么替你出那么大的力?张便反问,共产党办事还得是亲戚吗?那人赶紧说,不是不是。张家骐恢复工作,不仅把一个科室盘活了,整个医院都有号召力了。后来不久,张被县人民医院调去做了外科主任。张家骐的妻子因为这事特别感激我爸,买了几双小孩的袜子送到我们家,我爸是从不收礼的,哪怕是因为感谢,最后张妻拿到供销社退了。关于这事,我爸说,人家本来就是冤枉的,平反是应该的,出来工作更是对病人有好处。收了几双袜子,别人会说,是几双袜子起作用了,对他也不好。

我爸这一点对我影响非常大。我做招生工作二十年,自会遇到疏通拉近关系的情形,但我从来不收考生好处,有时近乎神经质地坚持,也得罪过人,也被熟人骂过。我也知道,从人情世故上讲,很多情形下让人难堪了,但就是过不了自己心中那道坎。我不止一次跟考生说,你是仰慕南京大学才来报考的,如果你看到南大的老师原来是这样,你还会仰慕南大吗?我的这种精神洁癖,这种特别的坚守,我想,来自我爸。

官山的"万亩丰产方",连接了官山东片几个大队,对于官山来说,只治理了一半。在治理东片时,西片的一个大队书记找到我爸,说,王书记,你可不能偏心,不要忘了我们西边。我爸当时就打包票说,放心,东边治好就治西边。该书记却说,不知还能不能等到那个时候。这个大队书记是有政治生活经验的,他的经验就是,不可能有几年平静的时间让你做事,因为一直就是隔几年一场运动,一运动就别想安安稳稳做事。再说,哪个地方治理好了,执政的官员就会被提拔重用,也会离开那个地方。这个书记真是个预言家,确实,后来给我爸安排了新岗位,到县里做副县长。但是谈过话不久,事情就顺着那个大队书记预言的另一个方向发展了。

冷暖官山(下)

"马德明事件"和"绿肥事件"

古话说"天有不测风云",我爸在官山拼死拼活地干事呢,祸从天降了。1978年年初,徐州地委书记李某,派了高某和郭某到睢宁执政,由于"文革"中遗留的派性,他们此行还有一个重要任务,处理当时睢宁县委副书记马德明。高、郭一到睢宁,即召集县委干部及各公社书记,在县里开了两天会议,主旨就是揭批马德明。会议是一种高压的态势,以致很多人或自愿或被迫都表了态,与马德明划清界限。我爸没有说话。会议没开"透",又拉到凌城公社继续开了一天,我爸仍旧没表态。他是唯一既没有揭发批判也没有表态划清界限的人,于是他就成了"保马派"。我爸后来跟我说起这事,他说,我不想踩人肩膀往上爬。这是第一件事。

第二件,是关于绿肥种子。高书记集中了各个公社的农技员,让他们到全国各地采买苜蓿种子,买了几百万斤回来,然后让各公社认购。我爸报了5万斤。高觉得太少,专程到官山公社找到我爸。他问,你做农业局长时不是提倡推广种绿肥的吗?为什么这次要反对呢?他认为我爸是有意不跟新领导合作。我爸说,我没反对呀。官山准备种8000亩水稻,每亩种绿肥需种子5斤,共需4万斤,剩余1万斤种在田埂河岸,正好5万斤嘛。高说,人家张集这么小的公社,报了12万斤;凌城,报了27万斤,你才报5万斤,你再多报几万斤吧。我爸说,不要钱啊?高说可以贷款嘛!爸说不要还吗?整整磨了一天,爸咬咬牙又加了2万斤。次日,我爸给凌城公社书记打电话,问可否匀2万斤种子,该书记说,莫说2万,12万我也给你,这些都还没动呢!这件事后来不了了之,但被记在了新书记的心上。

因为这两件事,一支60多人的工作队开进了官山,就为了我爸。

但是这两件事都不好放到桌面上,于是让我爸自己交代问题,组织人揭发我爸问题。

大几十人,忙了很久,调查出我爸一件事,当时叫作"水利粮事件"。

"水利粮事件"

我爸说,水利粮的事情,我不光没有错,而且是有功的。

爸爸曾经详细地给我说了关于水利粮的事儿。

1974年开始,徐州地区上马徐洪河工程,这是一个庞大的水利工程,以调水为主,兼有防洪、排涝、航运等多项功能。如今徐洪河是南水北调工程中东线调水的复线河道,承担着向华北地区送水的重要任务。在1974年到1980年之间,每到冬季农闲季节,徐州地区便会调集千军万马开赴河工。1976年冬天,我爸担任官山公社总指挥,亲自带领官山民工挖河。工程任务是分段下发给每个公社。由于技术人员测量错误,李集和官山两个公社之间有一段漏掉了。发现这个问题时,工程已近尾声,李集的民工已经打道回府。官山开始不知道是测量错了,看李集民工走了,因为接壤,以为剩下的就是自己的了。但是继续干下去也发觉不对,然后才知道是测量错误。此时不可能再把李集民工找回来,于是县指挥部跟官山商量,把剩余工程做完,作为补偿,奖励官山一部分粮食。这就是所谓的"水利粮"。水利粮拿回来,用到哪儿去了呢?一部分批给了农具厂。因为这里的工人,说是工人,并没有国家编制,自然也没有商品粮供给,都是从家里自带口粮。青黄不接之时,家里拿不出粮食,而此时夏收夏种在即,急需农具,要保证不停产,总得让他们能吃上饭,但是公社根本没有这笔开销,此时,如同天上掉下馅饼,挣来的粮食,一部分就拨给了农具厂。另一部分,则救济了知识青年。为什么救济知青,这原因,不说也知道。

我爸在徐洪河工地的这个冬天,我六妹其实也在,她当时作为话务员被抽调到县指挥部看总机。她告诉我,一天晚上,下面来人,说我爸在工地累吐血了。她一个十六七岁的小姑娘,借了辆自行车,沿着河岸一路跌跌撞撞询问过去，找我爸。她说，那段路据说有30多里。一个做领导的，按说也不需要亲力亲为，他居然累到吐血，真不知道他是怎么拼命的！

我爸说，我们帮工地解决了难题，粮食来得光明正大；支持社办工业，解决知青生活困难，也是理所当然，我有什么错？可是工作组组长吴某是粮食局局长，是带着尚方宝剑下来的，没有搞出问题，便钉住水利粮不放，硬说粮食用多了。水利局则说，没有粮食怎么挖河？不吃饱肚子怎么干活？两家争论不休。最后是省委工作组下来调查，肯定粮食用得是对的，此事方才结束。

但当时就是要你写检查。一遍遍写检查，一次次通不过。每次检查，一二十页纸，一个字一个字地抄，我小妹实在看不下去，替我爸抄了几页，工作队的人还批评我爸态度不端正。每天就折腾这些事，什么工作也不让做。

在最黑暗的日子里，老百姓不敢言而敢怒。我小妹此时在官山中学读书，一天，校长和主任把她叫到办公室，跟她说，只要官山中学还有一个学生，就有你学上。好好学习，不要有任何思想压力。还说，这个时候不方便去看望，替我们问候你爸爸。工作组有一个组员，是某公社大队青年书记，回乡知识青年，在工作组负责官山财贸口政治学习。小妹放学回家，在公社大门口遇见他，大约发了句牢骚，他马上问："你说什么？"我小妹说："说句话的自由都没有？"他便死命追问。公社一个普通干部恰在旁边，连忙上来，说："她小孩子家满嘴跑火车，能有什么正经话？不理她！"把这件事支吾过去了。他回头对小妹说："小孩少给你爸惹事！"

60多人的工作队，折腾了几个月，就这么件事！很多老干部都看不下去了，找到副书记郭某，跟他说，你找错人了。郭说，你们不知道，他是保马派。高书记到此时已经意识到做错了事情，于是1978年的徐洪河工程，委派我爸担任县总指挥，而此前这个职位是县委副书记担任的，并亲自用小车把我爸送到工地，特别隆重地介绍给大家。高书记用这样高调的做法是想表明一种态度，我想也包括减轻他自己内心的愧疚。我到南京工作以后，每每开车回徐州，总是经过徐洪河大桥，见到"徐洪河"几个字，就想起我爸那段屈辱的岁月,刻骨铭心。后来我们家到了徐州,高书记也调回徐州,见到我妈时,主动过来跟我妈握手,表达歉意。

　　官山的遭遇,让我爸寒透了心。对我爸来说,这次打击甚于以往任何一次运动。在以往的运动中,被整的总是一部分人,自己是这一部分中的一个,可以说是集体的命运。而这次,好像是自己的独角戏,而且是那么莫名其妙地被推到前台。原以为"文革"结束了,终于可以做些事了,没想到云谲波诡、方兴未艾,而且前路茫茫。此时早已调离睢宁的大表舅王晋(他跟我爸在法院时共过事,"文革"前我爸在农业局时他调到了水利局,同在一个大院办公),跟我爸推心置腹地说,离开睢宁吧。我爸刚解放时就在邳睢土改工作队,邳睢分开后即留在睢宁,中间除了一段时间在徐州检察院,其余都在睢宁,他在睢宁的时间远远超过在自己的家乡,他为睢宁流血流汗操碎了心,睢宁就像他的第二个故乡。而今,他要第二次离开家乡了,离开这块说不清是热土还是冷土的故乡,他心底能没有波澜?

2020.5.31

也无风雨也无晴?

　　我在写我爸这些故事的时候,我希望能从他的全世界经过,力图还原他一生的完整轨迹,但写到后来发现,他一生的行止,绝大部分都不是他亲口跟我讲的,更多的是我从我自己记忆中的蛛丝马迹去发掘,将物证亦即现在还在的历史遗存以及旁证主要是亲历者的回忆,勾连起来,完成对我的爸爸的勾勒。但我仔细回忆爸爸给我讲的过去的事情,忽然有所发现,他从来不谈及他工作中的成绩、荣誉,所说的大都是心中存有缺憾的事情。

　　比如他说到的几个人,朱集公社农业技术员刘锦波、官山公社外科医生张家骐,也包括朱集粮管所所长秦某,这些人在遭遇不公平待遇时,他为他们据理力争,努力还他们以公道。他与他们非亲非故,帮助他们不光得罪同僚,更是顶着"包庇坏人"的压力,冒着随时给自己增加罪名的风险,但他还是要做。我总觉得爸爸有一种悲天悯人的情怀。他尊重人作为人的权利,他爱惜人才,愿意尽可能地创造比较宽松的小环境,让大家可以做些有意义的事情。

我爸爱惜人才,尊重知识分子,这在他工作过的地方,有口皆碑。公社里的技术员、教师、医生,农业局里清一色的技术人员,无论关系亲疏,没有不尊重他不爱戴他的。有一件事说来好笑,"文革"中,县里几乎所有单位都分成两派,这是那时的大势所趋。独独农业局,所有人都站在一派,而且几乎没有过激举动,诸如戴高帽子游街之类。对我爸唯一一次稍大规模的批斗,不是他当时所在的单位,而是我前面说过的,朱集那个因为作风问题写检查的王某组织的一场闹剧。但是,王某的计划也没有完全得逞,有人提前跑到县里告诉了我爸。我爸倒也光明磊落,自己骑着自行车先到了批斗会场,王某到县里扑了个空,带去的高帽子也没有用上,回来见我爸已经到了,只能匆匆忙忙开会,却因措手不及没顾得上再做高帽子,潦潦草草收场了。而我爸离开工作岗位以后,昔日的部属仍旧念他想他。我爸70岁时,朱集人来给他做寿;80岁时,官山人来给他祝寿。其实已经离开那里,几十年没有联系了,家庭住址更是换了多次,但他们辗转打听,还是专程赶来了。来人中最多的就是当年的技术员、大队书记。更感人的一幕出现在我爸的葬礼上。我爸因为医疗事故,走得特别突然,我们也没有通知任何人。但当我们到了爸爸灵堂时,灵堂已经布置好了,挂着官山人带来的巨幅挽联,而且他们自带孝巾,白花花地跪成一片。大清早,几百里路,不知他们怎么赶来的!当年县农业局的技术员们,很多人已经离开睢宁,回到自己家乡,知道消息后,从不同地方发来唁电,表达自己的哀悼。我想,他们之所以如此,不是因为我爸是他们的领导,领导多着呢,我爸那芝麻绿豆大的官职算得了什么?

行路吟
XINGLU YIN

更多的是怀念他们当年能挺直腰杆一起奋斗的日子。

……

比如他说到的官山后期遭遇。他在重提当时几个所谓事件时,语气是冲和的,风轻云淡,没有怨愤,但我却能感到深刻的遗憾。他实在是个想做事的人,为官一任惠民一方,一直是他的追求。他不管上面如何,他只看见老百姓的日子。苏北是个很穷的地方,睢宁尤其如此。我小时候听到最多的词,就是"救灾"。天旱了要救灾,雨涝了要救灾,刮风下雪天寒地冻都得救灾。我甚至看过我爸妈带着公社干部用板车拉着粮食顶风冒雪亲自送到一个个生产队一家家困难户,那是大旱甘霖,当时少那几斤粮食,可能就有人撑不过去。长太息以掩涕兮,哀民生之多艰,他最大的愿望就是让老百姓能吃上饭,日子不那么艰难。但是,蹉跎岁月,很多时间浪费过去了。从朱集到县农业局,他是想大展宏图的,30多岁,年富力强,正是干事业的好时候。所以上任伊始,他便着手搞"旱改水",提高粮食产量。但仅仅两年,还没来得及将经验大面积推广,"文革"开始了,接下来的几年时间,就在学习班待着。到官山也是可以大干一番的,那时他有实践经验,也有多年思考的积淀,而且在一定范围内有了自主权。他规划的"万亩丰产方"建设,自己身体力行,天天自带干粮咸菜,只让村里提供一壶开水,大年三十、初一,他都下队不回家。公社里的每一座泄洪闸,每逢暴雨,他不光指挥提醒开关闸门,还一定亲临现场,雨越大他越要去。他把自己的心血汗水毫无保留地洒在了官山。官山人说,爸爸当年修的那个农田水利,到现在都不落伍,依旧在给官山人民造福。我爸离开官山以后,跃进河上的跃进桥,不知是谁刻下了"王书记,官山人民想念您"的字迹。桃李不言,下自成蹊,公道自在人心。但官山的建设只初见成效,便难以为继了,一番莫名其妙无休无止的折腾。从徐洪河工程归来,高书记跟我爸谈话,说,换个地方吧。但是我爸说,我对官山人民问心无愧。可此时我爸如不走,上上下下都难交代……我爸离开官山时51岁,是他经验最丰富、思考最成熟的时候。

第三札

……

57岁时，我爸在铜山县统战部副部长岗位上退居二线，三年后离休。

退居二线以后的爸爸，彻底回归家庭了，心情好像很恬淡，也无风雨也无晴。在第三代的眼里，他就是个慈祥的爷爷，和蔼可亲的老头儿。孩子们绝想不出爷爷工作时那种如同驰骋疆场指挥千军万马的杀伐决断。十几年前，我所在的文学院老师到徐州师大开会，我蹭顺便车回家，返回时家人送我，我爸满头银发，身躯伟岸，双手拄着一支拐杖站在路边，灰色的衬衫在风中鼓起。回到学校，同行的一位老师对人说，王一涓的爸爸像个教父。是的，我爸就是有一种不怒自威的英气。我爸工作几十年，无欲无求，他不在乎工作地点，不在乎位置高低，所以他清风霁月堂堂正正。他心里永远装着的是老百姓的疾苦，所以只要有点空间，他就要做事。但是尽管工作几十年，真正能甩开膀子大干的，没有多长时间，这种生命的浪费，让人痛心又无奈。犹记得小妹说的，在官山写检查的日子里，我爸每天的行动只能在院子里，一次在家，我爸忍不住从后窗向外看。在官山住的房子紧邻外面，所以后面窗子不大，且高，我爸是踩着板凳向外看的。眺望远处的农田，爸喃喃

晚年的爸爸就是个慈祥快乐的老头儿

行路吟
XINGLU YIN

老爸老妈

自语:"麦子要能收割了。"一个不能上战场的战士!每每细味我爸当时的心情,我都控制不住自己的眼泪。所以,只要我读到陆放翁的《十一月四日风雨大作》"僵卧孤村不自哀,尚思为国戍轮台。夜阑卧听风吹雨,铁马冰河入梦来",就会想起壮志未酬的爸爸,想起他心底那深广无尽的遗憾!

2020. 6. 6

梦

我做的梦一般都记不太清楚,专家说这样是因为睡眠好,在深睡阶段的梦就沉睡在深睡里了,醒来也找不到,起码找不到完整的。今天的梦好生奇怪,睡醒时分梦还历历在目,一时恍惚,竟有些分不清庄生蝴蝶了。

这个梦关系到我的"前途",明确地说,就是我竟要"大去"了,而且是我自己的选择,自己动手解决。这样的梦不好复述,一般说到这个话题比较忌讳,我先生就会选择拒绝,还要斥责几句。但我如果不说,心里又特别疑惑,纠结了很久,吃早饭时我终于开口了。我心里草拟了几个开头,似乎都不妥,还在犹疑时,话就脱口而出了,不听指挥似的。我是这样说的:"我做了一个梦……""我天天做梦。"话音未落,先生就接上了。这倒是真的,他一睡着就做梦,常常是噩梦,把自己吓得不轻,这种情况下往往是我解救他,总是把他推醒了才罢休。他是属于神经衰弱,所以几乎每天都自己吓唬自己。跟他的每日一梦或几梦相比,我这偶尔一个,似乎就不值一提。我虽然被打击了一下,但还是想把我的梦说出来,因为比较重要。"我的这个梦是关于我自杀的,你别骂我。"我挣扎着把开头说完了,并且适时打了预防针。果然先生来兴趣了,放弃了手机音乐,专注听我说了。

这个梦呢,哎呀就是,它已经有了一个规定情节,一个人准备自杀了,行动之前有一些未尽事宜要了结,我呢,就是那个要自杀的人设,于是我就开

行路吟
XINGLU YIN

始做大行前的事情。概述了梦的背景之后,我正式讲梦:

我先去打水。我不知这个时候我为什么要去打水,没有理由,就是去了。我是照着梦中实际情形复述的,所以到现在我也解释不了为什么。这是一口水井,准确地说是水泉,在一个山洞里,也不算是大山洞,但是洞穴顶上的石头湿漉漉的,不时有水珠凝成滴落下来,显得年深月久的模样。水泉也不大,比水井面略宽阔,水是真好,清澈,无比干净。水面比较高,取水的人弯腰或蹲下可以够到。水泉旁边有水瓢,专供人舀水用。这泉是有名字的,就叫"瓢儿泉",难道是因为有水瓢的缘故?我带来一只小水桶,这水桶是我们家的老物件,木质,底小,口大,圆台形状,我在别人家没见过这样的水桶,应该是用来提水的。一般是外婆用,外婆小脚,尽管桶小,她也提不动一桶水,往往在我们姐妹中任选一个临时和她搭档,用扁担抬着回家。这样小的水桶盛不了多少水,真正用水靠它是解决不了问题的,外婆用它往往是到井边洗点什么东西,顺道带点水回来。有一段时间小水桶使用的频率很高。我小妹妹一只眼睛角膜发炎,长了一层云彩样的东西,外婆天天带着小妹去水井边,扔一块小石头到井里,一边扔一边念叨:"易了吗?易了。"意思云翳一样的东西在水中消磨掉了,好像这样小妹的眼睛就好了。每次来去,外婆都是与小妹抬着那只小水桶,晃晃荡荡的,小妹在前边,扁担放在肩上,外婆在后边,扁担放在手上。可是枉费了外婆一片苦心,小妹的眼睛是手术治好的。我却由此对小水桶印象很深刻。我带着小水桶到水泉边应该是取水的,但打水的细节我没有,只看到水泉了。然后我就出来了。水泉所在的山洞就在山脚,洞口向外延展的地方鸟语花香,阳光明媚,绿草茵茵。我妈坐在那儿呢,跟她的同事我称呼王姨的县妇联王主任在聊天,还有几个人,面目并不分明。总的感觉很休闲,很惬意。我妈似乎不知我即将的行动,似乎也没看见我,她们只顾聊她们的。我要离开时,王姨说:"把门带上。"王姨是一个不苟言笑的女人,面色较暗。有一年春节,她到我们家拜年,我妈开门时抱着我侄女,侄女其时刚刚学话,见到一个严肃的老太,突然冒出一个词:"打你!"搞得我妈当时就尴尬了。王姨虽然很严肃,却很喜欢运动,她爱打门球,她自己说打得不错。我听了王姨的吩咐,准备关门,低头一看,所谓"门",就是一尺来高的白色木栅栏,我并没有去"关",好像我出来时推门用力猛了一些,门反弹回去,自己复原了。我便走开。情节发展到这儿我外婆出现了。外婆已经去世三十多年了,但是不影响她在我的梦里复活。她好像比我妈负责任,她在安排我不在以后我的那份责任由谁接替。好像我大姐因为有两个孩子,我在经济上要资助一个,在梦里,这是我的责任。我二姐说,以后这个事就交给她了。这好像是我外婆安排的。究竟她如何指挥布置的,梦里没说,但她就是把事情处理好了。剩下的事情似乎都发生在一条长街上,长街南北走向,人流熙攘,像极了我最近在天泉湖古城赶集的情形。先是我觉得马上要告别人世了,心中有老大不舍,毕竟我已经在世上很久了,很熟悉。于是我哭了,尽管没有出声,但眼泪夺眶而出,对了,就是"夺眶",我不想被人看到,把头昂得高高的,只看蓝天。天上白云悠悠,软软的,飘忽不定。但我仍旧可以看到路上的人。我在滚滚人流中,看到一个熟人,我的大学同学后来的同事,领着很多学生,应该都是我认识的,他们说说笑笑就过去了。我被人流裹挟着,也在往前走,走到一堵方墙面前,人便稀少了,我心中想那方墙是回音壁,但此刻墙壁上缀满了花朵,横平竖直地排列着,每朵花都像电喇叭大小,形状也相似,只是花朵不是鲜花,而是用丝巾绾成的。尽管都是漂亮的花儿,却又好像都有音乐的功能,我于是挑选我喜欢的颜色逐一揿过去,浅灰蓝的,橡皮粉的,淡雪青的……都没响。我倒也没有失望,又继续往前走,就快要到长街尽头了,我二姐来了,是事先约好的,我把一包干切熟牛肉交给她。似乎我了结自己的方式就是吃拌了药的熟牛肉,此时已经吃过,剩下的交给我二姐。牛肉用调料拌过,上面还有白色的芝麻粒青翠的香菜叶。我姐嫌弃牛肉已经拌过了,顺手递给和她一起来的毛头,说,退给卖牛肉的。我像受到鄙视一样,心中划过一丝不快。又似乎也没什么不快。但这事好像改变了我之前的想法,就是我不打算就此告别了。可是又像是不辞而别了,但心中不再有什么不舍,我要去远方,一个很辽阔的大草原,那儿没有我以往熟识的人,我就是一个人,背着吉他,行吟诗人一样,渐行渐远了——尽管我跟吉他从来没有任何关系,而且我也不是诗人。

　　我把梦讲出来以后,心里舒坦多了,然后开始分析梦里的元素。我妈、我外婆、我姐、我同学,都是我熟得不能再熟的人了,在我梦中出现,不足为奇。"我呢?儿子呢?你梦中有没有?"我先生很关心这个。"好像没有。"我很抱歉地说。先生可能有点失望,却也没有深究。那一个美丽的瓢儿泉,在我心里是属于辛弃疾的,人好,泉也好。以前给先生校对过《辛弃疾评传》书稿,大约记住了。至于长街,暑假在天泉湖待了一个多月,去古城赶了几次集,对颇有历史感的乡村集市兴趣很浓,每次赶集归来,我都会近乎疯狂地唱"赶圩归来阿哩哩",以表示喜悦。这样,以长街作为事件的背景,也合情合理。还有"回音壁",前天熬夜看了北京电视台的《走近天坛》,记忆还很新。不过梦里的"回音壁"只是名字相同,那面墙其实与天坛的一点也不像,类似海报墙,这在学校里真是司空见惯。还有墙上的丝巾绾成的花朵,创意来自白天才看过的小视频,关于丝巾的 N 种系法。至于用药拌牛肉为自己送行,这做法很有抄袭的嫌疑,多年前看电视剧《大宅门》,白家三老太爷拒绝当汉奸,正是这样做的,不过他的是驴肉加鸦片膏。我没见过鸦片膏,对驴肉也不熟悉,为了照顾自己,梦中自然切换成另一组食物了,但版权应该是人家的。如此说来,各种元素都是固有的,没有我任何创新,我只是把它们看似合理却莫名其妙地组合了一下而已。"可是,你为什么会做这样莫名其妙的梦呢?"我先生终归还是深究了。为什么呢?我也不知道啊。"我知道了。"先生忽然想起似的说,"前天晚上去看了邹老师。"是的了。去邹老师家中,时值系里一位老先生刚去世,谈话自然就说到这个话题,然后邹老师讲了一些老人,年轻时是何等地活色生香,但结尾总会有一句话,"已经走了。""植物人好多年了。""老年痴呆了。"……这些话太刺激脑神经了,一个人漫长的一生,好不容易走过来的,怎么到后人这儿几句话就完结了！每个生命,各有各的精彩,各有各的有趣,那结局却像一碗清水,一眼直视到底,都有一个相同的宿命在等待着。话是聊家常一样说过了,轻风过耳一般,我想潜意识里我可能还是惊悚的。果然,化成了一个梦。"我做这样的梦是源于我对人性深刻的失望吗？"我大约对我梦中所有亲人、友人对我的离去无动于衷多少有些耿耿于怀,便这样问我先生。"也许吧！"先生已经有些敷衍了。我却欲罢不能,何况我也没想就此罢休,我继续想这个问题。陆游说"死去元知万事空"。陆游算是长寿的了,又见多识广,但他似乎也是个悲观主义者。不过人活到最后可能都"看开了",不论是伟人还是普通人。有一个关于小学生的段子,问"孔子是我国著名什么家",小学生回答是"老人家"。这个答案颇有意味,返璞归真,说到实质了,任他是谁,活到最后,可不就活成了老人家！真正成了老人家时,名呀利呀,就该看淡了。当然这看淡也有区别,有的是经过了,"曾经沧海难为水",是一种历经繁华后的回归;有的可能是"酸葡萄"式的虚无;有的是实在抓不住后被迫看开;有的则是本来的淡薄,那是一种境界,也可能是一种修炼。但无论如何,到老了,总算明白了,是福气,这比老是看不开强。才听说一位著名学者,老迈体衰医院已经不治了,回光返照一样醒来,口齿不清却很决绝固执地要求再开一个自己的画展。这样地"之死靡它",也就没法了。但我并不是悲观主义者,我也没到"万事空"的境界。我这一辈子,爱惜名声的心有一点,不过分,不足以折磨自己。权力的欲望真的没有。工作时有人觉得我所管的那一块权力大了点,我自己从来没把那当成权力,责任而已,不是唱高调,真心话,工作几十年不出差错,就是对权力小心谨慎。所以退休时把工作交出去如释重负,没有任何留恋与不适。但对亲情却从不漠然,而且看得很重。家教如此,父母言传身教如此,所以我们的大家庭极其和睦。可是梦中的情形怎么会是这样呢？

　　曾经在一个培训班里,心理老师领着做一个游戏,每人三张卡片,分别在上面写上自己最在乎的人,几人一小组,轮次拿出自己的卡片,拿出去的卡片被赋予一个特殊的含义,就是代表这个人的永远消失。因为卡片上写的人都是至爱亲朋、骨肉血亲,即便是游戏,是假设,也不能接受,所以这个游戏使得大家的情绪跌到最低谷,甚至有的人当时就受不了了。生老病死是自然规律,谁也回避不了,都明白,但是轮到跟自己有关,还是难以接受。大自然其实是仁慈的,她会把生离死别作一次次预演,先从不很相干的人开始,然后逐渐拉近距离,与你隶属关系的距离、与你感情的距离,让你一点点适应、一点点明白、一点点习惯。无论多么浓的情,无论多么撕心裂肺的痛,时间总会化解的,所谓舍不得,只是不放过自己而已,而人,必须学会与自己和解,也终归可以与自己和解,所以,纠结不是永远的。我的梦,是在这样提醒我吗?

也是那次心理课,老师说,亲人离去最接受不了的往往是心中留有遗憾。所谓"子欲养而亲不待",是无法弥补的遗憾,也因而会留下永久的痛,那么避免遗憾就是治疗不舍的良药,多做不留遗憾的事吧!

2019 年中秋前后

随 风 飘 逝

今年杏子似乎格外多起来,端午前回家,妈妈端出一大盘水果,其中竟有好些杏子,娇黄中透着红晕,一个个长得几乎像小苹果那么大,委实令我惊讶。接下来也有自己买的,也有别人送的,吃了好多。杏子吃后,遗下的核,我都洗洗干净,晾干,宝贝似的收了起来。

不见杏子已经多年了,可能是我不大关注,更因为杏子这东西以前产量低,好像中间很多年几乎被淘汰了,可是我童年中最熟悉的水果,初夏桃杏,秋季梨枣,中间漫长的热天则是吃不完的各种杂瓜,而绝不是现在一年四季的主打——苹果、香蕉。杏子是一年中最早出来和孩子见面的,南风起麦子黄的时节,学校就放忙假了,那是夏季第一拨热天,短裤短衫,伶俐得舒服,在外疯了一上午,回家在外婆的买菜篮子里,突然就发现黄黄红红的杏子了。杏子在水果中未必最好吃,但是经过一冬一春的水果匮乏期,最先出现的杏子当然最先受到欢迎。而后不久,孩子们手中便积聚了很多杏核,然后,这个季节特有的游戏就开始了。

最常玩的是"撒毛圆","撒毛圆"只是读音如此,究竟是哪几个字,我也不清楚,唯一能确定的是"撒"字,因为游戏的要点就是撒。两个或者三个乃至四个孩子,每人手中各握着几颗杏核背在身后,一齐伸出打开,数每人手中的杏核,数量最多的那个获得首发权,其余各人均把自己的杏核给出,聚

行路吟
XINGLU YIN

集后的杏核握在首发者手中然后撒开。撒开的阵势,是我确定该游戏第三个字为"圆"的依据,因为不能撒得太散,不着边际,那样就没法收拾了。所以撒开后的格局委实重要,成败所系。游戏下一步是,找出两个相邻的杏核,用手指当中划一道,以不碰到两边杏核为要,如果碰到,即为失败;顺利通后,以一子击另一子,没有击中,也算失败。失败后换另一方操作。如是三人或更多人参加,以每人手中杏核多寡为序。如果此时击中,则此二子为战利品。以此类推,击中越多,战利品越多,直至最后全部清场。如果杏核为奇数最后有一子落单,操作者需再拿出一子,成双后再撒再划再击打。击打的手法,用食指或中指抵住拇指指肚,利用摩擦将杏核弹出。如果使用食指,那手势就是一个"ok";如果用中指,则为戏曲舞台上青衣花旦伸出的漂亮、优雅的兰花指了,只是此时之"兰花"剑拔弩张,急吼吼忙着进攻,全无优雅。玩这种游戏,首先要会"撒",一把杏核撒开来,两两之间距离既不能远,远了打不着,又不能太近,近了手指通不过。常见为了通过过于亲密的两枚杏核,小孩子把本已纤细的手指(这时派出担任要务的肯定是小指,因为最细)放在嘴里用牙齿咬扁,咬咬试试,试试再咬咬,如是再三,力图能顺利通过。但往往失败者居多。其次要会"看",一把杏核分布在地上,如何两两构成最佳组合,其实是需要眼力需要胸中有全局的,否则一着不慎,步步不顺。有时也需要舍得,在总体布局不利的情形中,舍卒保车,能赢一点是一点,总比全军覆没要好。这种游戏不适合人多玩耍,杏核多了,小小的手是无法控制的。当然也有双手合握撒出去的,只是这时撒成的阵势更不好控制了。

  杏核的另一种玩法可能只是一种仪式、一种幻想,享受一个过程罢了,不可能有结果。其玩法是:将杏核砸开,取其仁,有时也用桃核。苏北的杏仁小,味苦,可入中药,作为零食则不可取。把新鲜的杏仁放在耳朵里,口中念念有词,词曰:"孵——孵——孵小鸡,一天孵二十七;孵——孵——孵小鸭,一天孵二十八。"此举并不能坚持太久,时间稍长,耳膜被堵得受不了,往往小鸡和小鸭还没孵出,就因为不堪忍受半途而废了,所以耳朵里孵出鸡和鸭子的神话始终没被证实过。其实，不只耳朵不是孵化的好场所，杏仁里能生出小鸡小鸭来，也没见过，但我们就是相信，每年都玩。

这两种玩法都是女孩子所爱，一般男生不会参与。但是不要紧，杏核还有一种玩法，绝对是男孩钟情的，不过具体玩法、所叫何名，我还真不知道，不知是年深月久忘掉了，还是一开始就没玩过没看过，只是奇怪的是，游戏口诀我怎么记得那样熟！那口诀是："一弹弹（音谈），二毛元（字音如此），三小姐，四拿钱。"大约游戏是一步一步推进式的。

我对最常玩的"撒毛圆"其实也不擅长，主要吃亏在准确性上，就是弹出去的杏核总是偏离目标。我自己也很奇怪，不知是身体的哪一块长得不对。学打篮球，速度没问题，抢断防守也还行，就是投不进篮。军训时掷手榴弹，一扔就偏，实弹时压根就没让我上场。所以我的杏核玩不了多久就光了。好在这种"弹药"是可以补充的，多吃几颗杏子就有了。

之后就不玩杏核的游戏了，当然是因为童年早已被远远地抛在身后了，但有时想起来还会怀念。大约小时候始终没有存得很多的杏核，总有一种不满足感。不满足就想补偿。就像小时候没看够万花筒，后来碰上了，一次买了两个，隔不久就拿出来转转看看，虽说没了儿时的新奇，也还是有意思的。不过终于也够了，想送人，还迟迟疑疑的，又过了很久，到底拿出来分别送给我侄女和外甥的孩子了。尽管送出时我的心思是隆重的，却并没有收到隆重的结果。前些年杏子并不多，即使想念杏核也无处获得。见我念叨多了，有一次先生把樱桃籽给我留下，圆溜溜、光滑滑的一大把，我试了试，太小，不顺手。大的目标我尚且没有准头，袖珍如樱桃籽，几乎没有可操作性，只得作罢。今年终于齐集了若干杏核，看着挺开心的，却始终意兴阑珊，打不起精神来玩。

过去的，就过去了。没办法。

2019.6.29

几个很老的老头儿

篡改司马迁的一句话,人总是要老的,但老的方式有不同……

尽管我还没感到自己老之将至,但毕竟也老了,让我渐渐生出这种想法的原因是参照对象。这参照对象还不是年轻人。人们常感叹,孩子长得这么快,我们能不老吗?诚然。不过我看到年轻人充满活力,那活力便也感染了我,倒觉得自己也年轻了。而我看那些比我老的人,不只是他们见证了我们从少不更事到成熟,我们也见过他们曾经的年富力强、见过他们人生的辉煌。不知不觉间,那个智慧的、胸襟博大的、通情达理的人,却莫名其妙变得让人不能理解了;那个曾经让你佩服、仰慕的人,变得可笑了;那个曾经强大的人,变得虚弱了。细思极恐,这就是谁也绕不过去的"老"了吧!

我的几位长辈都已老去,却是各有各的老法。

Y伯伯,我二嫂的爸爸,1920年出生。曾经的连云港人民的领导者。20世纪90年代,南京植物园门票涨到10元,那时每逢周末我们都会带孩子在城周围转悠,最常去的地方就是植物园。门票涨得太快太高让我很不爽。那时就会想起Y伯伯,他离开连云港时并不是一定去徐州,还有一个选择就是到南京掌管植物园。所以每到抱怨植物园门票时,我就想让时光倒流,希望Y伯伯考虑一下植物园。这想法也会受到颠覆性打击,就是如果不到徐州,二嫂就不成其为二嫂,植物园的门票问题,仍旧是个问题。有一次去Y

伯伯家,看到门后矮柜上放了大大小小很多药瓶,有正着放的,还有一些倒着放的,心想,谁这么淘气呢？一问,才知道是伯伯自己放的,他说这是个记号,有的药饭前吃,有的饭后吃,吃着吃着就混了,不知哪个吃了哪个没吃,就想出这个办法,吃过了的倒着放,全都倒着了,就说明没有漏掉。要说,Y伯伯这个年纪,现在这样的身体,算是很不错的,这得益于孩子们的孝顺。Y伯伯经常自豪地说,我就是不要保姆,保姆怎能比得上孩子！我没大没小地跟他说,你们这代人,给社会贡献很大,共产党也没亏待你们,工资很高,治病全包,还赚了那么多孩子！我们以后,一个孩子他再孝顺,也有其心没其力呀。Y伯伯令人惊讶的是脑子清醒。家里几份报纸,有组织给订的《人民日报》《新华日报》《人民日报》(海外版),自己还加订了《报刊文摘》之类,每天读报是雷打不动的。关心国家大事,是他一直以来的习惯,一个成熟,资深的政治家的观点,会让浮躁的人冷静,让浑浑噩噩的人汗颜。Y伯伯又能与时俱进。今年我去拜年,嫂子的妹妹拿了一个相框给我看,照片上的阿姨在读报、伯伯在看平板电脑。照片是外孙女随手拍的,参加了单位的摄影比赛,题目叫《活到老,学到老》,得了一等奖呢。Y伯伯记性好,幽默。我的散文集《七八个星天外》他看到了,我去他家,他见到我第一句话就是:"你不是夜行黄沙道来的啊！"然后背诵辛弃疾的词,竟流利无误。Y伯伯得到大家的赞叹,很得意。一次去他家时间早了些,刚起床,在房间里不马上出来,说,见女同志,我得打扮打扮。这个"女同志"是我。Y伯伯过了90岁以后,不论是别人还是他自己,都常会提到"年龄"这个问题。但他很达观。这几年听他几次说到年龄,每次都乐观地给自己树个目标。"奥运会"没开时,他说要看奥运会,"十九大"没开时他要等十九大,并且诙谐地说:"我向阎王请个假,等着看看十九大。"今年见到他时,目标更长远了,直接定到"110",还要等祖国统一。像Y伯伯这样的老头,即使再老些有什么打紧？我希望我能像他一样从容地老去,至于那样高寿,顺其自然并不奢求。

我二姐的公爹姓L,我称他L伯伯,也是一位长寿老人,可惜去年过世了。吊丧的时候,我看了他的灵棚,挂了一圈的挽联都出自他本人之手。大部分是替孩子拟的,也有自己留给活着人的嘱托纪念,诸如"永别了,同志们"之类,很感人,也很滑稽,像书法展。给活人写挽联写悼念文章的不多,我只看过梁实秋写给冰心的,但那是一场误会。"文革"中,两岸音讯不通,梁先生听了误传的消息,挂念、思念老友,于是写了纪念文章。待知道真实情况且可以互通消息时,梁先生给冰心先生道了歉。而自己给自己写,据说阎锡山也有这爱好。阎老西退到台湾以后,没有仗打了,改习笔墨,而且新添了个毛病,年年新年第一天就是改写遗嘱,然后给自己拟挽联。阎锡山去世以后,丧事排场很大,挽联很多,其中就有他自己写的,且不止一幅。但像L伯伯这样搞个人书法专场的,好像就没有了。L伯伯是市委老宣传部长,可能是职业使然,宣传、教育这两件事做习惯了,长时间不做就难受。离休以后,公家的会议开不成了,就在自己家开;儿孙缺乏与会热情,就设奖金激励。家庭会议规模自然不能跟公家的比,讲稿、话筒,却一样都不少,仪式感不能没有。对"盖棺"以后的"定论",尤其在意。知道不太可能让组织先把悼词写好,就发动儿女写,7个孩子,每人先交一篇回忆录,给自己先看看。孩子大约觉得有些荒唐,软磨硬拖,没有交稿的,生生把老爷子纪念文集的计划给扼杀在摇篮里。我爸去世后,我写了篇纪念文章,我去我姐家时,L伯伯表扬我,并说我爸没有白养我。言下之意,他那7个孩子都白养活了。我姐埋怨我,说哪个让你这个时候来的!给老爷子添堵了。喜欢写字,写得还行,但没到能换钱的火候。又离休多年,"人一走茶就凉",拍马捧场的人都撤了,老爷子有些失落,只能孤芳自赏,或者邀请不好推拒的人赏。自己破费十万雪花银办了场展览,效果不知如何,反正老爷子累得进了医院。也不好说老爷子进医院就是办展览累的,反正80多岁以后他就是医院的常客,自己有一个常备的小包,装着洗漱用具和病历之类,随时随地准备去医院。在医院待的时间久了,自有一些熟人老友,有一次居然跟另一个老干部的保姆搞起了"黄昏恋",结果两位老人家"友谊的小船说翻就翻"了。等到书法展也办不起来了，就给广大亲友写春联，新春将至，大家早早就收到 L 伯伯的新年祝福了。而后，捎带把自己的挽联也代劳了。还有一临终嘱咐。因为徐州市曾经提倡过"树葬"，说是环保节约，L 伯伯是老共产党员，树新风的事儿绝对领先带头，就买了。买的是什么，我一直搞不清那形态，是一棵树还是一块地，到底也不明白。后来 L 家老太太去世又买了一块合葬墓地，"树葬"那块成了"空关房"。这样 L 伯伯不光没有节约，反而超标了，这成了老爷子的心事。于是临终嘱咐儿女，"树葬"的那个就不要处理了，算是自己的别墅吧。

S 伯伯比上边两位都年轻，前年才交九秩。年轻归年轻，党内党外路线斗争那些事都经历过，而且坐下病来了。我这样说是一种猜测，但是不无根据。S 伯伯是我弟弟的岳父，今年寒假我回家，见我弟媳妇忙得焦头烂额：妈妈在医院躺着，爸爸在家里躺着，护工回家过年了，兄妹几个白天黑夜地值班，打不过来点了。其实两三年前弟媳妇家里还好，那时和我妈妈家住一个院子，S 伯伯天天出来散步，遇到时总要寒暄一会。S 伯伯重听，说话声音很大，但是热情，笑得很和蔼。阿姨不跟他一起出来。老太太勤劳一辈子，工作勤快，做家务也勤快。80 多岁的人了，什么都要亲力亲为，经常在家里包包子蒸馒头，满世界打电话喊孩子回家拿。前年 S 伯伯摔了一跤，挺重的，伤好了以后身体大不如前了。尤其是夜里睡不着觉，睡不着也不让别人睡，整宿整宿地聊天，终于把老太太聊到医院去了。阿姨住院了，老爷子不相信，"她身体这么好，哪里有病？"并且小心眼地说："她是嫌弃我了，躲我。"再然后还给阿姨上纲上线："她这是遗弃！"没人聊天，老爷子又翻出新花样。多年以前地震时，大女儿给 S 伯伯买了个口哨，意即他老人家睡觉警醒，有情况时通知大家。后来没地震，口哨也没用上。这个时候，不知他老人家从哪儿翻出来了，一到夜里就"紧急集合"。几次"狼来了"以后，大家虽然不相信了，但更深人静，万籁俱寂，尖厉的哨音划破夜空，也挺瘆人的，当然也把家人的睡梦划得稀碎。家人忍无可忍，却怎么也哄不下来那只哨子。老太

行路吟
XINGLU YIN

太后来经不起彻夜聊天,与老爷子"分居"了,由护工陪聊。老太太房间靠外面,去老爷子房间要经过老太太房间。每次儿女回家探望,只要先到妈妈房中坐一下,老爷子就有意见。他向最疼爱的女儿——我的弟媳妇诉苦:"你看看,我在这个家里还有什么地位!"女儿安慰他说:"你自然是核心,大家都听你的。"老太太是明白人,不与他计较,但凡儿女来了,都让先去看望老爷子。如果有事要说,得悄悄的,特务接头似的。最近更好玩了,我弟媳告诉我,说爸爸见到她,拉着她的手,推心置腹地说:"我们俩是一伙的,你长得最像我。我疼你,你也疼我。你弟弟和你大姐绝对跟你妈一伙,小 X(小女儿)跟你哥,我拿不准。"一家子嫡亲的骨肉,被老爷子划分为几派!简直让人哭笑不得。

  曾经有一句很流行的话:愿你出走半生,归来仍是少年。这只是半梦半醒的祝福罢了。原来要优雅地老去,也不是那么容易的。

2019. 2. 25

第四札

往事越千年,
我在和平的日子里,
静静地捧读韩愈的《张中丞传后叙》,
体味旧事,仍忍不住血脉偾张,
千古之下,
耳畔还能响起张巡、南霁云就义之前的对话声,
英雄的音容笑貌宛在目前。

车 中 闲 话

早上从盱眙天泉湖回南京,巩先生开车,只我一个乘客,有些无聊,就有一句无一句地说废话。

路边农舍周围总有一小块一小块的菜地,其形状、大小以及种什么菜,都很随意,没有用心规划的样子,不像和园,各家尺寸之地却费尽心思,各种菜各种花各种树,都想种个遍。农人没有规划随意栽种的菜,都长得很好,挤挤挨挨争着抢着长一样,在草啊树啊黄的黄红的红的秋天,它们倒一个劲儿地绿起来,像是给伟人诗句"万类霜天竞自由"做注释。"看人家的菜地!"就像看到别人家的孩子一样,我不由得就感慨了。"我们没有肥料,要不然菜也会疯长,压都压不住!"巩先生不服气地辩解。我们家的菜?还疯长?压都压不住?我没听错吧?搬到和园好几年了,小菜地也经营了好几年,除了草疯长,哪一种菜有长身体的积极性?连活着都打不起精神来好不好?还"压都压不住"!我倒是想压制它们呢,用得着吗?("疯长",巩先生这时小声地重复自己的话,重音落在"疯"字上,无限憧憬状。)对于自己菜地的不争气,巩先生多次低吟,"吾不如老圃"。不知是诚心忏悔还是假意诿过,但小菜地没有起色是一直存在的。

田野里的庄稼大都收获了,地里是深深浅浅的稻茬,也有一些稻子没有收割,但都金黄着。想起北海道富良野农场了,七八月份麦子才成熟,铺天盖地,也是金黄一片。日本山多树多,到富良野却开阔起来,目力所及尽是平畴,稻、麦、薰衣草,大块大块地生长着,横平竖直,整齐划一,连庄稼的高度也一致,像用尺子量着长似的,很有一种几何美。国内的庄稼地就极少见到那样,一畦畦一垄垄,往往随物赋形,散漫得很,不知为什么。我勉强对巩先生解释道,中国是出产诗人的地方,日本是出工匠的。工匠讲规矩,诗人爱自由。

忽然想到两日前到古城赶集买米的事来。盱眙的乡村还保留赶集的古风,比如,天泉湖镇五、十逢集,古城则三、六、九十天三个集。虽说镇上超市和一些店家天天开门,到了逢集的日子还是人多,另有农贸市场可以自由交易,一条街也格外热闹起来。据说到集镇上可以买到新米,这比较令人振奋。都说日本的锅蒸饭好吃,做空调的格力也推出新款电饭煲,女老板亲自在电视上吆喝,花了大价钱买来,不过尔尔。我其实相信一句老话,窝窝头是蒸不成馒头的,关键是米!巩先生买东西喜欢问一句话,你的东西好不好?比如,你的西瓜熟不熟?你的桃子甜不甜?诸如此类。这其实让人很难回答,也绝对得不出准确答案,但巩先生就是要问。似乎卖家确认了,就上了保险了。这次买米又如此。他问店家,这是新米吗?店家迟疑了一下,说是。买回来经过嘴巴检验,不是。但这次怪不得店家,看地里的稻子就知道,买新米可能还不到时候,毕竟从稻到米还有一个流程没走,而走流程是需要时间的。

有一段路接连减速带,车轮碾过咯吱咯吱的,巩先生就不耐烦了:"怎么有这么多减速带?""下坡。"我说。"开快车的减速带也没用。""总是可以让他原来的意愿受到阻碍呀。""车轮都磨坏了!"巩先生抱怨。"路上所有的措施都是为了安全。""没有减速带我也会减速的。"还在强词夺理。巩先生自尊心很强,尤其表现在开车上,凡是碍他事的,一律斥之为"蠢货",他自己则是"总是有理"!还有两句口头禅,一到开车时就冒出来,一是"我为什么要让他!",一是"为什么不让我!"。这两个著名的"巩氏之问"出现的场合视情形而定，而且提出问题时已经不是问题直接就是答案了，但他不承认自己是两个标准。自诩是"中国好司机"，这倒也没有打脸。车子年检回来，骄傲极了："我的车一下子就通过了，别人的都排队在那等着呢。"我问等什么，"等着事故处理呗"！那一脸得意，都不掩饰一下。都说巩先生是谦谦君子，这个时候，一点也不！

瞟了一眼车外，看见釜山服务区提示牌，我说天泉湖到盱眙服务区中间隔着釜山对吗？"盱眙服务区已过了。"对我的路盲巩先生也习惯了。有一次冬天走在这条路上，雾很大，我们在盱眙服务区停了下来，然后上路时，前面不远处接连几起连环追尾，看路边标志，警示该处容易出现团雾，我就记着了，每每路过时总是格外小心。但经常记错，不经意间就错过了。不过也难怪，这一段路好像服务区特别密集，从徐州到南京，北边一段几十公里一个服务区，南边这段十几公里一个服务区，我想到这里时，忍不住开了个恶毒的玩笑，我说，这一段路人的前列腺有问题吗？巩先生反应不过来，我说，那么多的服务区，十几公里就要上厕所了吗？于是大笑。

胡说八道之间，南京到了。

2018.11.5

二 胎 时 代

"二胎"政策刚出来时,微信群里疯狂转一个帖子,是某小学四年级考试题,题意是,如果妈妈要给你生个弟弟(妹妹),你会怎么跟妈妈说。小学生的回答五花八门,但要表达的主旨差不多,都是苦口婆心规劝妈妈,不要再生。有从自己角度考虑的:自己的学习很紧张,不希望被打扰;自己的玩具不想给别人;爸爸妈妈的爱不想和别人分享。有替妈妈大人着想的:自己一人已经让妈妈很麻烦了,再添一个,妈妈会受不了的;生孩子很辛苦,不希望妈妈吃二遍苦。更有直面妈妈的现状,当头棒喝的:你这样的年纪还能怀得上吗?! 一时传得沸沸扬扬,娱乐了整个中国。但那时只是说狼要来了,还没有真来。但是十月怀胎,也就不到一年的时间,"二胎"们纷纷出来看世界了,"狼"真的来了。

前两天《扬子晚报》头条,说2017年南京的新生儿有一半是二胎宝宝。这说法很可信,从我们家、我的单位、我的邻居,都可见出。

本以为二胎出生,考验的是爸爸妈妈爷爷奶奶姥爷姥姥们,因为工作量加大了,经济负担加重了,这都是实实在在一想就明白了的。没想到,最先有反应的是二胎的哥哥姐姐们。几乎不例外的,老大们就没有友好的。

我邻居的女儿高考后去了英国,临走时最不放心一件事,嘱咐妈妈:"我走后你不要给我弄个弟弟妹妹哦!"这是防患于未然。想想这种担心不无道理,因为可能性很大:自己离家,家就变成空巢了,适时地填充一个,合情合理,老爸老妈的爱,隔洋跨海地传递起来有些困难,不如"就地取材",再生一个,抚慰自己空虚的心灵。邻居女儿刚走,心里满满的都是对女儿的怀念,说起这事也是充满疼爱的,可是女儿还是担心哦!

  我同事,渴望生二胎如久旱盼甘霖,已经有的这个女儿,聪明伶俐,长得又好,还很懂事,对妈妈想给自己要个弟弟妹妹,充分理解;她的老公,魁伟俊朗,智商又高,是个优质理科男,这样好的条件不用,真是浪费。可是孩子不是你想生就能生的。先是独生子女政策很严,生二胎,想都别想;然后有照顾政策,男女双方都是独生子女的,可以多生一个,可惜不符合条件;再然后政策放开一些,"单独"的也可以再生一个,可是还不行,他们夫妇没有一个是独生子女。这样,丰满的理想与骨感的现实斗了十来年,终于等来了二胎全开放时代。同事没有犹豫,果断抓住最后机会,赶上了二胎列车。宝宝出世了,是个男孩,与前面的姐姐,恰恰凑成个"好"字,正所谓求仁得仁啊,一家子都欢喜得不得了。可是姐姐不乐意了。妈妈和弟弟从月子中心回来,前来探望的自是不少,姐姐挡在门口,对来人说:"别看了,别看了!没什么看头。你就从来没见过这么丑的孩子!"那神情那语气,嫌弃得不得了。听得大人哭笑不得。那个宝宝我见过,又健康又漂亮,可是怎么就那么不入姐姐眼呢?

  去年底,我们同学聚会,庆祝高考恢复四十年。我同学告诉我又得了一个孙女。我知道她已经有一个孙子了,不消说,这个也是二胎宝宝了,便讲起我同事的事情,说两个孩子相差太大,第一个已经被当作独生子女养习惯了,不太好相处。同学说,隔得近也不行。她家的那个大宝,妈妈生妹妹时,他被要求跟奶奶睡,整天看不见妈妈,只呆呆的,也不吭声也不闹。两个月以后,仿佛觉醒一般,什么都缠着妈妈,什么都跟妹妹争,一点也看不出友好来。想他前面表现不错啊,怎么忽然大变了呢?大家这才转过向来:前面小家伙是蒙了!以他两三岁的阅历,还没有明白这个新来的妹妹,对于他的意义究竟是什么。同学说,如果大一点,懂得道理,他就不会如此痛苦了。

　　我侄女也生了个二胎。作为哥哥,豆豆虽然比弟弟大四岁,但那表现,也不怎么样。二豆出生时,豆豆还在徐州,听到二豆出生的消息,和奶奶外婆外公以及请的月嫂一起赶回南京,到医院时已是晚上8点多。一番热闹之后,向徐州打电话报平安。我妈妈在电话那头,关切地问豆豆见到弟弟的表现,我弟媳说他很激动。我觉得弟媳这是想当然耳,她还没顾得上关注豆豆的表现呢。我在旁边冷眼看来,豆豆其实没激动,他对周围激动的人群以及人群的激动只是持一种观望态度。当然,他很明白,这次众人的兴奋点不在他这儿,像以往那样。但他不作声。终于安静下来后,我弟弟说,大家先去吃饭吧,话音刚落,豆豆反应异常机敏,紧接着姥爷就响亮地说"三姑奶奶,我们去吃饭吧",说着就过来拉我。那动静!这是有了弟弟以后,豆豆第一次努力地把自己重新变为焦点,豆豆在刷存在感呢!

　　我的感觉是不错的,不久,大家就清楚豆豆对弟弟的真实态度了。

　　回到家里,豆豆悄悄对月嫂说:"张奶奶,你回去把二豆带走吧,带到火车站卖了!"他见不得二豆成为众星捧月的那个"月",便时时刻刻黏着妈妈,以前他跟谁都行,现在不了,现在只跟妈妈,让妈妈讲故事,跟妈妈做游戏,而且腻在妈妈怀里。晚上妈妈得带二豆睡觉,因为二豆要吃奶。那也不行!每次等他睡着以后爸爸把他抱走,次日醒来一看被调包了,他抱起自己的小被子,噌噌噌地就跑回妈妈房中了。他经常哄妈妈:"我们一起玩儿,别理他。""你瞧,他什么也不会说,跟他玩儿有什么意思!"不光自己的妈妈不让弟弟沾,自己的玩具不让弟弟碰,连属于弟弟的东西,他也一律感兴趣起来。人家送来了小衣服,他一定要穿在自己身上,衣服紧紧地把自己憋屈得很难受,他忍着;弟弟的小摇篮、小座椅,他要躺在里面坐在上面,蜷着窝着,也不离开。回到徐州过暑假,大家去看二豆,知道豆豆的心病,都会逗他,说要把二豆带走,每次他都欣然答应。一次四姑奶奶回家,也如是说,然后大家就说别的话,到走的时候,大家早把这茬忘掉了,豆豆悄悄地牵了牵四姑奶奶的手,小声说:"四姑奶奶,你忘了一件东西。"我妹妹检查一下,没落下什么呀。豆豆说:"帕萨特呢?"忘了说了,豆豆是个小车迷,赐给弟弟的名字是"大众"。大家觉得太一般了,都说:"你也给弟弟起个洋气些的名字。"豆豆随口换了一个,帕萨特吧。当晚让他洗澡时,正玩儿得起劲呢,头也不抬地说,让帕萨特先洗吧。众人一愣,随机回过味来,是说二豆呢。这次四姑奶奶的玩笑话,大家早忘了,他在这儿等着呢。在妈妈的外公家,问他:"我们是喜欢你呢还是喜欢二豆呢?"他理直气壮地说:"我比他先来!你看他,天天'啊、啊'的,什么意思?是高兴呢还是生气呢?谁听得懂!"话里充满了鄙夷不屑。圣诞节的时候,弟媳妇在群里晒了一段视频:豆豆骑着塑料小鹿,小鹿连着一个小车,车厢里坐着二豆。车子是带轮子的塑料整理筐,平时装玩具的,被豆豆改造成小马车了。看画面,兄弟和睦,最是温馨,可你要是知道内容就笑不出来了,豆豆那是把弟弟当成圣诞礼物,准备送人呢!圣诞当日,一大早,小区物业扮成圣诞老人,到每家门口给小朋友送礼物,豆豆高兴地出来迎接。他戴上皇冠,合不拢嘴地从圣诞老人手里接礼物的画面,被适时地留在照片中。弟媳妇在晒照片时提醒说:"后面还有一只呢!"仔细一看,二豆趴在门口,伸着脑袋正看着呢!可不是,随着二胎宝宝的长大,什么事儿他不参与进来呢?就像二豆这样,已经迫不及待地爬过来了!这样说来,潜在的"竞争",哥哥姐姐们已经本能地预先感知到了,难怪他们不友好了。所谓"春江水暖鸭先知",你不是那只鸭子,怎么知道一只鸭子的感受呢?

  不过,也不是所有"小鸭子"都这么敏感都这么不友好的,我还真看到一个特例,那就是我妹妹的孙子小宝。跟豆豆不同的是,小宝给自己弟弟取名是很友好很用心的,他让弟弟叫"奥迪",这个档次就上去了,比"帕萨特"强,而且声音也不错。奥迪"出厂"以后,小宝也是很珍爱的。妈妈休产假陪奥迪,小宝也要休产假,不去上幼儿园,在家陪奥迪。妈妈带奥迪睡觉,这本是小宝的专利,现在拱手相让了,但要在妈妈的房间里再放一张床,跟妈妈一起，守护奥迪。我从南京回去，特意去看奥迪，跟小宝说，这次是专门来接奥迪的，小宝就警惕得很，明确给我下指示，"只许拍照，不许带走"，比故宫对国宝级展品的看管还严格。

如何协调两个宝宝的关系，让他们共同健康成长，对于每个家庭，对于整个社会，也许都需要费点心思了。

2018.1.27

第四札

和园的猫

和园的猫和狗数量差不多,但是待遇很不一样。狗的出现总是伴随着主人,随着季节变化身上还会有不同的装饰,比如天气寒冷或下雨雪时,会有防寒遮雨设备,天热时会修理毛发,既美容了也降温了。总之,狗身上的变化可以体现出狗是有人关爱的,符合"宠物"的名称。猫没有这样的待遇,我这儿说的是和园的猫。从没见有人带猫出来散步,连做伴的机会都不给,更不消说专门带它出来遛弯。猫在和园用餐,基本上是两种形式:一种有热心人在固定地点撒猫粮,猫们集体前往吃"食堂",这比较"共产主义";另一种寒碜些,就是翻垃圾箱,姑且算自助餐吧,毕竟是自己帮助自己觅食。我以前看过一本书,书名叫《猫啊猫》,里面有一篇是台湾著名女诗人席慕蓉写的。席慕蓉喜欢猫,一直养猫。曾经的一只,有个爱好,喜欢坐在汽车引擎盖上,于是她每天下班回来,都会把猫放到它喜欢的那个位置,缓缓地开着车,带它遛弯。这成了当地一道独特风景。席诗人以为她家的猫爱好高雅有个性,我想她误会了。和园的汽车引擎盖上都有猫的脚印,我先生说因为刚开过的车引擎盖发热,猫为了取暖,会跳上去。这种说法应该是有道理的,我听我同事说过,她家猫喜欢蹲在电视机上。和园的猫取暖靠自己的智慧,不像狗,有自己固定的窝。猫们之所以没有优渥待遇,主要是因为没有户口,算不上正式合法居民,更因此被冠以"流浪"称号,和流浪汉一样,生活

行路吟
XINGLU YIN

没有保障,但自由是很自由的。

但猫是有领地的,尽管这领地是它们自己圈的,并不为人所认可,但在猫的世界里是合法的,它们彼此是认同的。比如我们家小院里,经常固定光顾的是一只黄猫,别的猫不来。而这只黄猫,在我们家,在台阶上晒太阳,到菜地里出恭,在窗台上蹲蹲,在院子里遛遛,跟在自己家一样。我先生其实非常讨厌它,主要气它不合作。院里有块几平方米的菜地,是先生的喜爱,可是猫也喜欢。先生好不容易翻了土,撒了种子种上菜,猫能把种子都翻上来。有一次种大蒜,先生翻地,我播种。我明明是把蒜瓣大头朝下栽的,横平竖直栽得整整齐齐,几天以后,蒜苗出来时,却稀稀拉拉歪歪扭扭的。先生到地里一看,还有很多蒜瓣平躺着甚至倒栽葱。先生责备我没栽好,可我觉得我很认真的。看黄猫那顽劣的样子,就知道它的锅给我背了。韭菜全军覆没也赖它。本来一簇一簇栽得好好的,还精心培上了土,全被它挠开了,你说它的爪子咋这么贱呢!我在小院里摆放了一套陶瓷桌凳,圆圆的桌子,围着四个鼓形凳子,一色的青花,我很得意。没想到它也喜欢,跳荡腾挪,从桌子到凳子,乐此不疲。终于有一天,它从凳子上往墙上跳,猛地一用力,竟把凳子蹬倒了,陶瓷与砖地较量,自然不是对手,我心爱的凳子就这样破相了。但是你奈何它不得。先生气到黔驴技穷时,把珍藏多少年的弹弓都翻了出来,发狠教训教训它。先生小学时是射击队的"神枪手",打弹弓更是小意思,纸子弹准确无误地射中了小坏蛋,只见它惊得跳起,一蹿老远,但不一会儿又回来了。有一次这猫蹲在窗台上,懒洋洋地卧着。窗户是关着的,我在里面的动静它感觉不到,我悄悄走到它身后,猛地敲一下玻璃,它吓得落荒而逃,我得意地大笑,它瞅着窗子大惑不解,不知发生了什么。

有一段时间,猫来得很勤。先生说,这家伙好像住在我们家了。又过了一些日子,它居然领了一窝小猫出来,这多少令人惊讶。想到这调皮的家伙竟然正经做起母亲来,而且还像模像样的,便肃然起敬。我调侃先生说:"你当外公了。"先生于是看猫们的眼神都柔和了许多,弹弓也收起来了,由着它

和园的猫

们在院子里打闹。再然后,做了妈妈的猫带着几个儿女悄悄搬走了,以后再也没有回来过。不过,它给我们留下了一个孩子,是和妈妈长得一模一样的黄色小猫,淘起气来也一样。

2018.12.23

行路吟
XINGLU YIN

我的"韭菜"梦

我想种韭菜的愿望萌发得比较早。最初是我爸爸的愿望,他说,如果有一个大阳台,可以种上四种蔬菜,分盛在四只大盆子里,问我会是哪四种。我想阳台上可以生长的东西,不可能很复杂,以我对我爸的了解,便说,蒜苗、小葱,还有一种什么,我忘了。没猜出来的一种,是韭菜。这愿望一直没有实现,好像住到大阳台的房子时,把这事忘了。

选和园房子之前,一次是校女教授联谊会活动,在高淳慢城漫步时,听外办黄承凤老师有滋有味地憧憬有土地的生活,她想点有院落的一楼,院子里就种韭菜。她详细地介绍了韭菜的种植方法,从整地到播种到管理到收获,井井有条,可以作为韭菜种植的百科全书。印象最深的是,作为基础,韭菜播种前土壤里要撒上碎木屑,因为木屑和肥料相去甚远,出乎我的知识之外,所以记得。还记得的是,黄老师叙述完种植过程以后的总结,那就是收获了,意思是韭菜种植虽费事,但一劳永逸,之后就是收获、收获、收获……无穷尽矣!这结尾非常诱人,我的心也蠢蠢欲动起来。

三八节去兴化看油菜花,弥望的花海,油亮亮地金黄,偶或金黄中杂有小块深绿,以为是麦苗呢,其实是韭菜,在和煦的春风中,也碧波荡漾。走出油菜地,路旁就有卖农产品的,不期遇见了卖韭菜根的。盛林说她们家刚好缺点,正好补苗。我的小院子是有一小块土地的,我也是有种韭菜理想的,

第四札

如今又遇见韭菜根,算不算天时地利人和都齐了?再不种韭菜,似乎就说不过去了。于是我和盛林把农人的韭菜根全买了。回到家里,就翻地挖沟做成畦垄,可惜没有锯末,没法全部照搬黄老师的方法,但韭菜是栽下去了。美中不足的是,韭菜根太少,只种了不足一米的半行。我原以为韭菜也是株距行距地分开栽种的,谁知竟是密密挨着,早知如此,就再多寻些回来了。

这韭菜就算是长得好的了,虽不成气候,但能认出是韭菜,后来两次大规模种植,都再没有长出韭菜来。

我妈听说我在种韭菜,就让家中钟点工在园子中辟出一块地来,专门育韭菜苗,精工细作,只等我暑假回去,把韭菜连根割下,给我带回,然后通过遥控指挥栽种。开始我把韭菜梢去得较少,留下七八寸许,栽在地上,一律像假洋鬼子剪过的辫子,所谓"二道毛子",拍了照片给我妈看,老太太说留得太长了,重新加工一遍。早晚间都浇了定苗水,太阳毒辣时,全家的遮阳伞都出来工作了。以为这下嘛,就可以像黄老师说的那样,无穷无尽地收获了。可是错了。新翻过的土地很松软,整理过的土块也比较细碎,猫们也发现了,随即更觉得在这儿出恭比别的地方更方便,于是便频频光顾,流连忘返,再于是,这片土地只见黄土不见绿了。我的韭菜梦竟被猫们压到粪便下面去了,是可忍,孰不可忍!

又是一年春风绿,我刚好回家,我弟媳妇从外面回来,带回一些韭菜根,说是同事家中拆迁,韭菜地将不复存在,大量的韭菜连根铲除,弟媳妇便拿了点回来。我妈问还有吗,说有,就指示再搞一些来,意思是让我的韭菜梦死灰复燃。但我等不及,只带着"小股部队"回来了。回来便接到我表弟的电话,问邮递地址,说我妈指示他爸,就是我舅舅,给我买些韭菜根快递给我。我对种韭菜这事,其实屡受打击,已经很有些意兴阑珊了,但经不起我妈的热情鼓动,于是重整旗鼓,再次投入作战。舅舅寄来的韭菜根太多了,他过于乐观地估计了我的土地面积,但是不能浪费啊,这次密植得不太合理,韭菜长出来就不情不愿的,太过勉强。但我们还是坚持悉心养护,天天

行路吟
XINGLU YIN

　　不忘浇水。然后就到暑假了。今年好,儿子成家了,暑假留守南京,虽说早出晚归,帮我照顾一下韭菜,还是可以的。我和先生放心地回了徐州。对于老爸殷殷托付的韭菜儿子自然不能掉以轻心,晚上回家,全副武装,并点上蚊香,准备在蚊虫围攻中给韭菜浇水,可是打来电话问究竟是给什么浇水,告诉说是韭菜,却说遍寻不见。这就奇了怪了,一畦韭菜(说到"一畦",想起黛玉替宝哥哥作弊的诗"一畦春韭绿,十里稻花香",真美),就在园子里,能长脚跑了不成?可是儿子说就找不到。

　　暑假回来,先去看视韭菜,但见满园蓊蓊郁郁,生机勃勃,皆是杂草,哪里有韭菜的芳踪?!

　　我的韭菜梦,终于寿终正寝!

2018.1.6

第四札

雪

今年的雪下得有些早,节气刚到大雪,真的就下雪了。南京每年的雪一般不算太少,但也算不上多,大约轮空没下的时候,也是有的。近几年好像都下的。我这人记忆是有选择性的,这方面不太好,如果没记错的话,去年的雪可能是最多的,不是指量大,而是说殷勤程度。之所以记得,是因为那次雪是从南京发起的,然后向南北蔓延,好像到了上海,又拐了回来,再北上,又回归南京。我为此模仿一个游戏形容这场雪,那游戏俗称"萝卜蹲"。我是这样说那场雪的:"南京下,南京下,南京下过上海下;上海下,上海下,上海下过南京下;南京下,南京下,南京下过徐州下;徐州下,徐州下,徐州下过南京下。"一场雪下得循环往复缠绵不舍,我以前没见过。而且南京的雪一般下得也不会很早,大约在大寒前后,甚至有"三月桃花雪"。像今年这样,到了"大雪"便真的下雪的,是我这二三十年所仅见。

话说今年这场雪,之前气象部门早作了预报,《扬子晚报》说天气的小姑娘,代表南京官宣:下雪,我们是认真的。确实,雪也没有爽约,如期而至。下雪的时候,我特意拍了视频发在家庭群里,嘚瑟了一把。果然,我妹妹就说,徐州还没下!意思是给南京点了一个赞,同时因徐州的不给力而有点内疚、惭愧。但我姐紧接着就质疑了:南京这下的是雪还是雨啊?是雪啊!我赶忙仔细看了看视频:无风仍脉脉,不雨亦潇潇——但是,且慢!这不徐不

行路吟

急斜斜地飘落的东西,确实有些可疑,还真分不清是雪花还是雨点,尤其是地上和周遭景物,都是水淋淋的。我就很气馁了,强辩说,南京的雪本来就水多。

南北的雪还真是不同。小时候在苏北,印象中那雪也有几种。最细小的是一种琐屑的碎粒,当地人俗称"盐粒子",风吹起打在脸上很疼,掉在地上,一粒一粒的,尽管小,也掷地有声。这种雪结构很紧,已经近乎冰了。典型的雪,质量会轻一些,体积大一些,所以才有"雪花那个飘"的说法。文学史上称赞谢道蕴是才女,就举她描摹雪的形态生动的例子,道是"柳絮因风起"。与之进行对比的则是她哥哥的比喻:"撒盐空中差可拟。"千年以来,这个哥哥就是个陪衬,说到他,只是为了衬托妹妹有才,而他,则永远是被讥笑的那个。我觉得挺冤枉的。其实,"撒盐空中"也很形象,是北方干硬的小雪,甚或就是"盐粒子"。我不知谢太傅在考孩子时,正在飘的是大雪还是小雪,如果是小雪呢,那侄儿说得没错啊,侄女倒是夸张了。当然风吹柳絮很美,有诗意,不过那是另一种雪,雪花不算小也不算太大,下得迷迷茫茫的,可见其密、快。说到雪大,有气势,《水浒传》有两个形容很好,一个是"搓棉扯絮一般",一个是"那雪下得正紧"。一直觉得"紧"字用得真好。那一回书正是说"林教头风雪山神庙",是林冲被逼上梁山最关键的一回。"紧"字用来烘托人物心情:悲愤、焦虑、担忧;渲染环境:严酷、悲苦、绝望;更推动情节发展:不是风雪交加天寒地冻,林冲就不会下山沽酒,不离开草料场,就会被陆虞候们放火烧死,就不会有复仇的举动。不是雪大风紧草料场住处就不会坍塌,林冲就不会到山神庙避寒;不到山神庙就不会邂逅陆虞侯、不会知晓高太尉的阴谋,也就不会有手刃仇人的行动,不会有落草为寇揭竿造反的结局。一个"紧"字,真真有千钧之力啊!

在香格里拉见过一次神奇的雪。说神奇,是我的感觉,因为以往我没见过,其实是孤陋寡闻的意思。那次是去那达措国家森林公园,12月天,一大早(也不算太早,只是相对当地人的懒散拖沓而言)出来,就见天已经变了,

第四札

昨天晴得很好,天空湛蓝碧透,云朵像是悬空飘着,晚上寒星寥落,却也闪闪烁烁明亮得很。不知什么时候变的天,早上起来时竟然落雪了。雪细、轻,像尘埃,薄薄地敷在路上。车开时,我特意向后看,雪没有被碾压的痕迹,倒像尘土飞扬,向两边荡开。那种情形经常出现在天空,就是战斗机飞过,甩出两道尾烟,飞机渐行渐远,尾烟越来越淡、越来越宽,那淡而宽的尾烟,便与此时的雪类似。

那还是雪吗?看看南京的雪!南京的雪才是开在冬月的花呢!是一朵朵,不是一片片,南京的雪有厚度,有质量,从高空下来,没有飘飘洒洒的忸怩作态,而是目标明确态度坚决,直奔大地而来。南京的雪很会造势,如果温度配合,落地不化,很快就比较壮观了。南京的雪没有耐性,一般不会连天累日地下个不停。往往夜里下,天明便止住,而且太阳也急急忙忙跟着出来了。这时赏雪真个要争分夺秒,因为不到晚上就消融得差不多了。雪大的时候,树上花上都堆得厚厚的,园林工人这时便出动了,拿着棍子之类的工具,把上面的雪摇晃掉,其实很煞风景的,但是不这样也不行啊,雪会把树枝花枝压断的,南京的雪就是水分多就是重啊。最怕雪天走路,厚厚的积雪,一脚下去一个大窟窿,里面一泡水,穿什么鞋子都不好使:穿皮鞋会湿,穿胶靴冰凉,有一种胶靴大约特为适应这种天气,里面衬上绒布,却是奇丑无比,而且一年不一定能用上一次两次,高高的,很占地方,买了也是鸡肋。

但是比北海道的雪好吧!暑假到北海道旅游,导游指着沿途标志杆上挂着的红箭头,说猜猜吧,做什么用的。后来知道是雪天路标。因为地上的雪都是半米厚一米厚的,什么标志都盖住了,只能在高空指示。说北海道冬天没法居住,农民都或买房或租房住到札幌城里。札幌当然雪也不小,这些没有事做的农民,正好给城市除雪,既解决了城里用人荒,农民也可以挣钱养家,正好互补。我们在北海道的时间是7月中旬,回到大阪才十来天,大阪正热得昏天黑地,北海道传来消息,说下雪了,还有人把视频传了过来。我

行路吟
XINGLU YIN

的天哪！唐人有诗云"胡天八月即飞雪"，我想那是农历，早是早了，勉强接受。北海道这是什么鬼！明明十几天前还烈日炎炎！

2018.12.22

三月"开笔"

三月的小雨,淅淅沥沥淅淅沥沥地下着,空气微凉,有一丝丝小风,轻轻拂面,连"吹面不寒"都算不上,裸手撑着伞,一点也不觉得冷。我走在校园里,正是上课时间,人不多,偶有起得晚了的学生,男孩、女孩,举着各样的伞,急匆匆拾级而上,进到杜厦图书馆里。图书馆楼前青黄相间的草地上,成群的灰喜鹊在觅食。区别于北方的黑喜鹊,南京常见的是灰蓝基调的喜鹊,其实与黑喜鹊长得一样,就像同卵双生兄弟姊妹,只是衣服穿得不同。喜鹊们圆圆的乌黑发亮的小脑袋,在草丛中高低俯仰,煞有情趣。楼旁边的藜照湖,去年夏天留下的残荷,已被工人师傅收拾干净,显得开阔起来的湖面上,几只小野鸭悠闲自得地游弋。柳丝妩媚,倩影照水,两只猫躲在树下灌木丛中。校园里的猫都一个德行,肥胖、慵懒、高冷,谁从旁边经过,都不会拿正眼瞧你一下。雨丝落在伞上,离耳朵很近,放大了沙沙沙沙的声音,有一种特殊的催眠效果,使人仿佛沉入梦乡,心情格外恬静,思绪却信马由缰散漫开来。这种感觉每年这个时候仿佛如约而至,然后心情大好,不由自主就会写下点什么。等我发现这个好像是规律的现象时,便戏称为我的"三月开笔"。"开笔"是相对于很久不写而言,一个漫长的冬季,可能就什么也没有留下。每当这时,我会想起曹虹一句很有意思的话,她形容冬天很冷写不下去时说,好像思绪被冻断了。冬天的凛冽僵硬了思绪,春天,万物复苏,思绪也便在心的土壤里萌芽，柔柔韧韧地抽条了。

今年春天雨水很多，眼见打落了梅花，催开了杏花，浸红了海棠，却是等闲就错过了，到现在还没有"开笔"，甚至没有想"开"的意思。今天走在校园里，看玉兰在雨中凌乱，忽然有了辜负的歉意。但是，过去的这段时间，俗务缠身，没有心情，也没有时间，是真的。我跟外子说过，写作是要有闲情逸致的，虽是懒惰的托词，也不是一点道理没有。

才刚过去的这个农历新年，是我所有过年经历中最特殊的一个。除夕前几天，外子说神经疼。这于他是老毛病了，经常莫名其妙神经就疼，疼的部位也不固定，随意得很，只要有神经的地方，哪儿哪儿都可以疼，看医生也说不出个道道，实在忍不过，就吃点止疼片，如此而已。但这次疼痛似乎升级了，整宿整宿地睡不着觉，吃药也无济于事。春节那天，眉毛、额头上现出几粒小颗颗，小水疱似的，也没在意，只是神经仍疼得很。大过年的，谁也不想去医院，就忍了。外子是很能忍的，常常很疼了，也不吃药，说是怕有副作用。这一点我和他太不像了。我是一点苦也吃不得，有点不舒服赶紧吃药，只要眼前过得去，什么副作用我也不管，毕竟那是以后的事，所谓"医得眼前疮，剜却心头肉"，说的就是我这样的人吧。外子却不，固执得吓人。为此，我老说他是"受虐狂"。这次也是忍了，却忍出大毛病了。初二一早，因为额上颗颗又增多了，他让我看看，因为他此时还正感冒，所以怀疑是火气冲出来的，只是很讶异，以往都是出在口鼻处，这一回何以上移了？我开玩笑，说牛年究竟是不同，牛气冲天，可不就上移了。及至仔细一看，也觉蹊跷，便用手机拍了，发到家庭群里，让医生们都看看。二哥秒回复，说是"带状疱疹"，长的部位比较少见、凶险，我们便立即上医院了。

省人医皮肤科的医生建议住院，这让我们很踌躇，主要是疫情期间，住进医院，颇有些"一入侯门深似海"的感觉，不能随意出入了。听说此病迁延起来经年累月，外子文债堆积如山，在医院待着，太不方便了，于是我们选择天天跑医院。一天两次输液，早上7点，晚上7点，如此治疗了十一天。那段时间,每天早上6点刚过就起床,梳洗罢赶往医院,10点多回来;晚上6点多再去医院,10点多回来。冬日昼短,早6点和晚6点都不见天日,每次上午输完液回来,看到青天白日朗朗乾坤,就觉得像刚从一个长长的梦中醒来。十一天的抗病毒治疗结束,疼痛不惟没好,反而加重了,便去了鼓楼疼痛科看了专家门诊,也是建议住院,拟施以神经熔断手术,说白了就是把作祟的那条神经切断,类似牙医对付牙齿的根管治疗。外子治疗心切,立即就做了核酸检查,办了入院手续。家里人却一致反对,毕竟疱疹长在脸上,事关"面子",大意不得。然后就去了省中医院,针灸、放血,用中医手段解决疼痛。每天坐地铁来往,于今已半月有余。

说着说着,被称为史上最长寒假的寒假也过完了,然后又一个星期过去了,按说,我早该上班了。起初外子需要陪着上医院,但他说:"我自己去吧。"当然不行。后来渐渐地可以一人前往了,他却缄口不提我上班的事了,一由我天天陪来送去。外子以往可不是这样,"英雄"得很,喜欢独来独往,乘坐地铁,经常是各坐各的位置,有时我旁边空着,招呼他过来,他像没听见一样。这次到底表现出"软弱"来了,我便想,是时候了,是我该彻底回归家庭的时候了。

有这样的"顿悟",在我,一共两次。另一次还早。有段时间我借来的书迟迟没有归还,好几本看了开头便放着了。几本书齐头并进地看,我常这样做,一般是怕麻烦带来带去,会家里、办公室里同时放几本,但无论哪一本,一旦看了,就放不下,总是想方设法赶紧看完。这回不同了,我发现正看着的书,说放下就放下,没有那种抓心挠肝牵肠挂肚的感觉了。发现时,惊悚得冷汗涔涔,我就知道,我老了。不再好奇,没有穷追猛打一探究竟的欲望,没有不顾一切做完一件事的冲动,这些属于年轻人的特质,在我这儿被岁月的流水带走了,其实是不可逆转地老去了。

我不算是害怕老去的人,主要是没心没肺,尤其是从不与命运抗争,逆来顺受,连可以有所作为的事情都不争取,还会跟自然规律较劲吗?记得有

行路吟
XINGLU YIN

一次在中文系走廊里,听一位即将退休的女教师感叹说,我留校时是系里最小的,现在变成最老的了！几年以后,又听到另外一位女教师惊呼,我已经是我们系女教师中年纪最大的啦！学校最是让人有年龄感的地方,每一批新生进校,就标志一个年轮过去。以前元旦时单位会聚餐,我有个同事,此时会说,哎呀！又该吃饭了！一年一度！可不是,又一年过去了。元旦正值一学期的期末,忙忙碌碌一学期,感觉不到时间的流逝,此时仿佛才一下惊醒过来,好像时间耍了个不光明的小把戏,偷偷溜走了,让人倍觉烦恼。而这些烦恼,我向来看得比较轻,我是现实主义者,过好当下就好,所以我在花开之时会想,"又是一年花开时",不比"又该吃饭了"要美丽吗？我信奉现代女作家草明的一句话,"工作着是美丽的"。诚然,职场中尔虞我诈争名夺利很令人厌恶,但我不会像陶渊明那样任性,不为五斗米折腰也是要有本钱的,陶渊明官不做了可以回家"种豆南山下",我没有一亩三分地呀。但陶渊明的另一点"心远地自偏"我基本能做到。再说,工作使人充实,有成就感,或者最起码有存在感,所以我热爱工作。很多人到临近退休那几年,就会有种种想法、种种打算,我从来没考虑那些,该来的自然会来,没来之时何必多想？但特别巧的是,该我退休时,系里正好多出一件事,又正好适合我做,而且我好像还是不二人选,我不知是系里建设的需要,还是机缘凑巧,或者就是为我量身打造,总之,我又有了后续工作。该工作最让我满意的是,它发挥了我的特长,我又有充分的自主权,且几乎不与别的部门打交道,并且工作量也不大。我于是在半工作状态下,又过了这几年。

话说这几年,精神上很愉快,既没有人事上纷争的不愉快,也没有无所事事的失落,挺好。但是也有遗憾。比如,旅游、与亲人团聚、一些私人性的事情等需要时间而恰巧与上班冲突的事儿,可能就得让步。以前无所谓,总觉得以后有的是时间,但去年有一件事对我有些打击。去年有几个月时间膝盖疼,去校医院看医生,医生说出去做个核磁共振吧。我平时不太去医院的,核磁共振云云,我以为是很重大的事情,便迟疑地问了一句:"我？做核磁共振?"医生看了我一眼,说:"你这个年龄,做核磁共振,过分吗?"我才知道,做不做核磁共振,年龄是参数,而我已经到了可以"享受"该项先进技术的年龄了。获知自己有权享受优质医疗服务时,我没有欣喜,倒是有些沮丧,忽然就懊恼起来,我还有太多的地方没去呢!腿就不能用了吗?我的一个同学,徒步旅行痴迷者,酷爱爬山,全国有名的没名的山,有记载没记载的古道,一年中有一半时间在攀登、跋涉,另一半时间是在做攀登、跋涉的攻略。另一个同学,夫妇二人开着车,中华大地游了个遍,还专门往人迹罕至处去,去年疫情期间从川藏线入自青藏线出,逍遥了一两个月,很得意省了不少过路费。朋友聚会约时间,也很潇洒:"只要没出去旅游,哪天都行!"即便是没这些能耐的女同胞,乘飞机坐高铁,西欧、北美、东南亚总是转过了。而我,这些任务大部分还没完成呢。这两年又是新冠疫情,全球性寸步难行,还不知什么时候开禁,而我老之已至,能没危机感吗?每到这个时候,就想起五柳先生当年的灵魂呼唤:"归去来兮,田园将芜胡不归?"

于是我想,是时候了,是我该从羁绊中脱身的时候了。

一点胡思乱想,因是写在三月,又是今年第一篇文字,就叫"三月开笔"吧。

2020.3.11 动笔,14 日续完

行路吟
XINGLU YIN

谜一样的阿房宫

去年,蜚声中外的巴黎圣母院毁于火灾,举世为之哭泣。圣母院是凝结人类智慧累世积聚起来的物质文明,是全人类的财富,一旦失去,能不令人痛惜?!但是,值得庆幸的是,据说可以修复,假以时日,圣母院还可以再现。古往今来,不知有多少文明毁于兵燹,却不可复制,那更是令人椎心泣血,扼腕叹息。阿房宫应该就是。

世人知道阿房宫,始于《史记》,太史公亲笔记载过。了解阿房宫,从心底建立起对阿房宫的感性认知乃至生发景慕心仪,则是由于杜牧的《阿房宫赋》。

阿房宫太雄伟了!"覆压三百余里,隔离天日","五步一楼,十步一阁","蠹不知其几千万落",方圆三百多里几千万座建筑物,这是什么概念!我们比较熟悉的北京故宫,占地72万平方米,房屋9000余间,与阿房宫相比,简直无法望其项背!

阿房宫太美丽了!"骊山北构而西折",渭水樊川,流入宫墙,衔山抱水,山明水秀,得尽地利之便!"廊腰缦回,檐牙高啄。各抱地势,钩心斗角。""长桥卧波""复道行空",所有建筑巧夺天工,尽显设计制作之美!"妃嫔媵嫱,王子皇孙","一肌一容,尽态极妍",天下美女,人间尤物,齐聚于此。"歌台暖响,春光融融。舞殿冷袖,风雨凄凄",美人时时处处制造美的盛宴。

"燕赵之收藏,韩魏之经营,齐楚之精英,倚迭如山,输来其间",奇珍异宝,琳琅满目。阿房宫荟萃了人世间的美景、美器、美人,简直就是美的集大成。

　　如此,阿房宫怎么能不令人心驰神往!然而如此美好的东西,结果是毁灭了。《史记》说秦末农民大起义,"烧秦宫室,火三月不灭";杜牧说:"戍卒叫,函谷举;楚人一炬,可怜焦土!"坏事是项羽干的,应该没跑了。自古成者王侯败者寇,得不到就毁掉,大家一样,谁都得不到。什么心态!

　　然后,阿房宫就只剩下遗址了!后人再也不能见到阿房宫的真容,只能从小杜的描绘中展开对阿房宫的想象。一想到我们曾经还有这么大一笔财富,都被姓项的小子给毁坏了,气就不打一处来,虽然都说项羽是失败的英雄,对他四面楚歌的困境、乌江自刎的结局很同情,但火烧阿房宫这件事,却令人齿冷,怎么骂他都不为过。

　　《红楼梦》写刘姥姥进大观园,看过、吃过、喝过、玩过之后,贾母问她感觉如何,姥姥说:"我们乡下人到了年下,都上城来买画儿贴。时常闲了,大家都说,怎么得也到画儿上去逛逛。想着那个画儿也不过是假的,那里有这个真地方呢。谁知我今儿进这园里一瞧,竟比那画儿还强十倍。"这个话说得曲里拐弯的,层次上却有递进,归到最后的意思是盛赞大观园美。先说画儿比乡下的景美,但画儿就是个精神安慰,是假的,不可能有真的,可眼下所见的大观园却是真真切切的存在,比那不可能的画儿还要强十倍!大观园得美成什么样子!姥姥真是语言大师。

　　我对阿房宫的认知,和刘姥姥那儿的乡下人一样,我哪里见过阿房宫这么好的地方?凭我这样的孤陋寡闻,这样的榆木脑袋,想破天也想不出阿房宫是什么样子。看了杜牧的《阿房宫赋》,才知道世上竟有这样一个所在,可惜被项羽那小子给毁了!尽管毁了,毕竟我们曾经有个阿房宫,还是令人骄傲自豪的。在这个层次上,我没有像姥姥的乡党那样,对没亲眼见过的事物表示怀疑,我是真相信,相信历史上确实有过阿房宫。

　　前些日子,偶尔看了中央十套一个考古公开课节目,讲述的就是阿房宫

行路吟
XINGLU YIN

的考古,可是得出的结论简直颠覆我的三观!专家说,阿房宫从来就没存在过!就是说,和刘姥姥的乡亲们想的一样,假的!既然压根就没有,自然也谈不上毁灭,项羽是背了几千年的锅!

我哪里相信,我也有阿房宫遗址当地民众一样的愤怒:别的地方是考古发现了宝贝,带来了财富;这儿却是现成的宝贝被考古给考没了!无中生有是赚了,有变成无那是赔了,把个阿房宫给"考"没了,岂不是赔大发了!

据专家说,这么个结果也不是他们想要的,但没有办法,是真的!

论据一:文献记载

《史记》记述了秦宫室被毁,但没说是阿房宫。《秦始皇本纪》载:"项籍为从长,杀子婴及秦诸公子宗族。遂屠咸阳,烧其宫室,虏其子女,收其珍宝货财,诸侯共分之。"项羽显然是对咸阳采取了烧、杀、抢、掠的政策,确实"烧其宫室",可是这宫室没有确指阿房宫。《项羽本纪》载:"烧秦宫室,火三月不灭。"进一步佐证了项羽干了坏事,但同样也只字未提阿房宫。《史记》中的另一条记载则从侧面证明阿房宫实际上并未建成:"四月,秦二世还至咸阳,曰:'先帝为咸阳朝廷小,故营阿房宫为室堂。未就,会上崩,罢其作者,复土郦山。郦山事大毕,今释阿房宫弗就,则是章先帝举事过也。'复作阿房宫。"说明秦始皇时阿房宫没建好,二世胡亥接着做的。那么,胡亥执政期,阿房宫有没有建成呢?让我们来捋一捋历史上那些事儿。

论据二:历史史实

阿房宫的建造始于秦始皇三十五年,即公元前212年。同时启动的还有另外一个工程——始皇陵。两个工程,一个为生前,一个为死后,都很浩大,秦始皇征发了七十余万刑徒,从四川、湖北等地伐木材运往陕西,此即杜牧说的"蜀山兀,阿房出"。好多古代工程现代无法复制的一个重要原因,就是没有那么多的原始森林可供挥霍了。建造阿房宫时,当地的树木大约已经不多,须得砍伐蜀地木材,还要运往咸阳,耗时费力。所以,没有等到阿房宫建好,始皇帝在东巡的途中突然驾崩,这是公元前210年。此时,地下宫寝建筑的紧迫性便凸显出来,于是建造阿房宫的人力被调往修建骊山墓,及至始皇安葬,二世胡亥才下令继续建造阿房宫的工程。事实上,随着始皇帝的离去,秦朝的好日子也就到头了,秦二世一即位,便是秦朝的末世。秦二世元年,被征发戍边的陈胜、吴广在大泽乡揭竿起义,此时无论人力、物力、财力还是心情、时间,秦王朝都不可能再优哉游哉地大兴土木了,尤其是,秦二世没有能力挽狂澜却自杀了,阿房宫的建设于是无疾而终。紧接着,就到了"楚人一炬"的历史时刻,所以,阿房宫最多只能是烂尾工程。然而,作为烂尾工程的阿房宫,究竟建筑到了什么程度?还是看一看考古的结果吧。

论据三:考古发现

2002年,国家组织了考古工作队,对阿房宫遗址进行科学考察。翻遍幅员135平方千米,考古学家发现,人们通常所说的阿房宫遗址,其实只是阿房宫的前殿基址,是一块东西长1270米、南北长426米的夯土台基,台基上面西、北、东三面已有夯筑土墙,墙顶部有瓦的铺设,但缺少一面南墙。在三面墙里面没有发现秦代文化层和秦代宫殿建筑遗迹,也没有大火焚烧的痕迹。从路土分布情况来看,夯筑台基用土是从南面运到北面,再从北往南逐渐夯筑台基。由此,专家大胆推测,阿房宫的所有工程只有前殿建成了台基,其他工程尚未动工,阿房宫根本没有建成,自然也没有杜牧所说的被项羽放火焚烧。

要说科学和文学似乎天生就是冤家,文学好不容易构筑起来的美丽,一不小心就被科学打破了。中国的孩子都是听着月亮的神话长大的,都知道

行路吟
XINGLU YIN

月亮上有个广寒宫,宫里有个漂亮的仙子嫦娥,嫦娥是后羿的妻子,因为好奇心太重,偷吃了仙药,结果身不由己,飞升了,直接入主广寒宫。广寒宫里只有一位仙人吴刚,可是他没有工夫陪嫦娥聊天,他要完成一个不可能完成的任务——砍伐桂树。那桂树诡异得很,砍一点长一点,永远也砍不倒。幸亏嫦娥带去了一只宠物玉兔,要不真寂寞死了。地面上的人是一直替嫦娥姐姐难受的,李商隐的那句诗大致说出了众人心里的想法:"嫦娥应悔偷灵药,碧海青天夜夜心。"时时刻刻的后悔,即便是壮汉也受不了,何况美女!

但是文学负责美丽,科学负责真实。探月工程揭露了一个近乎残酷的现实:月亮上没有居民,连生物也没有,嫦娥、玉兔乃至吴刚,统统子虚乌有。报上发布月球真容时,还配了一个标题,嘲讽似的,"你看你看月亮的脸"!月亮的脸很寒碜,麻麻坑坑的,好尴尬哦!好像老祖宗说了几千年瞎话。

杜牧这个关于阿房宫的谎话也说了几千年了,可我并不认为他说了谎话。阿房宫确实不存在,可是阿房宫只一个前殿遗址,已经很震撼了,所以它被列为世界物质文化遗产。尤其是,没有阿房宫,难道也没有秦宫室吗?秦统一六国过程中,每征服一个诸侯国,就模仿其宫殿在咸阳复建,六国美轮美奂的建筑集萃而为"秦宫室"。六国世代积聚的珠宝,六国如云的美女,在其国家亡破之日,不都被掳掠到秦宫室了吗?同样是火烧三月不灭啊!再说,如今只要有名有历史的古建筑,哪个没有几次毁灭涅槃的经历?更别说有"万园之园"美称的圆明园,其断垣颓墙在在昭示强盗们的斑斑劣迹。文学创作本来就不必拘泥一时一事的真实。从这个角度讲,文学同样是真实的。

2020.4.4 清明节

英雄未被雨打风吹去

唐中宗年间,准确地说,是公元 709 年,杭州盐官出生了一个孩子,这孩子叫许远,若干年后,他成了颇有名气的大英雄。如今人们好说官员的孩子是官二代官三代的,要照这样算法,许远不知要算官几代了,反正往上倒腾,到知道的为止,他们家世代都是做官的。最早的那位叫许心善,隋朝的礼部侍郎。接下来的这位很出名,叫许敬宗,熟悉武则天那段历史的,没有不知道他的。武则天的上位,很大程度上得力于他。据说,当时朝上很多大臣都反对高宗废王皇后,武昭仪虽然很着急,但没用,这时许敬宗说话了:人家种田的多收了三五斗还要换老婆,别说天子了。要立个皇后,跟别人有毛关系?都瞎议论什么呢!武昭仪就把这话学给皇上了。高宗一想,可不是嘛!于是坚定了决心。武则天站 C 位以后,许敬宗混得很好,做到了当朝宰相,当真是一人之下万人之上。许敬宗很红,但是口碑不咋样,他故事很多,不说了。许远是许敬宗五世孙。当中几代没有那么显赫的了,但也都是做官,到了许远这儿,踩着祖宗的步子走,还是做官,出事儿的时候,他是睢阳太守。

距离杭州挺远的有个地方邓州南阳,在这一年比许远稍早些时候也生了个孩子,这孩子的名字注定以后会和许远连在一起,他叫张巡。这是一个聪明绝顶的孩子,读书读得那个省劲,不知得羡煞多少读书人。据说平时看不到他用功，可是满腹经纶，写起文章来那是倚马可待，连草稿都不用。曾经有一个跟他做过事的年轻人讲了一件亲身经历的事，说有一次自己读书，张巡看到了，说，都看多少遍了还老看！年轻人说，没看熟啊！张巡说，真费劲！我看书看三遍，一辈子都不会忘。这人觉得吹牛吧，就现场考试，把正在读的书让他背，一字不错；又随机抽一章，仍旧没问题；再另拿一本书，还是没难倒！妥妥一枚学霸呀！记人名也是一绝，驻守睢阳时，部队官兵小一万人，城中百姓好几万，只要见上一面，问了姓名，以后就都是熟人了。这要是到了 21 世纪，往哪个单位门口一站，人脸识别系统都省了！

　　话说到现在，张巡和许远还没到认识的时候，比许远早些进入张巡简历的是另一个人，他将是与许、张二位成就大事的另一个不可或缺的人物，他叫南霁云，是家中排行老八的孩子。当张巡和许远已经通过各种考试进入官场的时候，南八还小，而且他也没有他们那样良好的家境，他是农家子弟。但这不妨碍他同样勤奋好学、志向远大。据说南霁云青少年时特别勤劳能干，每天忙完农事，都坚持习文练武。比较起文采，南八更胜于武略，传说他精通七十二路枪法，善骑射，且能左右开弓，百步之内箭无虚发。但是贫寒限制了他的发展，为了谋生，他投奔了军旅，做了一名小卒。所幸，他遇到了张巡，被委以重任，才得以演绎他人生的华彩乐章。不过，幸与不幸，这样说其实也不很准确。所谓"国家不幸英雄幸"，一个武人要成为英雄，很大程度上是时势造就的。南霁云的幸和不幸，更大的成分，是他赶上了唐帝国最倒霉的"安史之乱"。

　　"安史之乱"开始的时候，叛军真是所向披靡。试想，天下承平既久，还有几个会打仗的？猛不丁地来这么一下子，全国都乱了套了。此时，一般官员，能抵抗的就守一阵子，守不住的就溜之大吉，望风披靡的也很多。更糟糕的，干脆直接打开城门投降叛军了。不要说地方小吏，皇上这时都逃跑了，唐明皇带着杨贵妃，从陕西一直跑到四川。张巡当时在真源县做县令。天下大乱，政令不通，无论是逃是降，张巡都不齿，他的选择是守土保民与叛军抗争。于是他主动拉起一支队伍,讨伐叛军,前后两个多月,打了大小几百仗,即便负了伤,仍旧坚持身先士卒。军队一千多人,都愿意听从他指挥。但毕竟处境很艰难,有些官兵动摇了。曾经一次,有六个将领一起劝他投降,将领说,皇上不知死活,部队寡不敌众,拼下去也没什么好结果,不如降了吧。这六个人,之前官都做到了开府、特进,职位都比张巡的县令高,但现在都唯他马首是瞻。当时张巡没说什么,假装听进了劝告,但次日,便把众人召集到大厅上,率领大家向事先悬挂好的皇上画像朝拜。这个感情牌打得让将士们都流下了眼泪,于是一致表示一定忠于国家,忠于皇上。群情激昂之时,张巡以大义斥责那六个将领,然后把他们杀了。然后队伍抵抗叛军的心志更坚定了。(按:我看书看到这儿,总是有点小不自在,感觉喊里咔嚓有点太过简单粗暴,好歹也是几条人命!在事业处于低潮时期,对前途有些悲观,怀疑到底能打多久,也在情理之中,毕竟只是想法,并没有行动,说服教育不行吗?鼓励鼓励,给点革命乐观主义,没准就坚定了信心呢,尤其正当用人之际,人家还那么相信你。当然也许是特殊时期来不及细细剥葱,影响军心,兹事体大。我姑且存疑。)

张巡当初起兵的地方在雍丘,这个地方地小粮缺,养活千把人的军队有些吃力,不利于固守,更不利于扩军。张巡便把队伍转移到了宁陵。这一转移具有重大意义,由此促成了唐帝国历史上著名的重大战役——睢阳保卫战,又因此催生了一群值得浓墨重彩大书特书的英雄人物,这是后话,暂且不提。

因为宁陵距离睢阳很近,此时,两位史书级的人物终于遇见了。张巡和许远,同气相应同声相和,甫一见面,立即结成同心御贼的亲密兄弟,序齿张巡为长,许远兄事之。

彼时许远已经在睢阳坚守了一年多,周围的州县官员跑的跑降的降,只剩下睢阳一座孤城,孤立无朋,张巡的到来,无疑极大地鼓舞了许远,兄弟精诚合作,战斗力大大增强了。史书记载,张巡到达的当天,安禄山将领杨朝

行路吟
XINGLU YIN

宗率兵数万人前来攻城拔寨,"远、巡与战,昼夜数十合,大破之。斩首万余级,流尸塞汴而下,贼收兵夜遁"(《资治通鉴·唐纪三十五》)。这是许远与张巡第一次联手,初次作战,便取得了辉煌的胜利。此事发生在肃宗至德元年(756年)冬天。转年刚开春,叛军另一个首领尹子奇,率十三万兵又直奔睢阳而来,睢阳危在旦夕。在这生死存亡关头,许远请兵于张巡,张巡立即增援,自宁陵引兵入睢阳,与许远再次并肩迎敌。许远,忠厚长者,自以为用兵不及张巡,便把指挥大权拱手相让,自己努力保障后勤。当此时,许远城里兵士三千八百余人,与张巡兵力叠加,不足七千人,相较于对手,几乎是以卵击石。但是许张二帅,勉力督战,全军官兵,昼夜拼命,最多的时候,一天击退敌人二十多次进攻。血战十六天,活捉叛军将领六十多名,毙敌两万余人,叛军损失惨重,连夜溃逃。

睢阳久攻不下,在河南这片焦土上显得特别突出,这里成了叛军南下进入江淮的唯一障碍,在战略上对叛军极为不利,因此也就成了叛军突破的重要目标。叛军首领尹子奇,率强兵一次次地进攻睢阳,却一次次地丢盔弃甲折兵而返,最后在城外挖了三道壕沟,围以木栅,重兵巡守,把睢阳围得如同铁桶一般。面对大兵压境,许、张二人与城中军民顽强作战,拼死抵抗,坚持将近一年,其间大小战斗四百余次,歼敌十二万众,几乎打到只剩最后几个人,终因弹尽粮绝,战斗力尽丧,城被攻破。

许远其实是个极有战略远见的人,战争伊始,就在睢阳城内存积了足够支撑一年的粮食,做好了长期坚守的准备。可是濮阳、济阴二郡缺粮,当时河南节度使李巨,置许远多次反对于不顾,硬是从睢阳调了一半的存粮分给他们,结果济阴得到粮食后却投降了敌人,此消彼长,增强了敌人力量,直接导致睢阳最后粮尽吃人的悲剧。《旧唐书·张巡传》记载:"尹子奇围攻既久,城中粮尽,易子而食,析骸而爨……"其惨烈如此。

围城初期,许远和张巡也曾抱有幻想,总以为会有兵力、物资增援,可是始终没有。敌人却粮运通畅,兵源充足。睢阳城中战斗人员及物资一天天消耗殆尽。此时,灵昌太守许叔冀退守彭城(今江苏铜山),代替李巨为河南节度使的贺兰进明,驻节临淮(今安徽泗县东南),都拥有大军,却互相猜忌观望,按兵不动。许远、张巡派将军南霁云冒死突围,祈求救兵,但是空手而返。韩愈《张中丞传后叙》记载南霁云乞师一段,特别壮烈:"南霁云之乞救于贺兰也,贺兰嫉巡、远之声威功绩出己上,不肯出师救。爱霁云之勇且壮,不听其语,强留之,具食与乐,延霁云坐。霁云慷慨语曰:'云来时,睢阳之人不食月余日矣!云虽欲独食,义不忍;虽食,且不下咽。'因拔所佩刀,断一指,血淋漓,以示贺兰。一座大惊,皆感激为云泣下。云知贺兰终无为云出师意,即驰去,将出城,抽矢射佛寺浮图,矢着其上砖半箭,曰:'吾归破贼,必灭贺兰,此矢所以志也!'"读书至此,扼腕长叹!

　　守城末期,城中只剩下羸弱伤残兵卒一千六百人,城中粮尽,军民以树皮茶纸为食,最后竟以女人与老弱男子充饥,此时,张巡杀了爱妾,许远杀了仆人,都用来充作军粮。将士只能维持苟延残喘,毫无战斗力。延至冬天,叛军终于登上城墙,而城中将士病饿倒地,再也不能起来迎战了。《旧唐书·张巡传》说,"城破,遗民止四百而已"。《资治通鉴》也记载,许远、张巡被俘后,慷慨骂敌,宁死不屈,张巡与南霁云等三十六人当即被害,许远被押送洛阳邀功,然后也被杀。睢阳是在坚守经年、外援不至、兵粮俱尽的情况下,最终陷落的。敌人得到的,只是一座空城。韩愈《张中丞传后叙》对这孤城末日记述得比较详细:"及城陷,贼缚巡等数十人坐,且将戮,巡起旋,其众见巡起,或起或泣,巡曰:'汝勿怖!死,命也。'众泣不能仰视。巡就戮时,颜色不乱,阳阳如平常。""贼以刃胁降巡,巡不屈,即牵去,将斩之;又降霁云,云未应,巡呼云曰:'南八,男儿死耳,不可为不义屈!'云笑曰:'欲将以有为也。公有言,云敢不死。'即不屈。"真乃铁血男儿!所谓视死如归、义薄云天,说的就是他们吧!

　　战乱终于平息,虽然英雄的生命永远地留在了至德二年(757年)那个冬天,但其高风亮节,千古垂范!张巡死后被追赠扬州大都督,许远为荆州大

行路吟
XINGLU YIN

都督,为了永久地纪念,睢阳百姓在当地为许张二位立了庙宇,岁时致祭,号曰"双庙"。韩愈说,他在汴州、徐州任职的时候,多次经过两府之间,曾经亲自到双庙祭奠英烈,当地老人常常说起往事,念念不忘。

往事越千年,我在和平的日子里,静静地捧读韩愈的《张中丞传后叙》,体味旧事,仍忍不住血脉偾张,千古之下,耳畔还能响起张巡、南霁云就义之前的对话声,英雄的音容笑貌宛在目前。

拂去历史的尘埃,再看这场艰苦卓绝的战役,把它放在大唐的发展史中,会更加明白其重大意义。当时,唐朝廷的经济仅靠长江淮河流域的税收支撑,而睢阳位于大运河汴河河段中部,如果失守,漕运中断,后果不堪设想。睢阳的坚守,屏蔽了大唐半壁江山,保障了朝廷的经济命脉,尤其是为朝廷的恢复赢得了时间。同时,睢阳之战歼灭了叛军大量有生力量,牵制了叛军大部分兵力,从而使得唐朝能够反攻,歼灭叛军,收复失地。因此说,唐朝天下得以保全,全赖睢阳坚守了十个月。

张巡、许远守睢阳,兵力最多时也不满七千人,前后四百余战,歼灭叛军十二万之众,坚守阵地十个月之久,最后是因为病饿力竭寡不敌众才被叛军攻破。试想,如果各地官员都能像许远、张巡那样担当起守土保民之责,摒弃私心杂念,相互支持,精诚团结,齐心破敌,纵使叛军再猖獗,也一定可以很快平复,大唐何至于一败涂地,陷兵燹水火长达八年!唐帝国三百多年历史,最华彩的部分叫"盛唐",盛唐走到"安史之乱"这儿戛然而止,这让后人任何时候想起都免不了一声叹息!我想,我们对安禄山们有多憎恨,对张巡、许远就有多感激,对张巡、许远们就有多渴望!

2020.3.24

看 电 视 剧

今年流感肆虐,我几乎毫无原因毫无征兆就中招了。别的都还好,就是发烧,时而昏沉时而半清醒地躺了几天。其中一天晚上,先生有应酬,我记得他正在看一个谍战电视剧《风筝》,正关心主人公的命运呢,便挣扎着替他关心一下。

我和先生看电视剧,完全是两个不同的走向。一般情况下,我们俩谁也不追剧,先生是看书或是写东西累了,过去瞟一眼;我基本是以电脑游戏为主,换换眼睛时去看看电视,天天电视就是开着在那自娱自乐,不太有人关心。但偶尔那一眼,谁看到了感兴趣的,就会看下去。如果恰巧是电视剧,就会连贯地看下去。不幸的是,我们俩的兴趣几乎没有重合过,先生是有英雄情结的,还很爱国,所以遇到"手撕鬼子"这一类抗日剧,就兴奋得热血沸腾。抗战胜利八十周年纪念,几乎天天有抗日剧,先生就持续沸腾了很久。而一遇到血腥场面,我把眼睛一捂,说"快换过去",但如果遥控器在他手里的话,说了也没用。如果恰好是我大权在握呢,他就说,关键时候,别动!我哪里肯听,闭着眼睛随便换一频道,先避开了再说。先生这时就很气愤。所以我儿子很小时就看出了门道,他很精辟地说:"小板(遥控器)在谁手里谁腐败。"而我看的电视剧呢,先生一律斥责为"假"。我一般爱看军旅题材的,比如《士兵突击》《第五空间》等等;看校园剧,小孩子没有心机,总是可爱的;

行路吟
XINGLU YIN

以前也看过韩剧。韩剧自然也很假,但是可以看。我的理由是,譬如看橱窗,明知都是假的,风景是假的,人是假的,但赏心悦目啊,愉悦身心,不可以吗?战争,有什么好看的呢?除了血腥就是残酷。谍战,有什么好看的呢?尔虞我诈,除了阴谋还是阴谋。我尤其看不得偷情报一类的情节,生怕被发现,我老是纠结于阴谋的被揭穿,觉得面对时很难堪,好像危险还在其次。我也不知道我为什么会有这样奇怪的想法,平时看到电视剧里两个人说第三个人的坏话,正好被说坏话的那个人听到了,我真怕说坏话的人一转脸——那得多尴尬啊!而且,抗日神剧就不假吗?先生看过一个叫《异镇》的电视剧,看得津津有味。一个镇子,居民都是特工,这个镇子这些人,都是凭空出现,像是空降的,我想周围人见到这个地方这些人,不像活见鬼一样吗?我把这些置疑抛向先生的时候,他不管,大约也像我看韩剧的心态。

这次不同了,先生因故不能看,我不能因此欺负他,就代他瞄上两眼。却是看到这样的情节:周志乾,国民党留用人员,在我公安部门档案室工作,真实身份是我党打入军统的特工郑耀先,代号风筝;韩冰,我公安部门精明强干极受重用的侦查科长,潜伏特务,代号影子。两人都潜藏得很深,但两人的任务就是找到并捉住对方。其时已是新中国成立以后,郑耀先顶着"鬼子六"的恶名,罪大恶极,正被政府追捕,不敢贸然公开身份,尤其是他自觉任务没完成,没有抓到影子,还想继续潜伏,所以四面楚歌危机重重。而韩冰则是携天时地利人和,抓住风筝是志在必得。恰在这时以前同在军统、与郑耀先有生死之交的"二哥"徐百川被俘,交代出与郑耀先曾有个约定,万不得已非要见面时,由徐在某饭店外墙画上八卦中某卦,其后五十三天内第一个雨天,到某湖边接头。此时韩冰高度怀疑周志乾就是郑耀先,但苦于没有证据,不好抓捕(这理由颇牵强),于是利用徐百川这一情报,韩冰设下一计:在该饭店门口画上八卦中某卦;领导派周志乾到该饭店送材料,意在让他看到接头暗号;封锁徐百川被俘消息但故意泄露给周志乾。韩冰得意地说,她这是"阴阳计",无论周志乾如何做,都要乖乖就范。

我当时还在发烧,迷迷糊糊的,看得断断续续,情节有点支离,但看韩冰得意扬扬的样子很不舒服,脑子却转不过弯来,不知她得意什么,也想不通这如何就是阴阳计,让人无法挣脱?

次日清晨,烧暂时退了,我给先生复述了昨天的电视情节,讲述中忽然想通了所谓的阴阳计:等到下雨的时候,让徐百川出现在湖边,届时,周志乾如果去了湖边,证明他就是郑耀先,可以抓捕;如果周不去湖边,说明他知道了徐百川被俘的消息,而这个消息只有周志乾知道,同样可以证明周即是郑,照样可以抓捕。这样就是所谓的"两头堵",跑不掉的。难怪韩冰要得意了。

但我同时又怀疑了:这种推理其实是建立在一个基础上,这个基础就是你认为周志乾就是郑耀先。如果他不是呢?如果郑耀先另有其人呢?那么,郑耀先看到接头暗号,他去了,他是郑耀先;可是他没有看到接头暗号,这里面可能性很多,比如,他可能离开这个城市了;他可能已经死了;也可能什么情况都没有,他就是没有看到,毕竟已经解放了,毕竟这个约定过去好多年了,谁一天到晚惦记着不知何时不知还要不要的约会呢?那么,郑耀先就没去湖边,这很正常,凭什么郑耀先没去湖边就得抓周志乾呢?

我终于想通了我为什么直觉就对这个仿佛高明的所谓阴阳计犯糊涂了。其实这些煞有介事的东西是经不起推敲的呀!可是它在电视剧里悬疑惊悚了好几集呢!

看电视剧真是认真不得的,就当是看橱窗吧。

2018.1.24

行路吟
XINGLU YIN

不看报纸了看什么

饭菜摆上了桌,调整好座位,正襟危坐在餐桌前,右手拿起筷子,左手同时就伸向了报纸。看报是我吃饭的标配。今天拿起报纸时,忽然想起,这多年的习惯,可能要改一改了。嘴边不觉就溜出一句话:以后不看报纸了看什么?外子一愣,我便自问自答了:看手机。外子于是心领神会。

很小时候看过一个故事,发生在苏联或更前一点的俄罗斯,反正就是那一片的事儿:一户人家,一天,父亲拿出一把开信箱的钥匙,两个孩子都争,爸爸说谁负责任,钥匙就给谁保管。先是哥哥得到钥匙,但风里雪里开信箱,他受不了那个苦,于是妹妹终于获得了钥匙,很尽职地天天准时把报纸呈给家人。这个故事曾经也是我艳羡一战前俄罗斯宁静美好生活的一个事例(还有的事例在《古丽雅的道路》一类书里),对我直接的影响就是以后家里订的报纸杂志由我来拿。《中国少年报》《小朋友》《儿童时代》,到时我就拿,拿来我先看,由此也爱上了文字。长大后离开家了,漂泊了一阵,没有信箱也不再订阅报纸。但成家以后,这个传统又恢复了。鼎盛时,光报纸就好几份,每天都看不过来。然后订的报纸越来越少了,但《扬子晚报》一直还保留着。连《扬子晚报》也不想再订的想法,也有几年了,不过真正下决心,也就今年的事儿。直接原因是忍无可忍了。

8月份去了一趟日本,待了四十天,回来后报纸自是积了一摞,我就加班加点阅读。我读《扬子晚报》的习惯是先浏览,时政财经社会新闻都是一扫而过,体育多看一会儿,最后只剩 B 叠,是我的关注点。可是暑假这一摞报纸,B 叠几乎都缺失了。我因为自己是马大哈,一般不太怀疑别人,尤其是当过失可能真是别人的时候,会更加谨慎。何况是假期中,又长时间外出,究竟哪个环节出的问题,也说不清楚。所以尽管报纸不全,也没有作声。外子的关注点和我不一致,他竟没有发现。接下来又过了几天,每天仍旧如此,我就纳了闷了,有时头版上明明提示,B 叠会有什么什么,但是连 B 叠都没有啊!当然 C 叠及其他也没有。我告诉外子,他不相信,翻了以前的,查了眼下的,果然如此。这是怪事了,从没遇到过,这个送报的和我爱好一致?那也不至于天天拿我的报纸啊!外子打电话问了《扬子晚报》发行处,回答说 8 月份换了个投递员。不两日,新投递员补了一摞报纸,且责怪说:"有事为什么不直接找我,要给报社打电话?"外子殊觉惭愧,仿佛做了件极不光明极不义气的事儿。其后,B 叠归位,一切恢复正常。我说正常,只是 B 叠不再缺席了,但别的,和以往终究有些不一样。比如说,以前 7 点来钟信箱里就会有报纸,我有个不能登大雅之堂的坏毛病,就是如厕时一定要看点东西,一般是报纸。所以上卫生间之前我肯定是先出门开信箱拿报纸,然后才能安心坐在马桶上。但换了新投递员之后,报纸要 10 点多以后才到,我不可能等到那时才上卫生间,于是报纸换成了手机。当然,早饭时也没有报纸了,也只能看手机了。还有一点,就是报纸的 B 叠虽然不缺,但每次都倒着放在里面,看到这儿就得抽出来再倒一下。开始我以为是偶然,其实不是,天天如此。当然,虽说稍有不便,也不是不能克服,我就天天倒一下好了。只要报纸还来,还齐全,晚一点,倒一下,都不算什么,所以也算是正常了。

但正常了没有两个月,一日,取出的报纸上出现一行歪歪扭扭的圆珠笔字,是投递员写的,算是通知吧,告诉我们,以后报纸不送了,自己去小区大门口取。"自己到大门口取"?你怎么不说让我直接去印刷厂取呢!我花钱订报,买的不是服务不是方便吗?都自己取报,还要邮递员干什么?还要邮箱干什么？为了一份报纸，竟如此折腾如此不易，外子终于下决心，明年不再续订了。他说，最后几个月，将就吧。但是，奇迹出现了，报纸并没有停，仍旧继续出现在邮箱里，和以前一样。没想到这份隐忍取得了意外的效果，我简直以为前面的插曲只是一个梦。于是心里便有些歉疚，然后便想，送报小哥也不容易。其实近年来换了几个投递员，也不止一个送报小哥抱怨，订报的人越来越少，原先遍地开花代管的点因无利可图而被相继关并，小哥们送的报越来越少，跑的范围却越来越大，人越来越累，钱倒越赚越少。这就是了。怪来怪去，根本原因还是纸媒衰落了，包括报纸。

可我还是怀念读报纸的美好时光：公园里林荫下，长椅上的男人，一袭长大衣，一顶礼帽，身旁一根文明棍，手中一张报纸；阳台上夕阳里，藤椅中一位老者，戴一副老花镜，身边小几上一杯冒着热气的清茶，手中一张报纸——这个场景也适合一个少妇或女孩，几上之物换成一包打开的葡萄干或话梅，老花镜就不要了，但报纸不能少；公交站或单位的读报栏前，总是站着一位或围着几位读报人，有匆匆过路临时驻足的，也有天天如约而至的；还有单位办公室里少不了的报架，哪个单位不订报啊？不订报纸的还叫单位吗？甚至，电影里地下党接头时，也是手中一张报纸半遮面，眼睛警惕地打量四周……俱往矣！这些经典的场景只能定格在旧时光里了，如同画面中的主人公在时光中老去一样，然后，永别。我试图把画面中主人公手中的报纸换成手机，可怎么着都觉得少了一份文化氤氲的从容，少了绅士一般的文明，少了一种氛围，少了几分优雅。总之，同样是信息载体，手机似乎缺少报纸那种范儿。但是，手机还是雨后春笋般地普及起来，遍地开花。因为手机的作用远远超出了报纸，只是获取信息这一条，它的快捷方便、海量多样，就是报纸远远无法比拟的，而且，手机获取信息成本更低。长江后浪推前浪，社会总是进步的，这是历史的规律，谁能逆历史潮流而动！报纸，作为一种经典的传媒，怕是真的要退出历史舞台了！千千万万曾经的报纸拥趸，其实不知不觉中已经选择了离开，纵有千般怀念万般不舍，却仍旧与它挥手告别,哪怕是含着眼泪。我在心中为报纸(同时还有信箱)唱着挽歌,却也是五里一徘徊地掉转头了。

  2018.12.15(距离告别报纸还有16天)

随　感

　　小时候街市上有几种常见的营生：修理拉链、手电筒的，拔牙、挖鸡眼的，踩缝纫机补衣服的，还有给人写信的。

　　修理拉链和手电筒比较简单，不需要什么本钱，当然技术除外，只要有能耐，需要的设施了了，不像理发刮脸的。有句俗语说"剃头担子一头热"，可见剃头的起码需要一个担子，就是一根扁担挑着两头，一边是脸盆、盆架，可能还要有装热水的器皿，这是"热"的那一头。剃头的头尾两道工序都是洗头，所以脸盆等是必需的。以前理发的发式大都比较简单，基本上就是剃成个"葫芦瓢"，那工具往往就是剃刀，剃刀不光剃头，也光脸，有那难剃的头和胡须资深的脸，比如《水浒传》里李逵、鲁达一类，毛发需要先用热水抚慰一番，脾气捋顺了方好下手。也见过修面时疼得龇牙咧嘴的大人和护疼不让理发的孩子。剃头担子另一头大约是凳子及理发工具。理发员自然是站着操作，但来理发的一定是坐着的，没有哪个是站着让人剪头，而且也不可能自带座椅，所以那座位也须理发师傅自备。修理拉链之类就简单多了，往往就带一小板凳（还是给自己坐的），脚面前摆点破旧手电筒、拉锁零部件，也许还有一个老虎钳子之类的工具，只等着顾客上门就可以营业了。拉链经常有坏的，会有若干问题使得拉链不能吻合，需要修理，这在如今还是。手电筒为什么要修理我就想不太清楚了。在物资匮乏年代，赵本山是把手电筒列为家用电器的，虽说夸张了，但曾经手电筒也不是家家都有。夏天的晚上，抓蝉蛹是孩子们最乐意的事情，草丛树根里黑漆漆的，再亮的眼睛也比不上手电筒，能有个手电筒拿着，是惬意不过的，大多数的家长却舍不得交给孩子，一则可能会丢失，二则也浪费电。可见手电筒也曾经金贵过。但手电筒会坏吗？如果不亮了，除了换电池还能怎样？

拔牙、挖鸡眼更简单。一块颜色可疑的方布铺在地上，排几颗样式不同的牙齿，牙齿的多寡，显示从业人的资历及水平，大约多多益善了。作为招牌或曰战利品的牙齿，离开了赖以生存的嘴巴，就少了生气，又因为是被剔除淘汰的，越发面目可憎起来，且一律脏兮兮的，形状也颇可疑。从业者也可疑。牙科大夫不是很高大上的吗？但街头拔牙的就很猥琐的模样，尤其像江湖骗子。早期春节联欢晚会上王刚演过一个拔牙的小品，把江湖上拔牙的就形容得没个缝了。这小品还不是原创，是从传统相声改编过来的，可见拔牙这种职业口碑一直也不怎样。我想这可能与他们不是纯粹拔牙而兼顾修脚有关。据说以前修脚的比理发的地位要高，理由是修脚的是蹲在人前，而理发的则站在人后。人前人后这地位就不同了！以前人这脑子也不知怎么想的！不过我说牙医（通俗叫法是"拔牙的"）兼顾修脚的业务，也是说复杂了，牙医所谓修脚，只是修脚众多业务中的一种——挖鸡眼。挖鸡眼也不是真挖，像外科大夫一样，动刀动剪子的。"挖"这个动词真用不上，就是给一包药面之类，据说敷上就好。拔牙才是力气活，可惜除了王刚演的，真正的我没见过。拔牙、挖鸡眼的小摊我是见过的，但也不像修拉链、手电筒的，固定在某处不动。拔牙、挖鸡眼属于医生行当，一般说江湖郎中，可能郎中是在江湖上乱窜的，所以不常见到。

踩缝纫机补衣服的比较简单，不需多介绍。但简单归简单，门槛却高，主要是设备高端，没有缝纫机这营生是做不起来的。以前买缝纫机好像不容易，除了人民币是艰难的，还需要"票"。中国是有过一个"票证"的时代的，就是购买所有东西，都需要"票"。比如肉有肉票，粮有粮票，布有布票，

行路吟
XINGLU YIN

煤球有煤票……甚至买块豆腐需要豆腐票，买一轴线要有线票，买棵大白菜也要有白菜票。票证的种类不胜枚举，只有你想不到的，没有没有的。以前的事情现在脑洞再大都想不通。曾经上海的衣服很受欢迎，去上海出差的人总会被人托付捎件衣服，从上海带回几件衣服，堪比20世纪八九十年代从国外带回电器。可是往往不能如愿，因为衣服也不是随便买的，也有种种限制。现在做生意的都巴不得人家多买，想尽各种办法把商品推销出去，以前——"以前"的时间范畴大约在计划经济时期——还真不是这样。我儿子出世以后，因为多个小人，修修改改的事情多了，有一次我在家里宣布，我要买一台缝纫机。我姐姐立刻狐疑地发问："你要缝纫机做什么？"在家中姐妹的女红中，我大约处于鄙视链末端。但鄙视归鄙视，家人还是为我搞到张缝纫机票，我儿子小学以前的服装，基本上是我自己解决的，缝纫机可是功不可没。到我都有了缝纫机时，缝纫机已经不那么稀罕了，我小时候，家里尽管孩子多，却没有缝纫机。记得有一次妈妈给我和二姐买了块绿灯芯绒布做裤子，我俩心急，觉得做衣服的阿姨动作太慢，当布在机针下流淌时，我们竟拉着布片试图加快速度，这样的蠢事我一直记得。有一次我们院中一位老太太把公家的缝纫机抬回自家用，让我大姐帮她抬，我大姐其时刚上初中，正是顽皮叛逆的时候，不情不愿地嘴里嘀咕，说是被"罚劳役"，其时她对她自己说的什么也是半懂不懂的，但在运动时，这居然成了我爸阶级报复的罪状。我姐大约为了这事被训过，经常讲起来就又笑又气。我们家买缝纫机时我已经上中学了。当时的教学要求理论与实践相结合，数学课上增加了视图部分，我考试时老师特意增加难度，给我看了"阶梯剖视""旋转剖视"模型，都没难倒我。本以为缝纫机图也不在话下，不料怎么也玩不转。弟弟当时不知怎么淘气把脚搞伤了，见我怎么鼓捣也没个头绪，很好奇，便瘸着腿过来看，然后三下五除二，他把缝纫机给装起来了，我很没面子。也是从那时起我知道自己的优势只是纸上谈兵。

在邮局门前给人写信，这活儿就有知识含量了，轻易藐视不得的。我一个同学,她外公就做这事。邮局门前邮筒旁边,一张桌子,一个老头,桌上有信笺、墨水,老头有黑框圆镜片的眼镜,这是标配,缺一不可,起码我那时是这样认为的。以前不认字的人多,不认字的人叫"文盲",又叫"睁眼瞎",教文盲认字有一个专有名称,叫"扫盲",意思是扫除文盲。读书识字的人有扫盲的义务,大约学校里的教书先生就有扫盲的任务。我上小学时,有一年寒假,我的班主任给扫盲班上课,别出心裁,居然带了几个学生去集体教唱歌,就是台上小合唱,台下大合唱。我想,老班自己一定是不会唱,一个孩子站在众人面前又胆怯,于是他想出了这样空前绝后的教学方法。这是我的一次独特经历,我也因此见识了传说中的扫盲班。不识字的人也有亲戚朋友在远方,嘘寒问暖、表情达意或交代嘱咐事情,都是必须的,彼时又没有手机,打长途电话则是很奢侈的事情,更何况很多地方压根就不通电话,所以信件往来在很长的历史阶段,都是必要的通讯方式。"烽火连三月,家书抵万金","家书"就是信件啊。所以,代人写信,也能成为一种职业。

　　家里姊妹多,经常一起开玩笑,会指着街上常见的营生,根据每人的爱好特点,互相指派一种。我姐针线不错,大家就说她以后可以踩缝纫机给人补衣服。弟弟那时人虽小,手却巧,常常门锁打不开,他鼓捣几下就解决问题。他最被看好的职业是去修理拉链、手电筒。老四小时最小机灵,最得外婆庇护,因此犯"众怒",大家很恶毒地把修脚、拔牙的职业送给她。没想到长大以后,虽然没去修脚、拔牙,老四却实实在在在医院里当了一辈子医生,莫非当年的恶作剧是一种职业暗示?分给我的活计就是最体面的那一件了——在邮局门口给人写信。

　　代人写信,当年是可以挣饭吃的。不光是写信有报酬,能写点什么的,都饿不死。古书上常说,有那落难公子穷困书生,写字卖文就把日子打发了。更有因此交好运的。有一出戏叫《花田错》,其中那书生仕途淹蹇穷困潦倒,只能在街头卖字,结果被一个富家小姐看上了,倒成就了花好月圆。这在现在就不可能。现在很多事情跟以往都是倒着来的。比如说码字,即

行路吟
XINGLU YIN

便十几年前，也是出版社给码字的钱，叫稿费；现在，却是很多码字的给出版社钱，叫出版费。虽是怡情悦性，码字毕竟也搭时间搭精力的，现在还要搭上金钱，就太奢侈了。我不幸从小染上爱码字的"恶习"，想起来就怪小时候的玩笑一语成谶！如今想戒又戒不掉，本以为玩物丧志里不包括"玩"字的，其实想错了。如今出一本书动辄要花大几万，我一良家妇女，靠工资吃饭，拿出几万来满足个人嗜好，自己也不好意思。就想起《红楼梦》中林妹妹劝宝哥哥的话："你可从此都改了吧！"

2019. 7. 18